U0682767

千百部扁正典

孟繁华　主编

鲜花岭上鲜花开　空色林澡屋　地球之眼
徐贵祥　　　　　迟子建　　　石一枫

北方联合出版传媒(集团)股份有限公司
春风文艺出版社
·沈阳·

图书在版编目（CIP）数据

地球之眼 / 石一枫著. 空色林澡屋 / 迟子建著. 鲜
花岭上鲜花开 / 徐贵祥著. —沈阳：春风文艺出版社，
2018.7（2022.1重印）
（百年百部中篇正典 / 孟繁华主编）
ISBN 978 - 7 - 5313 - 5460 - 4

Ⅰ. ①地… ②空… ③鲜… Ⅱ. ①石… ②迟… ③徐
… Ⅲ. ①中篇小说 — 小说集 — 中国 — 当代 Ⅳ.
①I247.5

中国版本图书馆CIP数据核字（2018）第086626号

北方联合出版传媒（集团）股份有限公司
春风文艺出版社出版发行
http://www.chunfengwenyi.com
沈阳市和平区十一纬路25号　邮编：110003
北京一鑫印务有限责任公司印刷

选题策划：单瑛琪	责任编辑：刘　维
封面设计：琥珀视觉	责任校对：于文慧
印制统筹：刘　成	幅面尺寸：145mm × 210mm
字　　数：189千字	印　　张：7.75
版　　次：2018年7月第1版	印　　次：2022年1月第4次
书　　号：ISBN 978-7-5313-5460-4	
定　　价：39.00元	

版权专有　侵权必究　举报电话：024-23284391

如有质量问题，请拨打电话：024-23284384

百年中国文学的高端成就

——《百年百部中篇正典》序

孟繁华

从文体方面考察，百年来文学的高端成就是中篇小说。一方面这与百年文学传统有关。新文学的发轫，无论是1890年陈季同用法文创作的《黄衫客传奇》的发表，还是鲁迅1921年发表的《阿Q正传》，都是中篇小说，这是百年白话文学的一个传统。另一方面，进入新时期，在大型刊物推动下的中篇小说一直保持在一个相当高的水平上。因此，中篇小说是百年来中国文学最重要的文体。中篇小说创作积累了极为丰富的经验，它的容量和传达的社会与文学信息，使它具有极大的可读性；当社会转型、消费文化兴起之后，大型文学期刊顽强的文学坚持，使中篇小说生产与流播受到的冲击降低到最低限度。文体自身的优势和载体的相对稳定，以及作者、读者群体的相对稳定，都决定了中篇小说在消费主义时代能够获得绝处逢生的机缘。这也让中篇小说能够不追时尚、不赶风潮，以"守成"的文化姿态坚守最后的文学性成为可能。在这个意义上，中篇小说很像是一个当代文学的"活化石"。在这个前提下，中篇小说一直没有改变它文学性的基本性质。因此，百年来，中篇小说成为各种文学文体的中坚力量并塑造了自己纯粹的文学品质。中篇小说因此构成百年文学的奇特景观，使文学即便在惊慌失措的"文化乱世"中也取得了令人瞩目的艺术成就，这在百年中国的文化语境中不能不说是一个奇迹。作家在诚实地寻找文学性的同时，也没有影响他们对现实事务介入的诚恳和热情。无论如何，百年中篇小说代表了百年中国文学的高端水平，它所表达的不同阶段的理想、追求、焦虑、矛盾、彷徨和不确定性，都密切地联系着百年中国的社会生活和心理经验。于是，一个文体就这样和百年中国建立了如影随形的镜像关系。它的全部经验已经成为我们最重要的文学财富。

编选百年中篇小说选本，是我多年的一个愿望。我曾为此做了多年准备。这个选本2012年已经编好，其间辗转多家出版社，有的甚至申报了国家重点出版基金，但都未能实现。现在，春风文艺出版社接受并付诸出版，我的兴奋和感动可想而知。我要感谢单瑛琪社长和责任编辑姚宏越先生，与他们的合作是如此顺利和愉快。

入选的作品，在我看来无疑是百年中国最优秀的中篇小说。但"诗无达诂"，文学史家或选家一定有不同看法，这是非常正常的。感谢入选作家为中国文学付出的努力和带来的光荣。需要说明的是，由于版权和其他原因，部分重要或著名的中篇小说没有进入这个选本，这是非常遗憾的。可以弥补和自慰的是，这些作品在其他选本或该作家的文集中都可以读到。在做出说明的同时，我也理应向读者表达我的歉意。编选方面的各种问题和不足，也诚恳地希望听到批评指正。

是为序。

2017年10月20日于北京

目　录

地球之眼

石一枫

一

在我大学时认识的那些狐朋狗友里，后来混得最差的叫安小男，混得最好的叫李牧光。这本来没有什么值得多说的，人嘛，都有混得好的和混得不好的。尤其是如今这个年头，两个阵营之间的差距越拉越大，几乎有变成两个物种的趋势了。不过我想指出的是，混得最差的安小男原来可没有那么差，相应地，混得最好的李牧光原来也没有那么好。他们在学校里的状况和后来的境遇恰好相反。当然，这也没什么奇怪的。社会嘛，通行的标准肯定不是上学时的那一套，否则"混"这个词也就没有那么准确而传神了。

那么我想说的究竟是什么呢？恐怕是安小男和李牧光之间那段奇特的雇佣关系。

还是先介绍一下安小男。他本来跟我不是一个系的，念的是

"电子信息和自动化"，但是宿舍离我很近，就隔着一个水房。对于理科生，我们这些读文科的往往有一种偏见，认为他们大脑发达但是思维狭隘，生活很没有情趣。当我们像孔雀开屏一样每天不知道瞎咋呼些什么的时候，他们却在实验室里吭哧吭哧地埋头干活，课余时间也就是守在电脑前面打游戏或者下"毛片"。埋头干活是为了拿学分，打游戏是为了放松大脑，下载"毛片"是为了在右手的帮助下抚慰肉体，他们所做的一切事情都有着简单而明确的目的。也就是说，做什么事情都必须要"有用"，这是他们普遍信奉的生活哲学。然而安小男却好像和大多数理科生不一样，他跟我熟起来，恰恰是通过讨论一些"没用"的话题。

当时正是盛夏天气，学校的考试季快到了，我闲散了一个学期，如今只好捧着复印来的笔记到图书馆里死记硬背。这种工作是很折磨人的，往往还没有背上两条名词解释，我就会不停地打哈欠、流眼泪，然后不得不跑到楼下去抽一支烟。一支不够就两支，两支不够就三支，其间还要喝汽水买零食，再瞄两眼穿得比较暴露的女同学，一个晚上下来，浪费的时间肯定要比背书的时间长得多。有一次正坐在水泥台阶上发呆，背后忽然有人叫了我一声："这位同学。"

一回头，便看见一张又瘦又黄、胡子拉碴的脸，让人想起北京人用来搓澡的老丝瓜。我想了想，似乎是在宿舍楼道里见过此人，便问他："有事儿吗？"

"你是历史系的吧？"

"是呀，咱们共用一个厕所。"

"你对中国历史一定很有见解。"

"至今还比较懵懂……期末考试可能会挂。"

他又说："那么就是说，你主要在研究中国社会的当下问题喽？"

我有点儿被搞晕了，但也只好敷衍道："这就更不是区区不才所能关心的啦。"

这人却热情地一拍我的肩膀说："你太谦虚啦——咱们谈一谈怎么样？"

说完就一屁股坐在了我身旁的台阶上，瘦膝盖尖锐地顶到下巴上，脸却四十五度角上仰，呈现出一副很有情怀的样子。我更加惶惑了，同时还稍微有了一点儿不安，不自觉地把身体往另一侧挪了挪，问他："你想谈什么呢？"

"谈一谈中国的历史、现状，以及中国会向何方去。"

"这也太宏大了吧。"

"那么就谈谈中国人的道德问题好了。你觉得当前的形势是不是很严峻，我们这个社会的道德体系是不是失效了？"

面对他那诚恳而热情的目光，我哼唧了半天，说："这又太抽象了。就算我想谈，你又让我从何说起呢？"

"怎么会抽象呢？我的问题非常具体，而且离每个人都并不遥远。"他说着，突然把手往半空中的某个方位一扬，"比如说那里，很可能就存在着严重的道德缺失。"

我顺着他的手，也朝斜上方四十五度角望了过去。我看到远处的围墙之外，一幢碉堡般的建筑物耸立入云。那是我们学校的"三产"，一个在中关村乃至全北京都很著名的电脑城，里面每天川流不息着形形色色的高科技二道贩子。而现在已经是晚上八点来钟，电脑城通体黑黢黢的，只留下顶端的一圈儿航空警示灯正在有规律地明灭着，仿佛这幢大楼正在呼吸。分明是指路明灯，他是怎么看出道德问题来的呢？

"恕我肉眼凡胎……"

那人一拍膝盖，咳了一声，语速飞快地对我讲解起来："国家规定，离地高度九十米以上的建筑物航空警示灯，其闪光频率应为每分钟二十至六十次之间，有效光强不低于一千六百坎德拉——坎德拉也就是一种光学上的计量单位。然而根据我的实地测量，这幢大楼上的警示灯是每四秒钟才闪烁一次，也就是说每分钟只有十五次。更危险的是，光强也根本没有达标，在下雨或者大雾天气，很难对几百米上空的飞机起到提示作用。我还查了一下，国内生产信号灯的厂家很多，达到法定标准也并不需要多么先进的技术，那么采购的人为什么非要选择这种不合格产品呢？这分明就是拿了回扣嘛……这不是腐败又是什么？而腐败的根源难道不是道德败坏吗？"

作为一个高中"分科"以后就没有再翻过物理课本的人，我固然对他的那些技术用语感到糊涂，而好不容易听明白大概意思之后，糊涂的感觉却越发加剧了。我仍然想不出来几盏劣质信号灯有什么值得大书特书的。说句不好听的，就是真有一架飞机晕头转向地撞上了我们学校的电脑城，那儿离我睡觉的宿舍也还远着呢。进而，我不得不把眼前这位仁兄归入了"校园神经病"的行列。在我们这所号称兼收并蓄的大学里，这类人还是比较常见的。其中的女神经病症状倒还温和，顶多是到比较英俊、比较有风度的老师（比如中文系的一位著名诗人）课上去发发春，当堂朗诵几首题为《翡冷翠的一夜》或者《我的恋人》之类的诗歌什么的。男神经病就要激烈得多，我在上"中国思想史"这门课的时候，曾经见过一个长相很像弗拉基米尔·伊里奇的"超实用主义民间哲学家"，他提出了一个论调，说的是应该把社会上那些"没用的人"统统消灭，肉做成罐头，脂肪用来生产力士香皂，皮拿去做鞋。他宣称，如果国务院采纳了他的建议，那么中华民族的伟大复兴也就指日可待了。然而所谓"校园神经病"大多数是一些半流浪状态下的旁听生，还有那些考了几年研究生都没考上的落榜者，年龄也都在三四十岁上下，而这人明明是个热门专业的在校生，他发哪门子神经啊。

更加让我纳闷并且懊恼的是，图书馆门口进进出出这么多人，他干吗非要找我来"谈一谈"呢？难道我看起来比别人精神不正常吗？

于是我截断了他的话头："打住打住，我可没工夫听你瞎咧咧。"

"我知道你是个谦虚而低调的人。"他居然露出了委屈的神色，"如果你觉得我的分析不够深入，没有触及本质，你可以反驳我，但不能把我扔下不管哪。我确实很想听听你的见解。"

听起来好像我对他、对中国社会负有多大的责任似的。我差点儿急了："凭什么呀？你想跟我聊天我就必须得陪你聊吗？这不是牛不喝水强按头吗？你把我当什么了？三陪？你给我钱了吗？"

对于我的一连串问话，眼前这人却不慌不忙，从随身携带的旧帆布包里拿出一摞书来。上面的几本分别是《中国大趋势》《中国可以说不》，而压在底下的那本则名叫《谁敢不让中国说不》。看到那色调花花绿绿，仿佛刚拍扁了一只老鼠的图书封面，我突然傻了眼，又好像明白了什么。

"这难道不是你的著作吗？我在楼道里见过你连夜整理书稿。"

他没说错，那本跟风书的确出自我手，但这么说又有点儿不全面。实际情况是，我在上个学期想和女朋友郭雨燕去九寨沟旅游，顺便在路上把她给"办了"，便经人介绍从一个书商那儿领了这个活儿，打算用挣来的钱支付路费、门票和宾馆的房费。书里面的内容全是我到网上扒下来，再胡乱拼贴到一块儿的，至于署名，我给自己取了个颇有"民国范儿"也颇有自知之明的笔名，叫"老放"——比起"老舍"和"老残"，我所干的事儿和通篇放屁也没什么区别。顺便说一句，这本《谁敢不让中国说不》刚一上市，雇了我的书商就破产跑路了，说好的报酬也没给我。又过了没多久，郭雨燕认为我这个人既无能又言而无信，一怒之下把我给踹了。真是赔了夫人又折兵，还导致我在考试的紧要关头遭到"热心读者"的滋扰，这都是什么事儿啊。

与此同时，我又想到了前女友郭雨燕那小狐狸般的眉眼和一对大胸，不免感到了真诚的哀伤。我站起来，茫然四望，想找个由头甩开身边这人。恰好这时，我的身后又扬起了一个清脆的声音："咦，你怎么会认识他这种怪胎？"

我再次回头，看到的却是我的表妹林琳。她是比我低两级的数学系学生，长了一张白白嫩嫩的娃娃脸，眼睛又黑又亮，眼窝还有点儿异族风情的凹陷，看起来好像用气枪砰砰两声，把两颗葡萄打进了一坨奶油里。兄妹两人都考进了同一所著名的大学，这很可以被传为一段佳话，也说明我们家族的基因比较优秀——可能主要来源于我姥爷那边儿，他当过"反动学术权威"嘛。然而我这个表妹自打入校伊始，就对我鼻子不是鼻子眼睛不是眼睛的，几乎见面如仇人。当然，我也有做得不对的地方，我曾经以林琳为诱饵，勒索那些暗恋她的傻小子们请我泡酒吧、打台球、到小西天的中影公司放映厅看进口大片，甚至还打算召集全体有姐姐妹妹的男同学，组建一个"换亲俱乐部"，把"因为太熟而不能下手的资源"转化为"可以下手的资源"。林琳在毫不知情的状态下，已经被我同时许配给七八个人了。

而这时，我的第一反应是，难道林琳也认识这人，并且也认为他是一个怪胎吗？可再一打量，她说话时的眼神明明是看向我身旁那人的。也就是说，她在向对方宣布我是一个怪胎。我不由得气哼哼地说："我好歹也是你哥。"

"狗屁哥。"林琳同样气哼哼地说，"摊上你这种哥，我算是倒了血霉啦。"

然后忽闪着大眼睛对那人说："你是安小男吧？我在去年的高数冬令营里见过你。你解开那道函数方程的思路，我一直都没有想明白……"

那人却露出了和刚才的我如出一辙的惶惑，然后又转换成了乏味。他把我的著作和其他几本书一起放进包里，站起来说："问我也没用，我也讲不明白。你自己查查书去吧。"

说完拍拍屁股就走了。

作为一个长期被本系男生像狗似的围着"嗅"的漂亮女孩，林琳遭受到这种待遇，恐怕还是破天荒头一回。我心里生起了古怪的快意，顺便问她这个安小男是什么来头，脑子到底有没有被驴踢过。林琳却鄙夷地瞥了我一眼，说："就你，还看不起人家呢？"

据林琳介绍，安小男的确是个"神人"，这里的"神"是神奇的"神"，而非神神道道的"神"。他简直可以被称为近几届理科生中的传奇：高中曾经获得过奥林匹克数学竞赛的金牌；从来没上过高等数学、理论物理的专业课，但考试的时候随随便便一写就是满分；可以背诵小数点后一千多位的圆周率……他还是个电脑高手，不管多复杂的计算机编程语言，只要看一遍就无师自通。据说电子系的系主任，一位年近七十的老院士曾经摩挲着他的脑袋，笃定地说："这里面装着半个硅谷！"

这话说的，倒令我感到那位"民间哲学家"的思想应该修正：需要活体利用的其实是安小男这样的奇才，只要把他的大脑像杏仁豆腐一样一勺一勺地挖出来，就够中科院之类的单位忙活上几十年的了。

林琳又问我："他找你做什么？"

我矜持地说："事实上，他有一些问题向我请教。"

林琳的眼神更加鄙夷了，仿佛在看《围城》里自称"被罗素请教过几个问题"的野鸡哲学家褚慎明。而我也的确疑惑起来：安小男为什么会对《中国可以说不》以及《谁敢不让中国说不》这样的书感兴趣呢？经过一番思索，我的答案是：这恰恰可能是因为他太聪明了。作为一个奇才，"自然科学"这个确定性的、答案一望可知的领域令安小男感到了乏味，而"人文思想"的本质则是混乱的、含糊的，想不明白的东西更能容纳他那无穷无尽的智力，也就更让他觉得有意思。就像老鼠特别爱啃桌子腿一样，是因为桌子腿好吃吗？不不不，只是由于老鼠的牙齿过于发达。这样一想，我在感到滑稽的同时，又有了那么一点儿肃然起敬。

总而言之，经过那天晚上的一面之交，我和安小男就熟悉了起来。一个楼道里低头不见抬头见，我在此后又被他频频骚扰，请教一些历史学以及有关"中国社会"的问题。他的请教常常发生在厕所里，有时我们正在并排尿着，他突然就撇过来一句："农耕文明是否终将被海洋文明打败？"

或者我正在蹲坑，他从隔板外面撇过来一句："官僚体制是否扼杀了中国社会的创新能力？"

他那虚心向学的态度令我越来越不好意思了，而在这期间，又发生了一个让人哭笑不得的小插曲：我表妹林琳写了一封信，逼我转交给安小男。那封信我毫不犹豫地拆开来偷看了，内容很简洁，说的是她有几道数学难题一直没解开，想请安小男帮她讲解一下；还说希望安小男能和她结成"对子"，在晚自习期间一起探讨、共同进步。言辞虽然纯洁，可是其心昭昭——对于文科生而言，恋爱的发端是借书，对于理科生就变成解习题了。

"你是不是对他有'意思'啦？"我直截了当地问林琳。

林琳还想抵赖："你管得着吗？"

"当然要管，狗屁哥也是哥嘛。"我苦口婆心地劝她，"我知道在你看来，安小男有很大的优点，这个优点就是聪明。可是找男朋友又不是数学比赛，聪明不是唯一的标准，否则你直接找台586去谈情说爱不就得了吗？对于男朋友，还是需要看看长相，看看性格，看看他有没有……魅力嘛。"

"可我恰恰觉得他有魅力。"林琳涨红了脸说，"他那副呆头呆脑的样子再配上聪明得冒尖儿的脑袋，让我觉得帅极了。"

这个小书呆子，对男性的口味也真够古怪的。我劝她不动，只好冷笑两声，抱着看热闹的心态把信交给了安小男。而安小男自然是看不出林琳的潜台词的，他哼唧了几声，极不情愿地说："我是看你的面子才去的。"

当晚他便离开了男生宿舍，到理科楼后面的小自习室去和林琳会面了。这两个家伙待在一起会闹出什么样的笑话呢？我躺在下铺饶有兴致地猜测着。到了晚上九点多钟，安小男回来了，他敲开门告诉我"任务已经完成"，我表妹的数学难题全被他解开了。

"除了数学题，你还解开了别的什么没有？"我相当下流地问。

他好像没听懂一样，继续汇报道："不过其他的事情，她让我很为难。"

我更加好奇并且焦急了："她让你干吗了？"

安小男说："我们从自习室出来的时候，她突然对我说，大家都是爱学习的人，所以不要在勾勾搭搭上浪费时间，如果我喜欢她，那么就亲她一下好了。"

"你怎么做的？"

"她把脸一仰，眼睛一闭，我就趁机跑了……这不直接回来了嘛。"安小男摊摊手说。

我咳了一声，穿鞋出门往外就跑。安小男居然把一个向他求吻的漂亮女孩孤零零地扔在了大街上，这他妈的是人干的事儿吗？好找歹找，我总算在食堂斜对面的冷饮店里找到了林琳，这时候她已经咕噜咕噜地喝下去了三瓶酸奶。好在林琳并没有因为羞辱而大哭，她只是眼神儿发直地盯着呈等边三角形排列的瓷瓶，幽幽地说了一句："他比我更不愿意浪费时间。"

后来林琳就再没动过谈恋爱的念头，一心念书，考GRE，没过两年就出国留学去了。而经过这件事情，我对安小男倒有了点儿模模糊糊的好感，对于他在人文学科方面的兴趣，也不得不郑重对待了起来。为了不至于误人子弟，我劝他扔掉从地摊儿上买来的"说不"系列，转而到图书馆里找几本"有营养"的书籍进行深入学习，比如汤因比的《历史哲学》、斯塔夫里阿诺斯的《1500年以后的世界》和费正清的《剑桥中国史》之类的。那些书我只是听说过却压根儿没看过，但是既然被公认为名著，那么想来应该是不错的。况且它们还有一个共同的优点，就是厚，都是能压弯一根勃起的阳具的大部头，这有利于更多地消耗安小男的时间和精力，让他少来烦我。

在这么做的时候，我本人也承受着一定的思想压力。我有时会想：我间接地助长了安小男把他那得天独厚的大脑浪费在"没有用"的事情上，这会不会导致我们国家错失一个诺贝尔奖，甚至让整个人类的科技进步都将蒙受巨大的损失呢？再举个历史八卦作为例子，抽水马桶是英国女王伊丽莎白一世的侍臣哈灵顿爵士发明的，但如果女王在当时勒令爵士先生去研究点儿别的，那么我们今天就还得忍受厕所里的臭气熏天。但我也安慰自己：万一安小男本来会变成一个邪恶的科学家，发明出一种能够毁灭地球的机器、电磁场或者计算机程序呢？那么我的所作所为就相当于把全世界人民给救了。

在跟安小男的接触中，我倒是越来越有科学精神了。

就这样又熬过了一个学期，暑假来了又走，我们这茬儿学生迎来了大四学年。重新回到学校之后，我特地昼伏夜出了好几天，为的是躲开安小男。躲他有着另外的原因：按照他的认真劲儿以及智力水平，那几本大部头应该全都"啃"完了吧？如果他再来缠着我"谈一谈"，而我却一问三不知可怎么办？那这人可就丢大了。事实上，随着阅读的深入，他上个学期问的那些问题已经让我越来越头疼了。身为安小男在人文领域的指路明灯，我既感受到了荒唐的虚荣，又不知不觉地心虚了起来。我担忧自己这个"伪劣产品"会像电脑城顶端的引航灯一样，被他有理有据地揭穿。

然而躲是躲不过的，我总得拉屎撒尿嘛。那天晚上十点多，我夹着本书溜出了宿舍，正好在厕所门口撞上了同样夹着一本书的安小男。只不过我手里的书是看到第三遍的《笑傲江湖》，而他的则是法国历史学大师布罗代尔的《十五至十八世纪的物质文明、经济和资本主义》。狭路相逢，我心下一凛，在那一瞬间多么希望他考一考我东方不败的男朋友叫什么名字，或者华山派共有几人为了修炼《葵花宝典》而把自己给阉了。

那当然不太可能。安小男的眼神依然热切，拉住我说："跟你说个事儿。"

"你问吧。"我又瞥了瞥他的书，心里绝望地打着鼓。

安小男却说："我想从低年级的专业课听起，把历史系的所有课程都听一遍，你说怎么样？"

我吃了一惊："你图什么呀？"

"当然是解决问题喽。"他用食指指了指太阳穴，但那动作却像是朝着自己的脑袋开了一枪，"你给我推荐的那些书我全读了……都很好。但是对于我心里的那些疑问，它们似乎都说了点儿，但又都没说清楚。再来问你呢，恐怕也不是个事儿。说句不怕得罪你的话，你和我一样年轻，和你探讨一下问题，共同进步是可以的，但要想答疑解惑，恐怕还得求助于教过你的那些老师。他们都是真正的专家，我想我有必要系统地接受一下他们的思想。"

也许安小男已经看出我是个不学无术的混混儿了？他的话让

我一阵失落，同时却又感到释然。但随后，我却真切地为他担忧了起来："可是咱们都已经大四了呀，马上就要找工作或者考研究生了，哪有时间去听外系的课呢？况且你还要听全本儿的。"

"那就申请延期毕业嘛。"安小男挥了挥手说，"实在不行我就转系，从历史系的大一开始念起。我查了学校的规定，这在理论上来说是可行的。"

他那既淡然又决然的态度，简直让人想起弃医从文的鲁迅先生。也许一个天才的脑袋，就是和我们这样的俗人不同。但我仍然本着一个俗人的善意，继续劝解着他："这恐怕有些不妥……你应该三思而后行。没必要为了爱好把专业都扔了呀，那可是你将来吃饭的手艺。"

安小男却说："我意已决。"

说完，他就错开身子走了出去，而我也没再说些什么。这一来是因为我感到自己至今仍然缺乏和他这样一个"神人"沟通的能力，二来则是因为我已经快憋不住了，再废话裤衩上就要多出一个"柿饼"来了。后来不出我所料，安小男的延期毕业和转系申请果然闹出了不小的风波，他本人也成了我们毕业季里一桩奇闻的主角。

首先是安小男的母亲，一个肉联厂洗肠工，从河北H市赶到了北京。她冲进我们学校的校务办公室，怒斥有关责任人"没有抓好学生的思想教育工作"，导致她的儿子眼看就要自毁大好前途，去钻研"连猪屎都不如的没用学问"。她质问校方，如果安小男真的转了系，那么谁能为他注定穷酸到底的未来负责？又有谁能为一个含辛茹苦的寡妇的晚年生活负责？如果只是学生家长闹一闹，那还不算什么，但是经由这一闹，安小男的问题就演变成了电子系和历史系两个团伙之间的矛盾。没过几天，电子系的系主任，曾经断言安小男的脑袋"装着半个硅谷"的老院士也向学校施加了压力。他表示，一般的学生倒也罢了，但是如果把安小男埋进了故纸堆，那实在是一种资源的浪费。老院士的言辞固然委婉，但也使得我所在的历史系深受侮辱，老师们抗议说，你身为一个知识分子的楷模，怎么说话的逻辑也像家庭妇女一样呢？这不还是在说历史作为一个冷门学问，不如电子、信息、自动化之类的"格致之学"有用吗？进而不又是在说人文学科的人不如理工科的人有用吗？你们这些理工科也太欺负人了，盖大楼你们先盖，拿项目经费你们比我们多几十倍上百倍，连买汽车都能从项目里面报销，到了这时候还不忘踩我们一脚，让不让人活了？

本来是一个学生的一厢情愿，只要稍有阻力，那么说不要也就可以不要的，但是本着不争馒头争口气的精神，历史系的老师却怂恿历史系的领导，跟电子系"杠"上了。他们向校方递交了一份意见：学生选择专业，本是个人自由，又所谓失之东隅，收之桑榆，焉知损失"半个硅谷"，换不来一个范文澜、陈寅恪或者钱穆？进而又大谈历史学乃至全体人文学科之重要性，并上升到了国家民族的高度。搞文科的人都是善于言辞之士，那份意见写得冠冕堂皇，让校方也不好反驳，于是决定破例为安小男举行一个多方面试，大家来决定一下这个学生到底待在哪个系比较好。

没承想，那个面试会议又把风波推向了新的高潮。在会上，电子系的班主任先代表老院士发了言，说的还是人尽其才那一套。安小男表情呆滞，无动于衷。接下来，历史系颇有名气的商教授便闪亮登了场。我们系的老师里，能在学校外面混得开的人物不多，这位商教授就是其中之一。他入选了好几个政府机关的参事，为不少级别相当高的领导干部写过讲话稿，隔三岔五还会在党报的头版"刷"上一篇社论；而给他带来最大名气的事儿，当然还是登上过央视的《百家讲坛》，讲的好像是"中国宦官干政考"。大家公推这样一位人物出面，可见是想先声夺人，让对方知道我们历史系也不全是碌碌鼠辈。

商教授保持着他在电视机里的一贯做派，先轻轻胡噜了一下大背头，又抖了抖西门庆风格的"五彩洒线揉头狮子"对襟唐装，然后才循循善诱地开了口。他问道："这位同学，你贵姓？"

"姓安。"

"那么我可以叫你小安子吗？"

不得不指出，这话说得实在有些轻佻。而商教授这个人，向来的确是轻佻的。对于轻佻，他还专门发表过一番解释：既然我们这个社会的风气，就是把轻佻当有趣，而人在任何时代都在追求有趣，都在尽量活得不那么沉重，那么轻佻一下又何妨呢？他还引证说，许多历史上的名士，譬如阮籍、金圣叹和唐寅，骨子里都是些轻佻的人。这么一说，他的轻佻好像就有了传承与深度。再加上这套做派在电视上和领导干部的圈子里都很受欢迎，那么商教授更可以理直气壮地插科打诨下去了。

果不其然，商教授一开口，原本凝重、尴尬的会场气氛登时轻松了下来，许多人脸上不知不觉地泛上了一丝笑意。有些人就是有这样的本领，他们很善于改变周遭的"气场"。现在，全体教职工都在等着欣赏这位电视名人的表演了。

对于商教授的问话，安小男的反应是愣了几秒钟，然后磕磕巴巴地说:"这不妥吧。"

过了一会儿又补充道:"您又不是慈禧。"

此言一出,现场的人们就真的忍俊不禁了。不要说学校教务处的领导,就连电子系那两个满脸"常量函数"的教师代表都互相看了一眼,嘴里扑哧一声。本来嘛,地球又不是围着一个学生转的,搞得那么兴师动众干什么?而得到了安小男不经意间的"配合",商教授就更加胸有成竹了,他笑容一敛,将谈话引入了正题:"还是说说你平时都看一些什么书吧——我指的是在课余时间里。"

安小男便将我开给他的书目一一报上名来。要知道,这些书连许多历史系的研究生都是没有读完的,就像很多中文系的研究生没有读过《红楼梦》一样。商教授眼前一亮,有些惊奇也有些技痒,便当堂考问起安小男的学问来。

一考之下,令人惊奇,安小男对答如流。他不仅能够把商教授提到的具体章节精确地复述下来,而且对于关键的段落还能全文背诵。他原本是木木讷讷的模样,一谈到书本却像插了电一样,眼珠子里往外喷射的全是精光。如果不是商教授及时打住,那么他可能会孜孜不倦地说下去,直到两个嘴角下方越积越多的白沫流到脖子上去。

"大家都看到,情况已经很清楚了。"商教授轻轻地嘘了一口气,转向了校方代表,"这位小安……同学在历史方面达到了相当的造诣,虽然他的阅读稍嫌不成系统,还有点儿凌乱,但是他对重要著作的熟悉程度已经超出了我的想象。兴趣才是最好的老师,我想如果不是对历史有着浓厚的兴趣,他是不可能付出这么多的时间与精力的。而学校作为一所人才培养机构,为什么要扼杀学生的兴趣呢？这是不负责任的。当然，搞教育的都有爱才之心，电子系诸位同人的心情，我们历史系也能理解。不如由我个人来提一个折中的方案：我们给予小安同学电子系和历史系的双重学籍，他继续在电子系读研究生，同时还可以到历史系来念本科，由我本人亲自担任辅导老师。现在的大学教育不是提倡打通，提倡跨学科？历史上那些真正的大师也都是通才：笛卡儿既是一名数学家，同时也是一位哲学家；爱因斯坦发现了相对论，同时也热衷于演奏小提琴；杨振宁获得了诺贝尔物理学奖，同时也爱好着古典诗词以及翁帆女士……"

商教授好不容易正经了片刻，终于又在发言的结尾流于轻佻。但这轻佻却是恰到好处的轻佻，它让在座的众人哄堂一笑，有了皆大欢喜之感。既把安小男的人留在了电子系，又保全了历史系的面子，多么完满。只要这种长袖善舞的人物在场，那么什么问题都不是问题。校方的领导们满意地点了点头，宣布"再回去研究一下"，假如对学生好，对学校好，"特事特办也是可以的"。

大家欠起屁股，已经准备离席了。但没想到，安小男却在这时候又开了口。他的话是对商教授说的："我还没决定去不去历史系。"

难道今天的会不是为了你转系才开的吗？这时候说这种话，不是消遣人嘛。商教授不免一愣："什么意思？"

"我是说，在系统学习历史之前，我想再问您一个问题。"安小男说。

"你也想考考我吗？"商教授饶有兴致地笑了，"一个问题够吗？"

"就一个。"

"那你说。"

"历史到底有什么用？"

商教授又一愣，但过了半晌，笑容便重新圆熟起来："历史当然不如电子有用啦。但是兴趣嘛，喜欢嘛，如果再纠缠于有用没用，是不是有点儿俗了呢？"

"您没听懂我的意思，可能我没表述清楚。"安小男舔了舔嘴唇，直视着商教授说，"研究历史是否有助于解决中国的当下问题？"

"比如说什么问题？"

"比如说中国人的道德缺失问题。"

"明史鉴今当然也是一种思路……但是我想，没必要把历史学理解得这么直接吧。"

"可是有些问题明明是绕不过去的。或者我再换一种问法，您对中国社会的腐败和道德缺失有什么看法？想过怎么解决它们吗？"安小男说。

"这就是另一个问题了。"商教授的眼神便开始迷离了。他一定感到了和我当初一样的惶惑。

"在我看来，这是一个问题。"

在安小男的锲而不舍之下，商教授又嘘了口气，看了看与会者中有着领导头衔的那些人。历史系的党委书记还没有走出门去，据说这人有可能要提成主管文科教学的副校长了。于是商教授陷入了另一种逻辑，这种逻辑就是容不得轻佻，但也容不得过分郑重的了。

"你可以去看一看上个月《新华文摘》上的一篇文章，是我今年刚写的，其中也有一部分谈到了知识分子应该如何面对今天的现实。"商教授说，"我认为我们应该分清主流和支流，比起繁荣的、蓬勃的历史主旋律，这样那样的问题都是小小不言的。"

"也就是说，可以不关心吗？"

"我们更应该关心的是主流，或者潜心于自己的专业……"

安小男一字一顿地说："我认为您很无耻。"

他说话的声音并不大，但在会场上却有如炸雷。一些人被定住了，另一些人则逃也似的加快了脚步离开。商教授着实是蒙了，他半张着嘴，瞪着安小男，僵在了原地，连话也说不出来。

接着，安小男便抬起了一只手，手指尖利地指着商教授的鼻子，开始了滔滔不绝的大鸣大放大批判。他质问道，中国社会已经沦落到了怎样的一个地步，难道您没有看到吗？难道您不忧虑吗？如果是一般的人也就罢了，但您作为一个学者，一个在公共领域拥有话语权的知名人士，居然选择了鸵鸟策略甚至是睁着眼睛说瞎话，这是何种用心？安小男还说，他之所以对历史产生了浓厚的兴趣，正是由于认为比起中文、哲学和社会学等其他人文学科，历史最有希望解决他的"核心问题"，但今天看来他错了。中国的历史学家并没有他所希望的那样高大，他们归根结底还是一群"没用"的家伙。

谁能想到，安小男的历史研究之路沿着汤因比、费正清和布罗代尔等大师绕了一圈儿，又绕回了在那个盛夏之夜和我讨论的领域。他挥斥方遒地发表了十来分钟的演说，直到商教授也面色铁青地溜走了，会场上空无一人，才喘息着停下来。据说此时的他已是满脸热泪，他居然哭了。

毫无疑问，转系的事儿被彻底搞砸了，而安小男也在文科生之中出了大名。再顺便说一句，那位商教授曾经把我们折腾得不善，他自己忙于上电视和走穴，基本上不给学生上课，但到了考试的时候却摆出铁面无私的架势，把题目出得非常难，一定要"挂"掉一批人才过瘾；他还把系里比较漂亮的几个女生招致麾下，通宵达旦地为他整理新一期《百家讲坛》栏目的讲义。基于这个情况，大家虽然认为安小男有可能疯了，但也不得不感到大快人心。一时间，大家争相到电子系的宿舍去瞻仰、声援安小男，每天都有人隔着门帘对他挥挥拳头："干得漂亮！"

按照众人的理解，安小男之所以突然发飙，正是因为那个"小安子"的玩笑——那让他觉得受到了侮辱，进而失去了自控能力。再细一想，他对商教授的指责虽然突兀，但又来得多么刁钻，多么让对方无所适从。一个研究过西方现代主义思潮的同学阐释道，按照福柯的理论，疯子虽然和正常人驴唇不对马嘴，但是他们的思维其实有着严密的内部逻辑，一旦进入那个逻辑，正常人的经验和智慧便丧失了作用，甚至也有可能会被搞疯掉。这也是以商教授之机智老辣，却被一个小毛孩子诘问得张口结舌的原因。

在这种时候，我却越发感到自己有必要躲开安小男了。作为一个骨子里很"尿"的人，我对于那些具有狂暴因素的人与事，向来抱以本能的敬而远之。然而还得怪学校宿舍的布局以及我们排泄系统的生物钟，躲了一阵，我终于又被安小男堵在了厕所里。

那是一个清晨，我刚冲完水，正迈着发麻的两腿从隔扇里挪出来，正好撞上安小男也站在小便池前。他迅速抖了一抖，提上裤子拦住了我的去路，眼里满是悲伤。

我抠了抠眼屎，仍旧不知说什么才好。安小男却先开了口："我想，你应该理解我。"

"理解你什么？"

"我的初衷并不是想去故意捣乱，更没有针对商教授个人的意思。"他的一边嘴角抽搐了两下，"我很真挚，的确是希望历史学，希望研究历史的人能够帮助我解决困惑。"

"对不起，我们都让你失望了。"

"怪我，我不该强人所难……我太幼稚了。"

安小男说完，抛下我转身走了。而我却沉默地站在原地，生出了一种类似于羞愧的心态。那感觉，就好像急匆匆地方便完了，才发现自己闯进了一间女厕所一样。

二

相比于安小男，后来混得最好的李牧光虽然和我是一个系的，住得也离我近得不能再近，但我对这个人的印象却一度是模糊的。这倒不是说他没有特点，恰恰相反，李牧光正是由于特点太过鲜明了，才导致我最初和他的交流极其有限。

第一次见到他，是在新生入校的时候。因为我属于北京生源，所以不必提前几天赶过来安家，而是卡在了录取通知书上规定的最后一天，才背着铺盖卷走进了宿舍。当时屋里看似没有人，大家或许都去参加"入学教育"了。我草草铺好了褥子，又到水房涮了涮脸盆，突然瞥到窗台上摆着一只"爱华"牌双卡收录机，还是那个年代最新的款式呢。我一时手欠，便按了播放键，喇叭里随即传出了鼻音浓重的"牛津腔"英语：

约翰先生，今天的培根煎得怎么样？

爱丽丝小姐，我们来跳一曲华尔兹吧。

看来这台收录机主人还真爱学习。我无言地笑了笑，把机器关了，这时却听见一声呻吟从我床铺的上方传来。然后，上铺的被窝里钻出了一个人脑袋："哥们儿，几点了？"

这人一嘴东北腔，同样也是鼻音浓重。刚才居然没发现自己的脑袋顶上就躺着一个活人，这让我先被小小地吓了一跳，随后便不好意思起来。人家正在睡觉，我却在宿舍里东搞西搞，太不合适了。

我抬手看了看表："下午四点多了……吵到你了吧？"

"没事儿没事儿。"那人长得倒还周正，是一张东北人里常见的国字脸，肤色也颇为白嫩，只不过睡得有点儿肿胀了。他把一只光溜溜的胳膊也拔了出来，指了指双卡收录机："你要听就接着听，抽屉里还有磁带，音乐的也有，相声小品二人转的也有。"

看来他是那台机器的主人，我就更不好意思了："那多吵哇，你怎么睡觉？"

"我不怕吵，在哪儿都睡得着。"他说完，把身子往被窝里一蜷。

我看了看他杂草丛生的天灵盖，又扭脸望了望窗外，轻声叫他："那我先出去，你知道别的同学在哪个教室吗……哥们儿，哥们儿？"

上铺无声无息，这人居然一转眼就又睡着了。

到了晚上，和宿舍里的其他同学见了面，才知道我上铺这人名叫李牧光，是从赵本山的故乡"铁岭那旮旯儿"来的。同学们又啧啧称奇地介绍道，自从到校以来，他就一直在睡觉，已经连睡了两天两夜了。何以要睡这么长时间？这时李牧光终于不情愿地起了床，他一边睡眼惺忪地刷着牙，一边对大家解释，这是因为报到之前，他们家人带他到欧洲和澳大利亚玩了一圈儿，偏巧地球又是圆的，纵横几万里，时差把他的生物钟统统搞乱了，所以需要用睡觉调整过来。这个理由有些牵强，但却暴露了李牧光的另一个情况，就是他的家庭条件很不错。我考上大学以后，父母只是给我买了块手表，并且还不是瑞士的，而是日本"精工"，就算"以资鼓励"了；其他两个来自广西和贵州的兄弟更惨，拿到录取通知书之后的第一件事情就是走亲串邻地借债。再瞧瞧人家这日子过的。

一个同学问："欧洲什么样？"

李牧光打了个哈欠说："上车睡觉，下车拍照，全忘了。"

有一个同学问："你爸是老板吧？"

"算不上，也就是给国家打工的。"

说到这儿，李牧光咂巴咂巴嘴，又从柜子里拽出一只沉重的纸箱子来。嗬，那里面真是五花八门：真空包装的酱鸡腿、卤牛肉、整只鸭子、进口蛇果、红提、山竹和哈密瓜……这些大概是李牧光的父母给他留下来的，难道他们怕儿子吃不饱饭吗？李牧光嚼了两块饼干，然后又看了看我们，招招手说："愣着干吗，大伙儿一块儿呗。"

我们这些没出息的家伙便一拥而上，吭哧吭哧地吃了起来。这个聚餐会刚进行到一半，李牧光突然又伸了个懒腰说："你们慢用，我就不陪了。"说完爬上床，不到半分钟，又没声儿了。

谁也没见过这么爱睡觉、这么能睡觉的人。此后的日子里，我更加为李牧光在睡眠方面的造诣而惊叹。每天早晨大家出门去上课，他却在被窝里酣睡；中午大家回来，他仍在被窝里酣睡；勉强被我们拽起来，极不情愿地到食堂扒拉两口饭之后，他总算有了一点儿精神，于是便会在园子里东逛逛西逛逛，到球场去看人家打会儿篮球，但才过晚饭点儿就又困了，火急火燎地跑回来睡觉，好像刚上了一个大夜班似的。课他自然是不怎么上的，不管是本专业还是公共课，考勤表上缺席的记录都占了大多数。大二的时候，全体学生被拉出去军训，李牧光正在太阳底下站着"军姿"，突然就像一段枕木一样拍在地上，不省人事了。教官被吓了一跳，以为他中暑了，休克了，然而我们几个同宿舍的人却一点儿也不着急。我们知道，他只是睡着了。

这基本上就是李牧光大学生活的常态。套用一句伟人的名言来说，一个人能睡觉不难，能天天睡觉也不难，但要是能天天都睡得像李牧光这样惊世骇俗，那可就难了。日子久了，对于宿舍里永远有一个人在睡觉，我们从不适应到适应，又从适应过渡到胡思乱想，甚至还有了一种恐怖的感觉。大家都担心突然有一天，李牧光会无声无息地睡死在被窝里。于是我提议，每天早上出门之前，都要有一个人去探一探他的鼻息，如果不幸真的发生了，那就赶紧通知校医院的太平间。我们不能允许他臭在屋里。

这个习惯一直保持到了大学毕业。

我也不免好奇：难道李牧光一直都是这么嗜睡吗？假如中学时代也是这么睡过来的，他又是如何考进我们这所赫赫有名的大学的呢？难不成他像电子系那个传说中的安小男一样，也是一个天才型的人物，而学校为了保护天才，才特批了他不需要上课、写论文，甚至不需要考试吗？

事实当然并非如此，天才怎么会像那些抱着小孩卖黄色光盘的妇女一样，你走到地铁A口冒出一个，走到地铁B口又冒出一个。有一次班级聚餐，我们的班主任老师被灌醉了，才吐露了李牧光背后的真相：他父亲是东北一家重工业大厂的一把手，专门在厂里为我们学校设立了一个理工科的"创新基地"，说白了就是赠送一块地皮，供学校在当地开办形形色色的收费班，贩卖注水文凭；而这么做的条件，是学校要给李牧光一个免试入学名额，并且保证他顺利毕业。换句话说，李牧光虽然不是天才，但是他爸却是天才——搞钱的天才、搞关系的天才，而那些天才要比智力上的天才更加畅通无阻。

　　不过这个信息流露出来，我们虽然在理性上感到了不公，但却对事不对人。再看到李牧光安然高卧的时候，并没有谁会真正地讨厌他。平心而论，李牧光其人除了舍生忘死地爱睡觉之外，身上并没有一点儿"各色"的、让人不愉快的东西。他的脾性随和极了，压根儿没显露出公子哥儿的骄娇二气。有的时候大家闲得无聊，就用报纸卷成小棍，去捅他的鼻子，捅得他喷嚏连天的，但人家却一点儿也不生气，打完喷嚏哼哼两声"不要搞我，想吃什么柜子里有"，然后就继续睡过去了。还有一次，我对面床上那位兄弟也不知怎么弄的，把半壶热水浇到了李牧光的被子上，他被烫得嗷的一声坐了起来，愣了片刻，憨笑道："我尿炕了吗?"

　　除此之外，自然还有物质上的收买。如前所述，李牧光那装满了吃食的百宝箱，大家是可以随意享用的；他那台"爱华"牌双卡收录机也早被宿舍里的两个英语狂人霸占，练听力用了。世纪之交，个人电脑在学生中间普及了起来，别的宿舍都是大家凑钱集体购买，还有为了你掏多点儿我掏少点儿而打架的，李牧光却大手笔地一人买了两台，一台台式机，一台笔记本。这两台电脑，他这个长睡不醒的人几乎从来没有摸过，而我们却可以用台式机打游戏时用笔记本下"毛片"，或者用笔记本打游戏时用台式机下"毛片"。

　　说来也惭愧，我吃着李牧光的，用着李牧光的，心里还不止一次地嘲弄和诋毁过李牧光，但整整四年，我却从来没跟这个人进行过深入的交谈，更别提交心了。我对他说过的话，仅限于"你果然还在睡""你居然也会醒"和"给我用""给我吃"这样的层面，而他的回答则基本上是"哦""嗯""好"以及无声无息。我毫不怀疑，只要大学一毕业，我就会把李牧光给忘了，就像他同样会在睡梦中把我也给忘了。然而临到毕业时的一件事，却使得李牧光认定我是他"最好的朋友"，而交到我这样一个朋友，是他大学期间唯一的收获——当然，作为一个永远长眠的人，他也不可能有别的收获。

　　那又是在盛夏季节，我再次迎来了一年中最繁忙的时候。只不过以往是忙于应付考试，这时却在忙于投简历、找工作。我们历史系的毕业生可比不得理工科，到各大招聘会上稍微一打听，就会发现自己的出路少得可怜。而我的成绩本来就不怎么样，又不是党员和学生干部，形势便更加不容乐观，也就更加需要勤勉。有一天夜里十二点，我才刚刚结束了一个位于昌平的企业面试，坐着长途车赶回城里。这时宿舍已经熄灯了，屋里充满了此起彼伏的鼾声和臭脚丫子味儿，我本想直接脱了衣服上床，却忽然听到咯吱一响，李牧光的脑袋探了下来。

　　"小庄……庄博益，你睡了吗?"他问我。

四年以来，我只见过李牧光在不该睡觉的时候闭着眼，可从来没见过他在该睡觉的时候睁开过眼。我不由得哆嗦了一下，甚至觉得天有异象，马上就快地震了："你他妈的要吓死我？"

"对不住对不住。"李牧光的眼睛在黑暗中闪闪发亮，"不过我的确睡不着……也有个事儿想找你帮个忙。"

难道李牧光也在为找工作的事儿发愁吗？我没好气地说："我能帮你什么忙？你应该找你爸说去。"

"这事儿他也帮不了我，只能找咱们同学。"他的语气突然变得可怜巴巴的，"我也问过宿舍里的别人，可他们都不愿意。"

"别人不愿意，我为什么会愿意呢……到底什么事儿？"

李牧光就磕磕巴巴地说了。原来他爸按照很多成功人士的育儿之道，决定送他去美国留学。为了办这事儿，老头子亲自跑了趟得克萨斯，给他联系了一所州立大学，并且以慈善家的身份留下了一笔不菲的捐款。按说这已经足够把路"蹚"平了，然而快办手续的时候，外国佬那种特别"死性"的毛病却又犯了。他们提出，李牧光就算可以不参加入学考试，但总得提交一篇本专业领域的论文，否则没法儿向所谓的"学术委员会"交代。

"你们学校的委员会，难道不是归你们这些校领导管的吗？实在不行我就跟你们书记谈。"李牧光他爸什么时候受过这种刁难，他一怒之下，简直口不择言了。

对方表示，那个委员会还真是有权把任何学生拒之门外的；而他们已经对李牧光很宽松了，如果不是因为这两年财政吃紧，哪能随便糊弄一篇文章就可以入学。

于是压力就转嫁到了李牧光的头上。他爸打来电话，让他火速"攒"出一篇论文来，再翻译成英文。这让李牧光感到很无辜："我又没想出国，是他们非逼着我去的。这时候事情没有完全搞定，却又来折腾我，有这么不负责任的父母吗？"

我只好顺着他说："就是，他们太不知道心疼你了。"

"可是我也只好给他们擦屁股。"李牧光又说，"我这个着急呀，上火上得牙床子都疼了。今天我已经问了好几个人，但他们都说正在找工作，根本没时间替我动笔。"

"可我也在找工作呀，我的牙床子也在疼。"我说。

"别人不管我可以，但你可不能不管我。"李牧光急道，"谁让你是我的下铺呢，咱俩睡得最近，交情也就应该最深。再说我不会让你白干的……我给你钱。"

"不要说得这么赤裸……"我眨眨眼，"多少钱？"

他说了个数："两万够吗？"

我仰着头，像一只坐井观天的青蛙，和李牧光对视着。过了半晌，我说："够了。"

我之所以答应了李牧光，首先是因为两万块钱对于一个学生来说，实在是一笔无法抗拒的巨款，而第二个原因，就是我突然想到，那篇文章其实并不需要我来写——再说我也不认为自己有能骗过美国佬的水平。说定之后，我和李牧光分头安然入睡。第二天他照常没有起床，而我则披上衣服，蹲在厕所门口守候安小男。

七点来钟的时候，安小男果然出现了。这时候却是我追着他问了："你对历史还有兴趣吗？"

"实话实说，已经没有了。"

"话不能这么说。"我开导他说，"你其实只是对历史系以及历史系的那些人没有兴趣了，但对于历史本身，你一定仍然是乐于思考的……否则也不能解释你为什么一口气读了那么多书哇。"

"可我正是因为历史系的人而对历史丧失了兴趣，我不认为那些人所搞的学问，能够解释我的困惑。"安小男把逻辑拽回到自己的轨道上，然后看了看我说，"你到底想说什么？"

"我想说的是，凡事应该有始有终，你可以写一篇文章，谈一谈你前段时间研究历史的心得。"我进而扯起了谎话，"我正在给出版社编辑另一本书，是《谁敢不让中国说不》的姊妹篇，名叫《中国想说不，谁也拦不住》。你对历史学的思考，是我见过最独特也最终极的，仆未尝闻有为道德而研究历史者。我认为这本书里如果没有你的文章，那么将是一大遗憾。"

安小男的眼神陡然凝聚起来："你真这么认为？"

我点了点头，他也随之点了点头。

然后我补充道："对了，稿费五千。"

半个月后，安小男果然交给我一篇洋洋洒洒，长达几万字的雄文。那篇文章我大概扫了一眼，所用的材料和大多数论点都注明来自我向他推荐过的那些书，但安小男对它们进行了重新整合，从而指向了一个终极的天问：中国人的道德水准是如何不断降低的？他从秦王扫六合、五胡乱华和竹林七贤一直写到了五四运动，写到了"文化大革命"。在他看来，中国原本是有道德的，但中国的历史却是一个不断击穿道德底线的过程。客观地说，安小男的文章存在着严重的硬伤。首先，他将历史解释成了一个有目的、有意志（也即消灭道德）的过程，这已经近乎阴谋论了。要知道，吾国吾民除了败坏道德之外，还在春种秋收，男耕女织，需要忙活的事儿多着呢，谁那么有闲心专门和道德这个劳什子较劲儿。其次，他絮絮叨叨地说了八百多遍"道德"，但却并没有对道德进行起码的辨析——是儒家道德还是法家道德？内心道德还是社会道德？在他看来，"道德"似乎是一种先验的天成之物，在人类的蒙昧阶段保存完好，一进入文明社会就腐化变质了。

看来天才也是有局限性的，安小男在理工科方面的智慧并没有平移到人文社科领域。或者说，他那种一根筋、特别"轴"的性格恰恰说明老院士制止他转系是正确的。我有些担忧这样一篇文章是否能够通过美国学校的审查，但转念一想，我又何必替李牧光那么尽职尽责呢？再说了，也许美国人会非常喜欢这种中国人自曝家丑的态度。于是我没有耽误，又拿着文章找到了我的前女友，外语学院的郭雨燕，请她将其翻译成英文，翻译费五千元。挟着巨款之威，我顺便企图和郭雨燕重修旧好，并且再次提起了去九寨沟旅游的计划，但是郭雨燕干脆利索地请我滚蛋："你这种人，一起玩玩儿倒是挺有乐趣的，过日子就太靠不住了。"

"谁也没说要奔着过日子去呀。"我说着"香"了她一记，又揽住了她的腰，"我们就是玩玩儿也可以嘛，纯娱乐。"

郭雨燕脸色泛红，一对大胸起伏了两下，但随即却嘤咛一声，将我推开。她正色道："这就是你的爱情观吗？太不道德了。"

他妈的，怎么又是道德。安小男不是已经得出结论，中国人早就全无道德可言了吗？可见他那篇文章的确是大谬特谬。

随着我的彻底失恋，我们这茬儿学生也最终毕了业。朋友或仇人们像狂风里的杂草一样飞向天南地北，转眼之间大部分都成了陌路人。李牧光如愿以偿地拿到了美国的入学通知书，连最后的聚餐都没参加就上了飞机。临走之前，他给我们留下了两台电脑、一台双卡收录机、几身簇新的西服，还单独交给我一个装满了钱的厚信封。我有点儿好奇，帮助他通过审查的，究竟是安小男那篇旁征博引的文章呢，还是郭雨燕那流利而精确的英文翻译。抑或这两者都不重要，美国佬既然拿了他爸的钱，所谓提交论文仅仅是走个过场罢了？当然，对于既成事实，我们也没有必要像历史学家那样一味追寻原因，否则生活将会变得更让人疲倦，也更让人难以适应。

讽刺的是，出国之后的李牧光倒是与我交往得日益密切了起来，并且真的发展成了他所谓的"朋友"。恨不得刚一下飞机，他就开始给我写信，告诉我自己在美国的见闻和生活状况。这也能够理解，人毕竟是需要回忆的，到了陌生的环境里，往事就会焕发出原先所不具备的温馨色彩。而李牧光的大学四年几乎都在睡觉，可供他回忆的，似乎只剩下了和我之间的那点儿交往。于是他美化了我们的一手交钱一手交货，将我给他"攒"文章说成了两肋插刀的朋友之义，又把他给我两万块钱说成了自己的仗义疏财。他的信上没有一点儿美国气息，反而发散着越来越浓厚的东北味儿：咋说呢？咱们兄弟就啥也不要说了。

自从我有了手机之后，他和我的沟通方式就变成了打越洋电话。每周起码一次，一打就是一个小时，先声称"啥也不要说了"，然后说的话却比我们睡在上下铺的四年还要多。这期间，李牧光的谈话主题变成了抱怨。他抱怨美国的白人看不起他，黑人居然也看不起他；中国留学生里比他更富的看不起他，那些穷得连二手"丰田"都买不起的家伙居然也看不起他。作为一个肤色、体格和智力都不占优势的外乡人，他在美国可真是受够了委屈。更加让他忍受不了的，是他在中国都可以尽情享受的自由，在美国却受到了粗暴的干涉："他们还不让我睡觉。"

"谁?"

"我那个印度导师,还有美国房东。"说到这儿,李牧光都快哭了,"有一次我在屋里睡了三天,房东就报警了。他们说这是病,必须得治。"

我想了想,第一次给了他真诚而善意的忠告:"我也认为你应该配合治疗。"

再后来,也许是度过了初来乍到的不适应阶段,李牧光的电话总算渐渐少了下来,每次通话的时间也变短了。但这并没有影响到我们的"交情",当他父母来北京,我总会跑一趟他们下榻的豪华饭店,为他们磕磕巴巴地讲解一遍美国补药的说明书——都是李牧光寄过去的,其实也就是些深海鱼油和褪黑素什么的,想来"吃错了药"也没什么危险;而过了两年,我的表妹林琳考入了美国名校斯坦福大学,我指派李牧光开着他的"凯迪拉克"横穿了几个州,去接林琳入学、给她安顿住处、采购生活必需品并且由他埋单。能交上这么一位有钱有闲,又傻乎乎地热心肠的朋友,这也是我在表妹面前唯一一件有面子的事儿了。

林琳专门打电话感谢我,说的话和《围城》里赵辛楣对方鸿渐的评价刚好相反:"你这人虽然讨厌,但还有点儿用处。"

三

直到这个阶段,安小男和李牧光之间还没有发生直接的交集。我想介绍的发生在他们之间的雇佣关系,指的也绝非安小男那篇被我克扣了大半稿费的文章。一个"枪手"有什么稀奇的呢?在我毕业之后,找到的头一份差事,是在一个市属机关当秘书,工作内容就是给副局长写发言稿。而像我这样的编制内"枪手"，在各级单位里面数不胜数。

再说一个笑话，我所"跟"的那位副局长本来是一平谷桃农，普通话不太标准，总是把"我们"说成"碗们"，而恰好我们的局长又姓郭，于是他朗读稿件的时候就变成了："碗们要团结在锅的周围，坚决解决好老百姓的副食供应问题。"

这份工作我干到第二年，就死活坚持不下去了。坐在单位的会议室里，我感到自己真的是一只碗，叮当乱响地空空如也，只等着从锅里分出一点儿肉汤来。然而锅身边积极踊跃的碗又太多了，他们有的会往锅里倒米，有的是从更大的锅里空降下来的，还有的镶着金边妩媚多姿，并且不惮于随时和锅跳到同一个水槽里去洗澡。看起来，我这只缺了口的破瓷碗是很难熬到出头之日了，于是我咬了咬牙，放弃了这条许多人眼里的"人间正道"，跳槽去了一个地方电视台下属的节目制作公司。

随着广电系统的市场化改革，如今的制作公司完全采用项目制，拍一个片子拿一份钱，不想干活的时候，在家躺半个月也没人管你。虽说碗们和锅的关系仍然颠扑不破地存在着，但在这个管理相对松散的单位，我的生活状态总算轻快了一些。我先是当记者，跑了一段时间的社会新闻，然后又转入了编导岗位，很快混上了一个导演的头衔。只可惜我这个导演和动画片导演、动物世界导演一样，都是没机会和女演员们"深入说戏"的。我干的是纪录片，所表现的内容不是边远山区的孩子走几十里路去上学，就是挺着大肚子的女支书都"破水"了还坚持带领乡亲们抢修养猪场。

斗转星移地又过了几年，我的某部主旋律片子得了一个政府奖，进而和公司签订合同，成立了自己的工作室。随着财务上的宽裕，我在通州买了房子，接手了一个朋友的二手"大切诺基"，染上了把玩檀木佛珠和沏工夫茶的爱好；为了让自己时时刻刻"更像个导演"，我还留起了络腮胡子，每天出门之前都给自己扣上一顶镶有红五星的帽子。总而言之，我终于变成了自己既向往又厌恶的那般模样——一个满嘴跑火车的文化混混儿。

大概是北京刚开完奥运会的时候，我的不知第几任女朋友，一位社会学专业的在读研究生向我建议了一个新选题：中关村和学院路一带的"校漂"人群。这个群体和那两年受到大量关注的"蚁族"又有不同，他们之所以不是学生还赖在大学周边，原因是多种多样的：有人纯粹是毕业之后收入低，贪图食堂的价格便宜；有人是因为还保持着华而不实的精神追求，喜欢隔三岔五去听听讲座什么的；还有人是因为怎么也跨越不了从学生到社会人的心理转变，索性就拒绝长大了。凭着直觉，我感到这些人里也许能挖出点儿什么东西，弄不好还能再得个国际上的二流奖呢。况且，我也迫切需要拓宽题材。

说做就做，我"撒"出去几个聘来的实习生，让他们为我搜集汇总了一批"校漂"的典型人物，然后带着摄像扛着长枪短炮，逐一进行采访。工作进行得出奇的顺利，那些"素材"形形色色，但有一个共通的特点，就是都不把自个儿当凡人，表现欲也特别强。他们对着镜头手舞足蹈，或抒情或明志，令我不得不临时调整思路，将一部绷着块儿装深刻的纪录片改换成了喜剧风格。我还特地留心寻找了一下当年见过的那个"民间哲学家"，很可惜，留校任教的同学告诉我，那人因为偷窃了几十件女生内衣，已经被移交公安机关了。

几天以后，前期采访工作大致告一段落，我在母校的留学生餐厅请全组人员吃了顿饭，准备回去整理录音。但在席间，一个比较负责任的实习生小张告诉我，在她搜集到的采访对象中，还有一个没有"采"到。

"不是都没落下吗？"我翻了翻名单说。

"那个人比较孤僻，不愿意透露自己的名字，也死活不愿意上镜。"小张说，"不过我总觉得这人身上有故事。他没工作，也从来不到学校的课堂去听课，每天就是在学生宿舍里窜来窜去，保安把他当成捡破烂的，往外撵了好几回，但每次撵出去，没两天他又回来了……"

"没准真是个捡破烂的呢？或者在倒卖偷来的自行车？"

"我见过他一次，绝对不像。"小张笃定地说。

我时常教育手下的孩子们，干活儿一定要有始有终，哪怕一个镜头没拍到也不能收工。我也对他们说过，真正有意思的素材往往是锲而不舍地"抠"出来的，而非随便拍一拍就能捕捉到的。小张的态度倒好像将了我一军，于是我让其他人先吃，自己跟着她走出了餐厅。

小张所说的那人的住处，就在我们学校西门外的"挂甲屯"一带。那儿的居民把平房加盖成摇摇欲坠的简易小楼，再按间甚至按床位租给住户。这么多年过去了，这个城中村仍然又脏又破，熙熙攘攘，土路的两侧摆满了卖鸡蛋灌饼、麻辣烫和羊肉串的摊子，不时有戴着厚厚的眼镜、满脸木然的年轻人夹着书本匆匆而过。小张带我穿街过巷，拐进了靠近圆明园西路的一个小院儿。她在一扇紧闭的门上敲了敲，半天无人应声，又不甘心地透过窗帘缝往屋里打量。

"干吗的？"一个穿花睡裤的矮胖女人拎着一网兜蔬菜进来，

警觉地看着我们。她大概是小院儿的房主。

"这儿的住户不在家吗?"我指指那扇门说。

"我出门的时候还在呀。"房主说,"难道又被抓走了吗?"

"什么人抓他?警察?"

"不是警察,是学校里的人。"房主撇撇嘴,"给我惹了不少麻烦呢,要不是看他孤苦伶仃的挺可怜,早把他撵出去了。"

我对小张努了努嘴,和她走出了小院儿。院儿门对面,是一间污水横流的公共厕所,从刚才起,那股恶臭已经把我熏得很烦躁了。我没好气地对她说:"八成就是个小偷什么的。我上学的时候,就在宿舍里撞上过一个,哥儿几个撵着他满学校乱跑,最后差点儿没跳湖了。"

小张却瞪大了眼睛,朝我身后望去,同时抬起了随身携带的微型摄像机:"就是他就是他。"

我不由得回过头,看见一个又黄又瘦的人。他的头发长可及肩,脏得都打绺了,身上穿着件分不出颜色的双排扣西服,脚踩一双塑料拖鞋。他的手里攥着一卷卫生纸,卫生纸耷拉下来一截,随风摆动着,倒是这人周身上下唯一鲜亮的颜色了。

我像被什么奇异的情绪击中了,半晌没说出话来。他却在红五星帽子和络腮胡子之中努力地辨认着我的脸,片刻之后,眼睛里流露出了单纯的、近乎天真的惊喜:"你是庄博益?"

"安小男?"

他扭头看了看小张,伸出一只因干枯脱皮而处处斑驳的手,急促地摆动着:"念及同学的情分,你就别拍我了行吗?"

真没想到,我和安小男久别重逢,居然又在厕所门口。我让小张关了摄像机先回去,自己跟着他走进了那间小平房。房屋低矮，进门时必须得低头，否则会蹭一脑门子灰；屋里有一床一桌一椅，看起来都是二手市场淘来的旧货，此外再无他物。坐在二十五瓦灯泡的下方，安小男便显得更加肮脏，也更加瘦弱了，但如小张所言，他绝不像个捡破烂的和小偷。如果让我说，他倒像个二十世纪八十年代的流浪诗人兼过度手淫犯。

他那手足无措、局促不安的模样也让我心酸。那些和我一样不学无术的家伙都已经有资格在办公室里大搞性骚扰了，而安小男可是理科生里公认的天才，脑袋里据称"装着半个硅谷"，他怎么会混到这般田地？

因为害怕刺激到他，我没有直接发问，而是延续拍纪录片的思路，迂回着和他谈起了眼下的学校生活——都是些琐碎细节。安小男告诉我，学生第一食堂那著名的冬菜包子已成绝唱，图书馆地下室的录像厅也停业了；原来被我称为"肉香阁"的澡堂子却还开着，尤其是女部，飘出来的香味儿越来越浓了，"但洗澡的早已不是原来的人了吧"，他咂巴了一下嘴说，那一瞬间居然显得有些风趣了。

总之，学校是雕栏玉砌应犹在，我是前度刘郎今又来，安小男则已经乡音不改鬓毛衰。看到他的状态倒还平和，我终于开口："毕业之后就再也没见过面……我还以为你留在电子系读研究生了呢。"

"也是命，也是活该。"安小男垂下头去苦笑了一声，"我还得感谢你呢，当初刚毕业的时候，是你那五千块钱帮我在北京安了家。"

我扫了一眼他的"家"，脸上发起了烧。幸好安小男没有察觉，他自顾自地讲了下去。当初本科毕业以后，他固然没有进入历史系，而电子系力邀他继续读研究生，还开出了免试英语、政治的条件，却也被他拒绝了。之所以做出这样的决定，和兴趣、追求之类的东西无关，起作用的只是一个简单的因素：生计。在安小男十岁出头的时候，父亲就去世了，他是靠母亲在肉联厂洗猪肠子拉扯大的。天长日久，母亲的手已经被碱水烧坏了，眼睛也被熏得迎风流泪，视力大大下降，眼瞅着这份活计都做不下去了，幸亏熬到了儿子大学毕业，手里攥着的又是一份热门专业的文凭。供养安小男上学读书，在他母亲看来就是为了改变家里的生活状况，只要能实现这一目标，那么就算回了本儿，含辛茹苦没有白费；相反，如果不能立竿见影地赚出真金白银，那么再多的头衔也是扯淡。

"我真是干不动活儿了。"他母亲对他说，"手像咬了几千只蚂蚁，这我能忍，但眼睛要是瞎了，拖累的反而是你。"

在此后的择业过程中，也是母亲的意见起了主导作用。安小男没有进入对口的通信公司或者大型国有电子管厂，他母亲的理由是，前者不是有保障的铁饭碗，而后者的效益不好，工资太低。选来选去，她主张让安小男去银行上班。一个纯粹的理工科，到银行又能做什么呢？这是因为刚好在这期间，金融机构开始大力推进数字化办公，他们需要安小男这样的人才提供"技术支持"，说白了也就是当局域网的设备管理员。

于是安小男穿上了黑西服，胸口别了一只镀金领带夹。本来这份工作还是很实惠的。首先工资可观，旱涝保收；其次活儿也不多，办公室里遇到的技术问题在他看来都是小儿科，最麻烦的不过是重装系统和恢复硬盘，实在不行还可以开单子重买一台电脑，反正单位有的是钱。那段时间，安小男的生活过得相当滋润，他在西单附近分到了一间精装修的宿舍，宿舍里堆着工会发的鱼、肉、水果、成袋的大米，他还能每月定期往家里寄一笔钱，不仅足够母亲在H市衣食无忧，而且还能攒下来"将来结婚用"。

但是变化发生在三年以前。某一天的午休时间，安小男所在的那个支行行长突然打来了电话，想约他谈谈。这还是他头一次受到顶头上司的单独召见呢，安小男有点儿懵懂，但还是准时推开了行长办公室的大门。

支行行长正在屋里看文件，他抬起手来向里摆了摆，示意安小男进屋，又向外摆了摆，示意安小男把门关上。安小男把半个瘦屁股坐在写字台对面的沙发上，眼巴巴地看着领导给他倒了杯茶，给他拿出了一包中华烟，又将写字台上那只沉重的水晶烟灰缸放在了他身旁的沙发扶手上，这才意识到了什么。他立刻跳起来，慌乱地弓着腰说："我不渴，我也不会抽烟……要不您喝吧，您抽吧。"

行长被他那拘谨的样子逗得哈哈大笑："我就喜欢你们这些搞技术的人——实诚，心里没那么多道道儿。"

然后又草草问了安小男的工作以及生活情况。安小男一一答了："谢谢您的关心。"

支行行长话锋一转："向你咨询一个技术问题。"

安小男说："您说。"

支行行长说："通过你那台主机，能否掌握行里每个人的电脑数据，以及他们都用电脑干了些什么——比如聊天、转账、炒股……"

安小男说："从理论上来说，只要使用特定的软件，那么就是可以做到的。因为行里的网络是通过我这台服务器对外连接的，这就相当于我这里是公共汽车的调度站，每一辆车的行驶速度快慢虽然有差别，但是路线和停靠站点全都被我记录着。"

支行行长满意地点了点头："那么交给你一个任务吧。"

安小男说："什么任务？"

"去搞一个你说的那种软件，花多少钱我给你报。"支行行长说着，又把一张打印纸递到他面前，"这个名单上的人，你从今以后把他们上班期间收发的所有邮件、用通信软件和别人说的话都保存下来，每周拷贝给我过目。"

安小男就傻了。他不知道行长让他做这个是为了什么。这是在严肃工作纪律，落实考勤制度吗？可门口分明已经安装了指纹打卡机，办公室里也设有不留死角的摄像头，总行还会定期派出检查人员，一旦发现谁用单位的电脑玩儿游戏或者炒股票，立刻通报批评。再说所谓的纪律和制度，说到底都是执行给上面的人看的，又何必那么较真儿，非得将监控细致到每一封邮件和每一段聊天记录呢？

"我当时首先的反应，是这个领导吃饱了撑的，多此一举。"安小男对我说。

"你太稚嫩了。"我笑着回答他，"他给你的那个监控名单上都是什么人？肯定有一个是单位的其他领导，比如副行长什么的吧？剩下的都是这个领导的直接下属或者有裙带关系的员工吧？这哪儿是执行纪律，明明就是在搞人嘛。你们行长想要通过你的技术优势，把他的对头们搞串联的动向掌握在手里，如果还能抓到什么黑材料，那就更好了……"

"还是你聪明。"安小男由衷地说，"我当时就没有想到这一点。"

"后来想明白了吗?"

"想明白也晚了。"

"你是怎么答复你们那位行长的呢?"

安小男当时的举动是——凝视了行长片刻,像垂死的鱼一样啵地吐了个泡儿,然后说:"您这么干很不道德。"

行长同样凝视了安小男片刻,然后抬起手来,往外挥了挥,示意他出去,又向里挥了挥,示意他把门关上。但是我也猜到,事情当然不可能这样过去。在行长眼里,安小男就算没被对立面提前收买,也已经属于那种"知道得太多的人",如果不能加入自己的阵营,那么就万万留不得了。没过多久,上面来了一纸调令,将安小男调离了技术部门,发配去总行直属的信用卡中心做推销员了。

而我突然问道:"对了……那个时候,你是不是还在看书呢?"

"什么书?"

"历史书。还有那些思想神棍写的骗人玩意儿。"

"当然不了。"安小男说,"不是告诉过你嘛,我已经对历史学失望了。"

"那你又何苦扯什么道德呀。"

"我也不知道。"安小男在昏黄的光线下垂下了脑袋,油毡一般的长发散发出一股霉味儿,"我当时只是觉得特别别扭,特别难受,好像被人掐着脖子,往肚子上擂了两拳,如果再不说点儿什么就要喘不过气来了。于是我就说了。"

我又想起了他在商谈转系事宜时,对商教授的那次发飙。安小男虽然对历史学失去了兴趣,但促使他去研究历史学的终极目标,也即"中国人的道德问题",却还像华老栓的那包洋钱一样，往腰间一摸，硬硬的还在。调动了工作岗位之后，他的生活就走上了下坡路。信用卡中心属于新组建的市场部门，人员构成大多是编制外的合同工，效益考核也纯粹是计件工资，拉进来一个客户算一份钱。为了多拿提成，大家各显其能，有到各种展会门口摆摊的，有到人多密集的场所扫街的，还有像出租车司机一样隔三岔五到机场趴活儿的。但无论在什么地点面对什么人，你都必须要放得开，要有一张好嘴皮子，让目标客户在极短的时间内对你产生亲和感。而这恰恰是安小男的劣势，他实在不知道应该和那些人说些什么，更不知道如何让人对一样他不感兴趣的东西产生兴趣。他也曾经把同事们的那套推销词汇记在心里，一蹴而就地对着目标客户全文背诵，但还没等他把书背完，人家却早已带着莫名其妙的表情走开了。连续几个季度的考核下来，安小男始终是单位里的最后一名，他不仅工资被扣得所剩无几，还要遭受同事们的奚落乃至敌视，因为他的推销成绩严重地拖了别人的后腿，连累大家一块儿跟着挨批评、扣奖金。

终于，在信用卡中心新一轮的竞聘组合即将展开时，安小男又一次承蒙领导单独谈话了。这次仍然有茶，有中华烟，有水晶烟灰缸，而当他再一次如梦方醒地客气起来时，领导的话却是："两条道儿你自己选：要不你自己走，要不我们请你走。咱们这儿任务太重，竞争也激烈，不是养大爷的地方。"

就这样，安小男被迫从银行辞了职。

"然后你没再找别的工作？"我问他。

"找了，但没找着。推销的岗位肯定是干不了了，我说我还能做技术，但人家都不信，因为原先那个行长给我写的鉴定是'业务水平无法胜任'。"

"那么你回到学校来，是打算重新考研究生吗？"

"考上也念不起呀。"

"你现在靠什么生活呢？"

"感谢母校，还是有办法。"

安小男告诉我，他失业之后，单位的宿舍自然也没了，于是便来到这里租了间小平房。茫茫北京，他真正熟悉的地方只有学校，走投无路之时也只能回到学校附近。几乎所有的学生在上学期间都恨过自己的学校，但毕业之后一旦混得不如意，却又把学校当成了避风港。他们甚至是在自我欺骗，感觉只要回到当初的状态，那么生活就还有希望。这也是我在拍摄这部"校漂"的纪录片时总结出来的共性。总算是天无绝人之路，安小男闲散了半年，手头的一点儿积蓄差不多快花光了，却意外地发现了一个在学校里靠山吃山的新门路。以前银行的人事干部给他打来了电话，吞吞吐吐地求他代替自己十九岁的儿子参加高等数学考试："我看过你的成绩单，理科全是满分，所以请你千万不要谦虚。"

前同事愿意为"这一单活儿"支付"市价"，也即五千块钱，恰好和我当初把李牧光的论文"转包"给安小男的价格是一样的。由此可见，那时候的李牧光的确是一个睡糊涂了的冤大头，想找枪手也不先打听打听行情，从而给我留下了巨大的利润空间。没过几天，安小男拿到了用自己照片制作的假学生证，走进了考场。他第一次干这种勾当，固然紧张得满头大汗，但实际的操作过程却波澜不惊。公共课都是好几个系的学生混考，几百人的阶梯教室里基本上谁都不认识谁，况且大家都在埋头答题，即便是同班同学之间，也不会留意谁该来没来，谁不该来却来了。他只用了半个小时就做完了卷子，并故意答错了几道题——

这是出于雇主的要求："我们只要七八十分就够了，太高了容易暴露目标。"

有了良好的开头，后面的路也就平坦了。通过成绩不好的学生们的口口相传，安小男变成了中关村一带几所大学中赫赫有名的"枪手"，雇主们对他的评价普遍是：待人诚恳，业务精湛，要价合理，不留后患。还有人在校内论坛上主动为他打广告：小男小男，考试不难。他的名气甚至传到了外地，就在去年，一个上海富商的孩子专门为他买了头等舱的机票，请他过去为其斩获了复旦大学微积分竞赛第一名的奖杯。这个行当的经营周期和地坛庙会上卖羊肉串的有相似之处，都属于干三天顶一年，安小男只会在期末的考试季里马不停蹄地赶场，其他的时间则都在学校周边闲逛，或者干脆窝在屋里。

不过作为一个枪手，安小男也有着明显的缺点。首先是他的穿着和外貌越来越不修边幅了，身上还散发着呛人的霉味儿，这导致他很容易在考场上引起怀疑；其次就是他过于注重"售后服务"这个环节，每次从考场出来拿到钱，都要苦口婆心地把考试题目向对方讲解一遍，然后再进行一通思想教育："连这都不会，你对得起父母吗？"

听到这里，我不禁哑然失笑，但才笑了一声就生生咽住了。我看到安小男的脸上浮现出了货真价实的痛苦，他讲到自己的失业和窘迫困境时都是心平气和的，但现在却两眼湿润了起来。如果只看那双眼睛，你甚至会把安小男当成一个不慎失足的纯情少女。

"我知道你觉得我虚伪，我也知道替人代考本身就是弄虚作假。"他打着磕巴说，"所以我每次劝那些学生好好学习的时候都是真心的，如果他们都能用功点儿，也就不用把父母的辛苦钱花在这种事情上了……"

"那样的话，你就连这碗饭也吃不上了。"我打断他，扯开了话题，"你妈怎么样？"

"暂时还过得去。"安小男舔了舔嘴唇告诉我，他的代考收入除了维持最基本的生活开销，其余全部寄回了 H 市，并且是分月寄的。他至今没有把失业的消息告诉母亲，因此反倒庆幸母亲的眼睛越来越不好，已经没法儿坐火车来北京看他了。而每年春节回家的时候，只要临时换一身西服，也能大致搪塞过去。这么大的事儿，居然被他瞒了个严实。

"所以说嘛，别再把道德什么的当压力。"我顺势替他开脱道，"道德的标准也不是绝对的，得视情况而定。你的处境是饥寒交迫而不是衣食无忧，你面对的又是赤裸裸的生活而不是宗教审判，况且你还有一个母亲要赡养——凭什么要求你的灵魂像那些有钱人的后脖颈子一样雪白呢？那反而不道德也不公平。"

"你真是这么想的？"

"那当然，而且一直都是这么实践的。"我说，"这年头，就算苍天有眼也被马路上的摄像头给取代了，只要警察不来找你的麻烦，那你就是一理直气壮的良民。日子已经过得不容易了，咱们都得活得尽量轻松一点儿，也务实一点儿，对吧？"

安小男这时却咧开了嘴："可是警察没准儿已经盯上我了，上次替人家考完力学出来，有个助教带着保安跟了我一路，还把我叫出去盘问了半天……他们说以后再看见我就报警。"

"那也不用怕，咱们再想想别的出路。"

那天一直聊到了傍晚，我带着安小男离开挂甲屯，到以前开在学校东门外的胡同里、后来又移师到海淀体育场一侧的"千鹤"餐厅吃了顿日本菜。没有想到，如今的安小男也开始喝酒了，而且量还不小，我们一共要了五六瓶糯米酿制的清酒，差不多都被他一个人给喝了。酒足饭饱，我又提出找个地方"咯吱咯吱洗干净"，便强拽着他打车去了一家洗浴中心。酒劲儿被冷风吹上了头，安小男的情绪也终于开朗了一些，他趔趄着走在门口的几个"罗马人"中间，手四处乱指着，像小孩儿一样卖弄着学识："这叫屋大维，这是恺撒。"

他身上的泥都快结成壳儿了，搓澡师傅表示必须得收双倍费用。趁他正在搓着，我便穿好衣服走出了洗浴中心，到街拐角的自动提款机上取钱。先取了一万，这是当年我利用安小男的文章从李牧光那儿赚的；又加到一万五，这是把给我前女友郭雨燕的那份儿也添了进去；最后又加到了两万，这是每天的提款上限。我从脚边捡了个塑料袋，将那摞钱胡乱包了，揣进洗浴中心里递给安小男。

他正坐在休息间，赤身裸体地摩挲着两扇瘦排骨，好像一只洗干净又煺了毛，只等下锅的菜狗。看到袋子里的是钱，他惊慌地推回来："这怎么使得……你已经对我够好的了。"

我感到了心酸，脸上再次发烧，硬是将钱推回去："都是同学，客气什么。你先换一个像样点儿的地方去住，再给我留个联系方式，我看看能不能帮上你。"

安小男的嘴像鲇鱼一样一瘪一瘪的，似乎马上又要哭了。我的心里五味杂陈，不禁动情地胡噜了一下他的满头杂毛，又用力搂了搂他的肩膀。这个举动倒惹得旁边两个膀大腰圆的汉子好奇地打量了过来，在他们眼里，我们也许很像一对正在上演爱情悲剧的同性恋人。

<h2 style="text-align:center">四</h2>

在此之后，我又断断续续地找过安小男几次，有时候请他吃顿饭，有时候给他送几件剧组里配发的工作装。那两万块钱他没有用于换房子住，而是都寄回了H市，支付他母亲治疗眼病的费用了。他继续住在挂甲屯厕所边上的平房里，等待着下一个考试季的来临，并提心吊胆会不会被校方抓个现行。

我也帮他找过工作。很遗憾，我们那个工作室的经费非常有限，因此才只能剥削那些"有志于艺术"的实习生，而要想添加一个全职的岗位基本上是不可能的。至于我问过的其他同学那里，情况就比较气人了。那些家伙平常都吹得天花乱坠的，可是真赶上事儿，却一个比一个缩得快，给我的答复不是"能力不济"，就是"掣肘奈何"，还有人反过来开导我："为了那么一个人，你犯得着吗？"

这固然也没什么不正常的，世上有贫贱之交，有富贵之交，但最让人无法想象的就是富贵与贫贱之交。让我不舒服的是，他们对我的义举也揶揄了起来。"上次我想在你的片子里插俩'软广'，你张嘴就要十万，这时候却他娘的扮演起了爱心大使——"一个自己开了个小公司的同学刻毒地挤对我说，"告诉你，就你兜里那俩钢镚儿，想沾染真正的富人癖好还早着呢。"

更让我不适应的，反而是和安小男的交往本身。他看我的眼神已经不对劲儿了，刚开始是羞怯和感激的，后来就渐渐地变成了崇敬。那崇敬之中似乎又藏着什么严肃、高远的东西，仿佛崇敬的并非我这个人，而是我所代表的某种抽象观念。他不会认为我对他的关切是出于什么伟大的情怀，进而把我看成"道德"的楷模了吧？

"我在大学期间所做的最正确的一件事，你知道是什么吗？"在五道口一个串儿吧里，安小男奋力地用嘴撸着一根烤火腿肠，喷散着酒气问我。

"是当众痛斥了商教授吗？"

"不不不，是那天在图书馆门口和你打了个招呼。"

"这实在不敢当。"我躲着他的目光说，"事实证明，我帮助你学习历史什么的，明明都是浪费时间。"

"那些都是鸡毛蒜皮的小事儿，不值一提。"安小男用竹扦子"点"了我一记，"我的意思是，我很庆幸能交到你这个朋友，这让我不再那么孤独了。"

我忍不住打了个寒战，突然有一种冲动，那就是向安小男坦白，我之所以愿意帮助他只是因为"黑"过他的钱，如今心里突然过意不去了——假如非得把这种情绪称为"负罪感"的话，其性质也仅仅类似于一个立志减肥的胖子在酒足饭饱之后的后悔与自责。但我又在话要脱口之际憋住了。告诉他实情又有什么用呢？当务之急，其实是寻找到一条门路，改变安小男的处境，帮助这个已经被现实逼到墙角的人"跳出来"。

恰恰是在这个当口上，另一个曾经把我视为"唯一的朋友"的人空降到了北京。

李牧光回国之前并没有通知我，但降落之后的第一件事，就是给我打了电话。从那鲸鱼腹腔一样拥挤、杂乱的波音777机舱内，我先是听到了乱糟糟的美式英语、澳洲英语、印度英语和粤语、上海话，随后，在一片全球化的南腔北调之中，一个东北铁岭口音抑扬顿挫地宣布："惊喜不？我南霸天又回来啦。"

事实上，我已经有两三年没怎么和李牧光通过信儿了，偶尔在网上聊两句，也是浮皮潦草地匆匆而散。看起来，李牧光已经完全适应了美国的生活。他建立起了新的交往圈子和业余爱好，更重要的是看似弄明白了自己在那边应该干点儿什么，以及能够干点儿什么。而这样一想，他能够念及旧情，首先找到我，就足以令我受宠若惊了。

我立刻放下手头的事儿，奔向机场接他。在一群因为不熟悉新航站楼而晕头转向的海外赤子中，我一眼就发现了李牧光。他正穿着一身二十世纪八十年代华侨风格的白西服和花衬衫，站在那里东张西望。看见我之后，他高呼了一声小沈阳味儿的"long time no see"，张开双臂将我淹没在"迪奥"男士香水的气息中。

"先看看这几个宝贝吧，他们是贝贝晶晶欢欢迎迎和妮妮。"我被呛得喉咙发痒，挣脱出来指着远处广告牌上的五个"福娃"介绍道。这就有点儿没话找话的意思了：我突然对眼前这个李牧光感到陌生。

"网上不是说还有丫丫吗，她没来？"

"这不你丫来了吗……"

李牧光哈哈大笑，用力地拍着我的肩膀："兄弟，你还是那么风趣。"

开车回城的路上，我递给他一张剧组长包的酒店房卡："还没订房的话就先到我那儿歇会儿吧，想必你也累了……"

"不累不累。"李牧光挥着手说，"我在飞机的头等舱里都没睡，好几年没回国了，太兴奋。"

我惊愕地睁大了眼睛。难道李牧光还有睡不着觉的时候吗？

睡不着觉的李牧光还是李牧光吗？突然间，我总算反应过来他哪里令我感到不对劲儿了。一个一天到晚都在睡觉的人是萎靡的、淡漠的，就算站着，好像也已经完全垮塌了，过去的他就是这种样子。而今天的李牧光却是如此的亢奋、躁动和兴致勃勃，身上除了香水味儿之外，还散发着既强烈又炽热的能量。他俨然已经脱胎换骨了。

我自然问到了他是怎么治愈嗜睡症的："他们电你了吗？给你注射什么药了吗？"

"电倒是没电。药吃了不少，不过也没什么用。"李牧光不堪回首地摇了摇头，随后又笑了，"倒也真奇了，本来所有人都觉得我那毛病是治不好的，但是突然有一天，我自己反而不想睡觉了，好像我已经把一辈子的精神都养足了，突然就想去吃、想去玩儿、想去找女人、想去干点儿事业了。"

"就那么自然而然地——好了，没有什么具体的契机吗？"

李牧光歪了歪脑袋，好像思索了一会儿："如果说契机，可能是我爸退休吧。退休了也就是没权力了嘛，我妈打电话告诉我的时候都哭了，说他们不能再像以前那样什么事儿都照顾我了，还说我也该长大了，以后就得靠自己了……他们还给我寄了笔钱，让我学着投资去做点儿生意。打这之后，我总感觉身后有一群狗撵着我，日子过得快了，人也有精神了。"

这倒是个合理的解释：地无压力不出油，人无压力爱犯困。别说李牧光了，我们所有人身上的精气神儿，又何尝不是被狗撵出来的。只不过在有些人屁股后面追着咬的，是一群得了狂犬病的疯狗，个中滋味就与李牧光这种公子哥儿不同了。不管怎么说，我还是要祝贺他，并且尽量利用好和他的交情——从那身

"阿玛尼"西服和"瑞摩瓦"旅行箱看出来,他很可能已经是个相当成功的买卖人了。

随后的几天,在李牧光的要求下,我开车带着他满北京地找乐子。这些年,从世界各地尤其是欧美窜回来的中国人越来越多,我身边的不少朋友都会隔三岔五地接待一批外国还乡团,并且把这种事情当成了负担。他们抱怨说,有一类从海外回来的人很难伺候,那些家伙既像原来一样爱面子,又新学会了斤斤计较,既什么都没见过,又要装作什么都见过,既要蹭吃蹭喝从来不掏钱,又要指桑骂槐地暗示国内的种种不好。总而言之,他们同时具备着中国人与外国人的双重没出息和双重不满意。但李牧光可绝不是这样的人,他的做派与其说像个海归,倒不如说像个土财主:"只要是国内有而在美国享受不到的,你就尽管带我去。"

于是我们去了"大三元"吃佛跳墙,去了朝阳公园的"八号公馆"做泰式按摩,还去了昆仑饭店附近那家当时尚未查封的夜总会喝了场花酒。每次折腾完,都是李牧光抢着结账,我和他争过两回,他差点儿跟我急了:"看不起我是不是? 看不起美国人民是不是?"

还训斥我:"别以为世界上的钱都被你们中国人挣了。"

我问他:"你入了美国籍吗?"

"那当然,现在国家荣誉感正强着呢。"

能够这样爱美国,可见李牧光的确在那边混得很开。几天吃吃喝喝下来,我便开始打探他"发的是哪一路财",这一趟回来又是做什么的。

"中国人在美国还能做什么生意,无非是老三样:餐馆、洗衣房、倒买倒卖。"李牧光爽快地回答我，"我是最后一样，只不过玩儿得比一般人大一点儿。刚开始，我在洛杉矶的一家玩具批发公司干活儿，老板是我爸的朋友，他带了我两年，教会了我一些门道，然后就收手不干，搬到迈阿密去享受生活了。我趁机买下了他的公司，又扩大规模，在一个'帽儿'里新开了家玩具城，占了整整一层楼。这趟回来当然是跑货源，中国是世界工厂嘛。我过两天就要到义乌去了，如果能跟那边的商业协会谈好，绕过中间商直接发货，一个芭比娃娃就能省下十美元呢。"

我仿佛看到成千上万个芭比娃娃身穿着一模一样的花裙子，浩浩荡荡地跨过太平洋，前往天使之城，走进了李牧光的玩具大观园。接着，他又向我介绍了正在经手的各种玩具的产地、价钱和受欢迎程度：小丑鱼尼莫、机器人瓦力、凯蒂猫、胡迪和巴斯光年……看来他这个老板的管理风格是亲力亲为，事无巨细都要了解和掌握的。他谈论起生意的精明劲儿，也让我再次感到恍惚，怀疑眼前这人和当年在我头顶长睡不醒的李牧光究竟是不是一个人。

也就是在这时候，我动了把安小男引荐给李牧光的念头。我尚未想明白在李牧光的生意里，安小男那样一个人到底能有什么用处，但既然李牧光看起来不像大多数同学那样势利，又"做人正在兴头上"，那么就算他不能帮安小男谋个职位，出于同学之谊施以援手也是很可能的。但我并没有立刻采取行动，而是鞍前马后地送走了李牧光，又耗过了一个多星期，等到他从义乌回来，才打电话约上了安小男。

那天算是我为李牧光回美国而设的送行宴，除了安小男之外，还叫上了以前历史系的几个同学。大家都惊愕于李牧光的巨变，但也旋即就适应了全新的李牧光，进而拿出场面上那一套，驾轻就熟地和他套起"瓷"来。在纷飞的名片和酒杯中，安小男表现得比那天面对摄像机时还要无所适从。他佝偻着腰，深陷在沙发椅里，下巴都快与桌面齐平了，歪着脑袋一会儿看看这个，一会儿看看那个。别人说话他插不进嘴，别人问他什么也完全接不上茬儿。或许他一直搞不明白我把他弄到这种场合是为了什么。

"这哥们儿不是那个——那个谁吗？"菜走了大半，李牧光仿佛才发现了饭桌上还有一个安小男。他睥睨着，把酒杯举了过去。

"咱们着实不认识。"安小男颤颤巍巍地举起酒杯，却没跟李牧光碰，径自干了。我知道，他的举动并非有意失礼，只是因为面对陌生人的紧张。

"庄博益的兄弟就是我的兄弟。"李牧光不以为意地笑着，又问，"哥们儿在哪儿发财呢？"

"失业。"安小男小声地如实答道。

"实业救国吗？具体是哪一行？"

"不是实业是失业，没工作。"

"那就是自由职业者嘛——你太会开玩笑了。"李牧光还替他打了个圆场。

但安小男认真地纠正道："的确是失业。"

他的态度好像在和谁负气，更加与酒桌上的气氛格格不入了。旁边的几个人侧目而视，已经不加掩饰地冷笑了起来。李牧光倒被闹了个大红脸，讪讪地起身去了卫生间。

我趁此机会跟了上去，在走廊里拦住他："刚才那人，你觉得怎么样？"

"哪人？"

"失业那人哪。"

"他失业也不能赖我……不过看起来倒是个老实人，不像其他几个人那么滑头。"

"这就对了，你果然是块干事业的料，很有识人之明。"我恭维了一句，随后介绍起安小男这个人来：他是我们的同级校友，他是理科天才，他恰恰是因为太"老实"才被打压成了一个失业人员，他还要供养一个两眼昏花的母亲……自然，我略去了李牧光去美国学校的入学论文是安小男捉刀这一环节。现在再提这事儿，对我们三个人都没什么好处。

"那么你的意思是……"李牧光迟疑着问我。

"能不能扶他一把，帮他撑过这个难关？"

"这种事儿干吗找我？你也知道，我是个买卖人，不是开粥棚的。"

"但你是我所认识的混得最好的人。"我赤裸地说。

这恐怕也是我能想出的最义正词严的理由了。我说完，就像真的站在了某种道义那一边，以审视的眼神直勾勾地看着李牧光。自从在心理上变成了一个成年人以来，我就很少如此诚恳而郑重地对人说过什么事儿了。

李牧光却淡淡地笑了。

"你这不是要挟我吗？"他耸了耸肩膀说，"我招谁惹谁了，混得好什么时候也成罪过了。"

在那个瞬间，我很想向他阐述一个逻辑：如果这个世界的运行规则就是零和游戏，那么混得好也许还真是有罪的。就像墙角里只有一撮面包屑，胖老鼠吃了，瘦老鼠只能眼巴巴地看着；还像这两只老鼠只够一只猫填饱肚子的，黑猫吃了，白猫便只能饿肚子。但李牧光那慵懒的笑容又让我心虚了一下，随后换上了习以为常的、漫无边际的微笑。这可能是条件反射，但也可能是深思熟虑的结果——前面说过，我很害怕变成一个偏激的人。我还怀疑自己是不是被安小男身上那种既沉郁又凄凉的气质给催眠了，这可不是个好现象。

于是，我们寡淡地咂巴了一下嘴，肩并肩地回到席上，继续吃，继续喝。那天的晚饭一直持续到了夜里，很多人都喝得语无伦次了，安小男则是自己把自己灌高了。他到卫生间里吐了两趟，皱巴巴的衬衫上沾着来历不明的液体，脸却越来越白，两只眼睛泛出血丝来。幸好有两个人的老婆打来了电话，异口同声地威胁他们"再不回来就甭回来了"，李牧光这才把杯中酒一干，瞥了瞥我说："就这么着吧？"

大家出了餐馆的大门，又在几根朱红的仿古柱子之间疯癫地熊抱了一番，口中说的无非是"何日君再来""常回家看看"或者"狗富贵，猪相忘"之类的套话。等别的鸟兽都散了，我凑近李牧光，拍了拍他的肩膀："再去喝壶茶？"

"要喝就到我那儿喝去吧，别再单找地方了。"李牧光仍然懒洋洋地笑着，又对不远处正在发怔的安小男歪歪下巴，"你要叫上他也可以。"

李牧光的确变得很精明，他已经料到了我接着想要做些什么，而他的意思分明是那桩事情还"有缓儿"。我欣慰了一下，赶紧过去拉住安小男。

"我就算了吧……"安小男两眼往地上溜着说。

我硬生生地扯着他："你就权当再陪陪我吧。"

李牧光的住处离餐馆不远。我们溜溜达达，影子被路灯拉长复又缩短了几个来回，一起走进了长安街畔的那家老牌五星酒店。记得李牧光的父母来北京的时候，常住的也是这一家。喝了两杯客房服务送来的"锡兰伯爵茶"，大家很快气定神闲下来。抓住这难得的清静时刻，我又把话头拽回到刚才的主题上，对李牧光反复强调安小男是多么的需要帮助，又是多么的值得帮助。但我已经学了乖，不再企图论述这种帮助是一种责任，而是将它渲染成了一种乐善好施、一种只有李牧光这个级别的成功者才配拥有的美德。我的有些话已经说得很肉麻了，就连"你拔一根毛比我们的腰都粗"这样的名句都引用了出来。

"哪个部位的毛呢？"李牧光还在打哈哈，脸上却泛上了颇为享受的神色。

"任何部位。"我一挥手说，"只要你舍得拔。"

说这些话的时候，我是一点儿羞耻之心也没有的。反正我是在替安小男央求着李牧光，出卖的也不是我的自尊心。而安小男的头却一再地低下去，几乎低到了地毯的羊毛里去。他的手还在用力地抠着皮沙发的边角，发出轻微的啵啵响声。他的这副样子让我觉得自己有点儿残忍，但又不得不时时扼杀着自己那令人反胃的同情心。

说到底，我是为了他安小男好。

终于，李牧光逗够了闷子，瞥了安小男一眼："别光人家说呀，你的态度呢？"

安小男歪头看了我一眼，没有说话。他站起来，为李牧光把茶杯斟满，又从写字台上拿过一只"高希棒"牌南美雪茄，连同水晶烟灰缸一起放到了李牧光的手边。这是安小男在社会上混了那么一遭，学会的唯一的"礼数"。做完这些，他对李牧光近乎羞惭地笑了。

李牧光点燃了那支狼烟弥漫的屎状物，轻轻地感叹了一句："你呀，还真是个老实人。"

"咱们谁也不忍心看着老实人受委屈，对吧？"我赶紧说。

李牧光点点头，站起来说："再说了，庄博益的面子我也不能不给。"

"你的意思是——"

"给我看仓库，你能吗？"李牧光对安小男说。

我心里生起的悬念顿时坠落了下去，甚至觉得李牧光是在开一个恶意的玩笑了。我一个没忍住，叫了起来："这也太屈才了吧？要看仓库你找一老头儿找一残疾人不就行了吗，用得着找安小男吗？再说了，你在国内又没有厂子，你让他到哪儿看去，把他带到美国去吗？"

"你听我解释嘛。"李牧光摇着雪茄，不紧不慢地娓娓道来，"我说的看仓库，可不是一般的看仓库，而且正因为不用去美国，所以才非得找个过硬的技术人员不可。还是从头说起吧，我公司的仓库有两个篮球场那么大，地方就在洛杉矶港口附近的一个物流基地里，是一次签了几年的合同整租下来的，不光我的货得从这儿进出，同时还租给其他人用。这么重要的产业，当然得找人看着啦，但是美国那地方，劳动力的质量实在令人担忧，所有的穷人都是被宠坏了的家伙，又懒又滑。我曾经一次性地雇了两个黑人、一个白人和一个墨西哥人，让他们两人一组双班倒，结果差点儿被气死。有一次物流基地里闹水老鼠，他们却喝多了睡大觉，导致几箱芭比娃娃被啃得七零八落的，简直像遭到了集体奸杀似的。还有一次，他们居然串通一伙流氓，把我的一批玩具给偷出去卖了……就这样的货色，我他娘的居然还要给他们发福利、上保险，而且要像伺候大爷一样伺候他们。这他妈的是什么世道，还有没有天理呀？比来比去，还是咱们自己的同胞靠得住，世界上再没有人比中国人更勤劳勇敢的了，所以我下定决心，一定要把仓储这一块儿的业务外包到国内来。"

说到这儿，李牧光的语调就激愤了起来。但我仍然没听出个所以然来，忍不住插嘴问道："你的意思是把仓库挪到国内来吗？"

"那怎么可能。"李牧光像看傻子一样扫了我一眼，"我的玩具都要在美国卖，吃饱了撑的在中国盖什么仓库？仓库还在美国，但看仓库的人要在中国。"

"这怎么可能？"

"这并不难。"一直像闷葫芦一样的安小男这时却突然开了口，"我们只要通过互联网建立一套可视系统，把摄像头安装在美国的仓库里，监视器则设置在中国，完全可以实现远程监控。不光是监控，如果把电子报警器和美国的保安公司、警察局对接，一旦仓库里出了什么意外，报警也完全可以通过网络来实现。"

"对啦。"李牧光一拍巴掌，激赏地看了一眼安小男，继续对我说，"在这方面，他就比你灵光得多。其实我这个想法也是受别人的启发，现在美国的很多行业已经这么干了——比如那些推销电话，常常就是雇了一帮印度人从新德里打过来的；还有我前些天新换了一辆林肯车，号称有真人实时导航系统，结果接通了一听，妈的，马来西亚口音。一个马来西亚人教我在美国怎么开车去比弗利山庄参加安吉丽娜·朱莉出席的新款服装发布会，多神奇。不过我在美国也咨询过专家，他们说如果要实现我的这个创造性计划，就必须在中国找一个技术过硬的人，因为这边的监控终端得由他来建立和调试——你行不行？"

他的最后一句话就是问安小男的了。而安小男眨了眨眼睛还没说话，我就已经代为回答了："当然行。"

"那么恭喜你。"李牧光笑着向安小男伸出了手，"从今以后，你就是外企雇员了。"

五

随后的两天，李牧光痛快地和安小男签订了劳务合同，然后又痛快地和我告别，登上如同鲸鱼插了翅膀的波音777，返回美国了。没过多久，他往国内汇了一笔钱，让安小男租房子、买设备，将他们商量好的那个"监控中心"的中国分部建立了起来。他还专门给我打了个电话，让我帮他"看着点儿那小子"："如果他想从我这儿揩油的话，那就打错主意了。美国的财务制度和你们中国可不是一码事儿。"

这个态度令我隐隐地感到不快，但也只好担保道："安小男你又不是没见过，那就是一榆木脑袋，让他在钱上做手脚还得现教呢。再说你让我监督他，但又焉知我是不是个老实人呢？"

"知人知面不知心哪。我爸他们单位以前有个干部，日子过得节俭极了，连过年也舍不得炖一锅肉，可后来一查才知道，人家在北京和上海买了七八套房子——那钱又是从哪儿来的呢？"李牧光哼哼冷笑两声，但大概听出了我的不满，又安抚我说，"至于你，我是一百个放心的，咱们是朋友嘛。"

他干净利索地挂了电话，却把我留在一派类似于懊恼的情绪里，莫名其妙地生了会儿闷气。在和李牧光接触的这些日子里，我一边重新对他熟悉起来，一边却又感到他比以前更加陌生了。他的神态和语气里有了一种毫不掩饰的倨傲之气，并轻而易举地重新定位了和以往故交的关系，把人与人之间的平视一律改为俯视，那架势不言而喻——我和你们不是一个阶级的。与此同时，他又展示出了令人直打寒战的精明。就以他和安小男之间的雇佣关系为例吧，这个念头李牧光也许早就盘算好了，但他一直不说，而是在我反复央求之后才以施舍的姿态答应，如此一来，便可以顺理成章地开出那些苛刻的、对他大为有利的条件了：安小男是拿不到各种保险的，如果需要加班也没有加班费，工资更是只有李牧光原先雇用的一个黑人保安的三分之二，仅为区区一千美元出头而已。李牧光对此的解释是，黑人看仓库是需要上夜班的，而安小男人在中国，美国的夜晚恰好就是中国的白天，夜班补助也就可以免了。这样算下来，安小男每个月就要替他省下几千美元的人工成本，李牧光真是赚大了。

当然，我并没有把李牧光的这些变化理解为加入美国籍的结果。决定人身上某些特性的，往往不是国籍而是阶级。在全世界的无产者联合起来之前，全世界的资产者已经率先联合了起来，他们的嘴脸也大抵如出一辙。试想换成一个中国富人同学，就会对我保持平等，对安小男出手大方吗？情况恐怕更甚。所以不管怎么说，我还是应该替安小男感谢李牧光，正是因为他的创意和实践精神，才让安小男重新有了工作。再考虑到中美两国之间货币以及"人"本身的价格差异，这份工作甚至称得上差强人意。

如今的安小男终于搬离了挂甲屯，结束了校漂生活。在我的帮忙张罗下，他在中关村以北的上地附近租下了一个写字楼里的开间。房间大概有三四十平方米，里屋的墙上挂着七八台液晶屏幕，此外还有保证时时畅通的网线以及高性能电脑主机；外屋则是洗手间和一张单人床，他下了美国的班，足不出户就可以睡中国的觉。在设置那套监控系统的时候，安小男再次显露了一个理科高才生的素养。他指挥李牧光那边的技术人员将摄像头安置在最合理、最精确的位置，保证偌大的仓库不留一个死角；他还修改了软件程序，升级出一套可以迅速切换视角的操作方法，这样一来，同一个屏幕可以分别显示几个摄像头的视角，当某一个摄像头损坏或者被挡住之后，它附近的摄像头也能及时填补空白。总之，这套系统的精髓正是：让安小男像身临其境一样，在那两个篮球场大的空间里明察秋毫。

监控屏幕里每天显示着什么样的内容呢？无非是一个又一个庖丁解牛般的黑白图像：水泥地、墙角、货架、通向走廊的安全门……把这些切片拼合起来，就得到了仓库的全貌。只不过是一个单调呆板的巨大长方体而已，但再一想到这个长方体位于太平洋的彼岸，位于上万公里以外的我们的脚下，就不由得让人心里生出一种奇妙的感觉。

在高清晰的微观摄像头里，我还见过工人们往玩具包装盒上打价签：一个芭比娃娃十四点九九美元，一个凯蒂猫十六点九九美元，一个会摇头晃脑的机器猫略贵一些，是十九点九九美元。美国的物价的确令我们眼红，我曾经给一个亲戚的孩子买过一模一样的"进口"芭比和凯蒂猫，国内商场的售价几乎高了一倍不止。而据我所知，我们国家东南沿海的打工妹们忍受着化学原料的毒气，冒着手指和整张头皮被机器绞掉的危险，生产出了这些人见人爱的小玩意儿，出厂价也就是二十几块人民币。

很显然，安小男非常珍视这份工作。他几乎变成了一个网上所说的"技术宅",周一到周五的整个儿白天都坐在监控台前,两眼聚精会神地盯着美国夜晚的仓库。这其实不是一个轻松的活儿,那些图像几乎永远是寂静的、一成不变的,我曾经替上厕所的安小男盯过一会儿,才不到五分钟就心烦意乱地走起了神儿。别说是水泥地和货架子了,就是换成哪位性感女演员的艳照,让你直愣愣地盯上几个钟头,恐怕也得看吐了。

但是安小男却能做到绝对的忠于职守,永远不会审美疲劳,并且很快就立下了一件奇功。那是在一个中国的正午美国的子夜,一个弯腰驼背的白人老头儿溜进了仓库,先是蹦脚乱跳地自言自语了一阵,然后又哆哆嗦嗦地拿出一只打火机,企图引燃货架上的纸箱子。安小男利用网络报警系统接通了物流港的保安室,片刻就有两个屁股像八仙桌面一样大的胖子冲了进来,上演了美国警匪片里才有的场面:掏枪顶着嫌疑人的后脑勺,将其摁倒在地双手背后铐成了一条肉虫子。

"那人就是被安小男顶替的老保安,因为失业了,所以丫疯了,妄想报复我。"李牧光兴冲冲地给我打电话,"这套监控太管用了,所以我总是说,干活儿还是中国人靠得住。"

我向安小男传达了李牧光的褒扬,但对被抓住的那个老头儿的身份,我却缄口不言。

这事儿过后,安小男的工作积极性更高了。当他再坐到那排昆虫复眼一般的监控屏幕对面时,脸上几乎泛起了少女怀春般的红晕。他是如此的专注和激动,就连呼吸都变得沉重了。这人从来就没在人际关系中扮演过强势的一方,更没有支配、掌控过谁,但通过这套监控系统,他一定获得了巨大的心理满足——那也是一种权力的滋味。

俯瞰一切，全知全能。毫不夸张地说，在那个仓库里，安小男扮演的角色简直可以比拟上帝。

这一切也令我获得了莫大的成就感。安小男其人能够重新走上正轨，和我对他的关心不也是密不可分的吗？再扯得远一点儿，我所从事的纪录片工作，说起来是以"记录人生、改变社会"为宗旨的，我们这个行当的人假如说还有一点儿职业理想的话，也应该是给寒冷者以温暖，给绝望者以希望。但这个观念几乎没有实现过，在操作的过程中，我所做的无非是不停地退让、妥协、诏媚，乃至于一个庙一个庙地拜菩萨，从那些头面人物的手指头缝儿里抠出一点儿项目经费来，说白了和要饭也差不多。然而在安小男身上，我却意识到自己还有着影响别人生活的力量，意识到自己似乎还是一个有用的人。在这种信心的激励下，我或许也将有勇气去结婚、生孩子、承担起一个家庭的责任来——当然，前提是得在那些急功近利的小娘儿们里发掘出一个值得我"爱"的。

而当安小男的状态彻底安定下来之后，我便不得不离开北京，到外地跑了一圈儿。"校漂"那部片子粗剪完成，有个教育主管机构提出了意见，说我的作品里"亮色"太少，然后拨了笔钱，让我着力反映一下几个近年新建的"大学城"的风貌，从而和方兴未艾的"教育产业化"改革挂上关系。对于那纸批文，我在同行圈子里极尽嘲弄之能事，但一扭脸就包了辆"依维柯"摄像车，叫上组里的几个得力人手准备动身。

"你怎么竟依了？"一块儿去的实习生小张问我。

"你不晓得他们的力气有多大。"我和她对了句鲁迅在《祝福》里的台词，然后无耻地辩解道，"反正我不答应他们也会收买别人，这种好处与其便宜了那帮王八蛋，还不如自己抢在手里。"

出发之前，我专门到上地的办公室看了看安小男，给他带了一盒从楼下"屈臣氏"商店买的眼药水："敬业归敬业，也不要太废寝忘食。"

安小男"嗯"了一声，捋了捋仍如乱草一般，但总算干净了一些的头发，从怀里掏出一个牛皮纸信封递给我："里面是这两个月的工资，李牧光给我打过来的是美元，我已经换成了人民币。你路过河北的时候，能不能顺便弯到 H 市一趟，把这些钱给我妈带过去？她眼睛不好，去银行取钱很不方便。"

我自然一口答应，并在两天之后就把这事儿给办了。紧邻 H 市不远，就有一片刚刚竣工的大学城。那儿基本上就是一块儿镶嵌在华北平原上的水泥疙瘩，到处都是明晃晃的道路和操场，连一棵树也见不着。大学城里聚集着省内几所三流学校的低年级本科生，他们因为被发配到这种地方而心情颇丧，像一群走错了门的鸡一样仓皇地闲逛。在取景的时候，我们还遇到了一个突发情况：几个农民工攀登上大学城的主楼，悲愤地呼号着什么，频频作势欲往下跳。一打听，才知道是开发商一直没给建筑方付清尾款，导致他们的工钱也被拖欠了。但在当地政府工作人员的陪同下，这样的场面肯定是没法儿抓拍的。

晚上又被几个头头脑脑拉进宾馆狠"撮"了一顿，到了晚上九点左右，我才有了空暇，下楼拦了辆出租车开往 H 市的老城区。这地方在很久以前还做过一个诸侯国的国都，并流传下来诸如"纸上谈兵""一枕黄粱"等等名声不太好听的成语，但如今已经看不出一点儿王城的气象了，整个儿就是一个巨大的工厂宿舍区。安小男家坐落在一条格外破旧的巷子里，车都开不进去。

我下车步行，因为没有路灯，差点儿在坑坑洼洼的土路上崴了脚。

由于提前打了电话，安小男他妈并未惊讶，热情地接待了我。这个当年勇闯校办公室的肉联厂洗肠工衰老得很厉害，头发像七八十岁的人一样苍白而稀疏，软塌塌地贴在天灵盖上。她的眼睛一翻一翻的，明显是在努力地看却又看不清楚，在狭窄的斗室里必须摸索着桌沿才能行走。

我把装钱的信封放在桌上，本想客气两句就走，但她却死活不依，非要让我喝壶茶。她摸到厨房去烧水的时候，我便只好歪在塌陷的布面沙发里，打量这间兼做客厅和卧室的房间。像所有独居的老年人一样，安小男他妈在屋里摆满了杂七杂八的破烂，床脚的夹缝里居然塞着一台竹制的老式婴儿车，难道她正期待着用它给安小男看孩子吗？而在一只矮柜上方的白灰墙上，我看到了密密麻麻地悬挂着的奖状和照片。

"你是有出息的人，能拍电视……"安小男他妈的声音从满是中药味儿的厨房传来。

"安小男更不赖，挣的都是美元了。"我敷衍着她，起身踱到那扇墙边端详。

红底黄边儿的奖状自然都是安小男获得的，来自五花八门的数学和物理竞赛；照片则是他们一家人在过往的不同时期拍摄的，在昏黄的灯光下具有浓郁的复古意味。有两张八寸的合影吸引了我的注意，照片的主角是一位四十上下的男人，穿着笔挺的西装，戴着一副金边眼镜，长相也很精神。他不是在主席台上领奖，就是正向某位年迈的大人物进行讲解，俨然是那个时代报纸上频繁报道的"青年改革家"或"科技标兵"什么的。这人无疑是安小男他爸。在另一张生活照里，他正在给儿子过生日，父子俩一人捧着一块儿奶油蛋糕，满嘴白胡子明媚地笑着。

我突然想：如果这男人还活着，那么一家人的生活就不会是现在这副模样吧，或许安小男的脾性也不会发展成后来那样。从心理学上讲，许多性格有明显缺陷的人，都是少年时代没能生活在一个完整的家庭里造成的。

安小男他妈沏好茶，又絮絮叨叨地拉着我聊了很久。她感谢我这么长时间来一直照应着安小男，并让我提醒安小男除了埋头干活儿，还得注意和领导、同事搞好关系。"他现在跳槽到美国公司去了，我觉得挺好，听说那种地方的人际关系单纯一些，更适合他这样的人……他爸当年就是在这方面吃了亏。"说到这儿，安小男他妈的神色有些凄然，又有些恍惚，但马上岔开话题，"他也该找对象结婚了——还有你也是。别光顾着挣钱，多少钱也买不来一个家。"

我走的时候，她还给我带上了好几张下午烙好的糖饼，让我路上吃。她坚持将我送出门外，又陪着我在漆黑的巷子里走了一小段，走的时候手扒着墙，小步慢慢挪着，仿佛每一步都不知道应该先迈左脚还是右脚。

那是我第一次以辛酸的感情理解了"邯郸学步"这个成语。

离开安小男家后，我们的剧组一路南下，途经郑州、武汉、长沙，边走边拍，终于在深圳结束了工作。至此已经在外面奔波了两个月有余，每个人都蓬头垢面，乍一看很有漂泊感。在这期间，我的生活发生了两个小小的变化，一是原先那个女朋友跟着一个搞金融的跑了，二是我导致了组里的实习生小张受孕。奇妙的是，这两件事之间并不存在逻辑上的因果关系，所以我们三个当事人谁也不觉得亏欠了谁。小张的妊娠反应很强烈，才两周就开始哇哇大吐，恨不得把苦胆都清空了，而且还有小产的迹象。到了深圳之后，我只好让剧组里的其他人就地解散，自己陪着她到医院保胎。我们已经商量好，等她一毕业就结婚，把孩子生下来。做出这个决定之后，我的心情倒是颇为激荡，乃至于充满了初为人父的悲壮之感。记得夜里躺在宾馆的床上，我拉着她的手说了好多煽情的话，有几次把自己都快感动哭了。

小张一句话就戳穿了我："不要试图给自己的每个举动寻找意义——累不累呀？我和你别的那些女人相比，唯一的特殊性就是恰好在你即将折腾不动了的节骨眼上插了进来，相当于击鼓传花的最后一棒。"

比我们小十岁的那代人都是天生的现实主义者，早早儿就把什么都看透了。她们让我欣慰，也让我惭愧。

又拖拖拉拉地磨蹭到北方的天气暖和了，我才带着小腹微微隆起的未婚妻回到了北京，但也不再出去和各路魑魅魍魉厮混，而是把自己那套房子好好布置了一番，过起了深居简出的生活。小张的研究生论文答辩在即，一旦通过就可以和我去"扯证儿"了。她在正式上任之前便已经很进入状态，不但把我饲养得越来越肥嫩，而且还严格地限制了我能跟什么人交往、不能跟什么人交往。她也算在我那个圈子里混过，对我周围人的品行相当了解，好几个德高望重的老艺术家都被列入了黑名单。

"你那群所谓的朋友里，也就安小男还算个老实货色。"她如是评价道。

但即便是这个老实货色，我也有很长日子没见面了。就连美国仓库放假休息的周六周日，他也忙得团团转，根本没工夫出来和我消磨时间。正所谓天将降大任于是人也，安小男在沉沦数年之后，终于迎来了事业的"黄金期"，这还得益于李牧光那敏锐的商业嗅觉：他让安小男为洛杉矶那个物流港里的每一间仓库、每一条过道和每一间办公室都设计好"跨国监控系统"，再由自己出面推销给附近的企业主们。他还有个长远而宏大的计划，就是把那些设备贴牌批量生产，行销到所有人力成本高昂的国家和地区去。不管在中国还是美国，什么东西一旦沾上了"高科技"又沾上了"国际化"，利润都会像苹果手机一样打着滚儿地往上蹿，李牧光迅速地在玩具生意以外拓展出了新的滚滚财源。而在这一轮的雇佣关系里，他对安小男也变得仁慈多了，答应每售出一套监控系统，便返给他五千美元的提成，当然这也只是整个儿销售额里的小小零头罢了。

安小男甚至不必前往美国进行实地考察，只需要对着那些房间的3D图形，把监控系统的设计方案做好，再用网络传给李牧光就算大功告成。至于监控终端设在哪个国家、哪个地区，也可以由购买系统的美国老板们自行决定。在短短的几个月时间里，地球的各个角落如同雨后春笋一般，冒出了十几二十个和安小男干着同样工作的人，他们端坐在印度、马来西亚、菲律宾、墨西哥或者中国的电脑屏幕之前，注视着美国一隅的风吹草动。闭着眼睛想一想，这是多么壮观的场景啊。

"不要老说我们美国人在监控全世界，"李牧光给我打电话时说，"全世界人民也在监控着美国嘛。"

又过了不到两个月，李牧光再次乘坐着鲸鱼一般的波音777，声势浩大地空降到了北京——对于这种行程，他现在已经不再称之为"回国"，而是改口叫作"访华"了。仍旧是到了机场，他才给我打了电话，但这一次却不再叫我出去鬼混。跟在他身旁东跑西颠的人变成了安小男。

他们先是结伴去了西安的高新区，然后又依次到华北的几个大中型城市遛了一圈儿，此行的目的是为投资建厂选址，有可能的话还要跟当地政府洽谈一系列相关事宜。既然监控系统已经打开了销路，就需要找一个国内的厂家进行规模化生产，把采购来的摄像头和主机贴上统一的商标。美国发明出来的玩意儿总是要在中国制造，这条法则就像地球总是自西向东旋转一样不言自明。然而我却想不明白，要建厂干吗不去东北呀？那儿是李牧光的老家，他爸虽然退了，但想必余威还在，再加上和他们家沾亲带故的人非官即商，办起事情来总是要方便得多。

"恰恰因为父母和亲戚都在那边，所以才多有不便嘛。"对于我的疑问，李牧光解释道，"越是家门口越要注意影响——你这个人还是幼稚。"

我也算在中国的江湖混迹过一些年头的人，如今却被一个美国人训斥为"幼稚"，这不免让人啼笑皆非。而没过两天，又有一个消息传了过来：李牧光为厂子初步选定的地址就在H市。这就不能不说是一个巧合了。据说当地的官员常年苦恼于经济发展和钢铁绑定在一起，污染大不说，这几年的销路也不大好，一吨钢材才赚十几块钱。他们早就叫嚣着要"转型升级"，却拉不来合适的项目，如今正好和李牧光一拍即合，不光口头承诺了税费方面的优惠，而且就连地皮也是可以低价出让的。李牧光他们在H市盘桓的时候，我特地打了个电话，请他去安小男家里拜访一下，最好再拉上一两个政府里的干部作陪。我的用意很简单，是想让安小男的母亲见证到儿子的确"出息了"，而且对老人以后的日子也有好处——哪怕能招徕一伙学雷锋标兵，逢年过节给她刷锅刷碗擦擦玻璃也是好的。

"这个也不用你说。"李牧光回答我,"你这朋友既然跟着我干,我就亏待不了他。"

但不久之后,安小男却先一个人回来了。打电话时一问才知道,他到H市只是作为"技术总监"走个过场,向当地的有关领导"汇报"一下监控系统的功能以及原理。而当洽谈涉及股权、地皮和人员安置等等关键阶段时,就得李牧光亲自出面了——那想必是个漫长而艰难的扯皮过程,尤其是在李牧光打定主意让自己的叔叔出任新厂长的前提下。

我再次见到安小男,就是在自己的婚礼上了。小张的肚子已经骇人地鼓了起来,如果再不早点儿办事儿,恐怕将来就得让亲儿子来给我们当伴童了。好在现在的婚庆公司很高效,服务也很周全,还能定做用钢丝把裙子高高地撑起来的孕妇婚纱。婚礼的地点是在一个酒店的露天花园里,我与小张并肩走过草坪,感觉自己正挽着一只雪白的蘑菇。来宾们自然对着她那奉子成婚的肚子指指点点,被请来当证婚人的一个"央视"春晚副导演更不靠谱,他摇头晃脑地指导我们互相戴上戒指,然后宣布:"祝福你们仨!"

好歹把仪式进行完,我还得在人群中不停地穿梭寒暄、被人打趣。转到同学的那一桌时,我一眼就看见了被几个人勾肩搭背地簇拥着的安小男。人们对他的态度明显变了,那副亲热劲儿就好像在对待熟识已久的老朋友。这也是可想而知的。安小男"咸鱼翻身"的消息经我添油加醋地扩散出去,几乎成了一个现实中的小小奇迹,一个美国梦的中国翻版。

"啊呀呀,你放了道台了,还说不阔?"有个家伙正狠捶着安小男的肩胛骨说。而安小男一定还不习惯这样的恭维，他双手交叉抱在胸前，茫然失措地四处望着。直到看见了我，他的眼睛才亮了一下。

我过去和那帮人喝了杯酒，解围地把安小男揽出了人堆儿，在一蓬浓郁的月季花边聊了起来。

"李牧光还在 H 市吗？"

安小男舒了口气说："还在。他投资的条件挺苛刻，两边还在僵持。"

我又说："你怎么不趁机在老家多待两天？你妈还好吗？她烙的糖饼料真足，咬一口能烫后脑勺。"

"你要喜欢吃，下次让她再给你做……我爸活着的时候，每次听完高英培的相声都要吃糖饼。"安小男笑了笑，又吸溜了一下鼻子，"李牧光让我先回来，一是因为公司的仓库还得有人看，二是让我再改进一下那套监控器材，现在的成本还有点儿高。"

"得加班吧？"

"昨天又熬到三点多钟。"

李牧光果真是疑人不用，一旦用了就往死里用——还是那句话，他们那个阶级的人大凡如此。这时我如果斥责他"剥削"，反倒显得矫情了。于是我说："累点儿无所谓，能挣着钱就行。既然荣升了什么总监，他给你的工资也该涨了吧？他答应的那些提成兑现了吗？"

安小男近乎难为情地点了点头。

"那就好。"我说，"手头宽裕的话就赶紧买套房子，现在北京的房价涨得厉害，人家都说晚买俩月白干一年……还有，你妈让我劝你找个对象。我老婆有几个同学正好闲着呢，比如那个，我看就还行——"

我朝隔壁桌边一个把自己涂抹得如同雕花萝卜的姑娘指了指。那姑娘正在奋力地对付着一堆冷盘，看见我们粲然笑了，嘴里差点儿蹦出俩潮州肉丸子。

我也扑哧了一声，正想认真地寻觅出两个可以被称为"果儿"的姑娘，安小男忽然说："你结婚了，给你备了份礼。"

"搞那么'虚'干吗，"我笑道，"要是钱的话就直接塞前台那捐款箱里吧，美元也收。"

"除了钱还有别的。"安小男匆匆跑回座位，从桌子底下抱着一个纸箱子出来，"我亲手做的，你们的孩子生出来之后也许用得着。"

这时小张也好奇地凑了过来，我们两个打开箱子，看见里面分门别类地绑着几个摄像头和数据线什么的。分明是一套仓库监控系统的具体而微者嘛。

"这有什么用呢？"我不免感到荒诞。

安小男解释起来："你想啊，你很忙，小张学历这么高，也不可能不出去工作吧？到时候孩子放在家里，只能请保姆来照顾。可现在信得过的保姆太不好找了，她万一要是不给孩子按时喂奶呢？要是给孩子吃安眠药呢？所以我就专门给你们设计了这套婴儿用的监控系统，环绕着小床三百六十度无死角，而且还有体温遥感器，孩子发烧的话也能报警。你们在外面一开电脑，就可以随时掌握孩子的情况了……"

他那认真的样子让我们同时哈哈大笑了起来。小张向安小男道了谢，然后又指着我说："你还不如帮我把他也上了监控呢，他那个行当里不三不四的女的太多了，这人意志又不坚定，他每天上班我都提心吊胆的。"

"这就是所有正房的通病——刚扶了正就过河拆桥，也不想想当初是怎么'扑'我的。"我笑着跟小张"逗"，"但是归根结底还得怪我，魅力太大了无法抵挡。"

小张反唇相讥："咱俩谁'扑'谁呀？谁在器材间里痛哭流涕地哀求人家'暖一暖我的灵魂'哪？当时就应该把这段儿给你录下来。"

我们两个你一言我一语，但安小男却茫然地抬起了眼睛，看向了阴沉沉的天空。他好像正在走神儿，从周围的气氛里"间离"了出去。小张便有点儿讪讪的，对安小男说了句"多喝点儿"，然后就挺着肚子找她那帮女伴去了。

我拍了拍安小男的肩膀，换上了诚恳而体贴的口吻："谢谢呀——看到你能越过越好，我也很高兴。"

但这时，安小男却舔了舔嘴唇，说出了一句让我目瞪口呆的话："我不想干了。"

六

安小男的话虽然让我惊诧，但却又有似曾相识之感，就像一出彩排了几遍的拙劣话剧。只不过第一次和他演对手戏的是商教授，第二次是那个银行行长，第三次就变成了我。但我招他惹他了？我可以说是唯一真心想帮他的人哪，他怎么就这么不让我省心呢。

"为什么呀？"带着近乎委屈的情绪，我叫了出来。

"我有心理负担……"安小男的眼神游移起来，仿佛正在斟酌词句。

我突然想到了被安小男协助逮捕的那个酒鬼老头儿："难道你是因为不忍心抢了美国老弱病残的工作吗？这就是妇人之仁了。咱们第三世界国家人民哪儿配同情美国人哪？那国家的福利好得很，当个失业的穷人幸福着呢。"

"不是这个原因。"他说。

"那么就是李牧光逼你干过什么事儿……比方说除了仓库以外，还监视监听什么人？"

"也没有。"

"那你抽什么疯啊？你的心理负担是从哪儿来的？"我索性任由酒劲儿发作，指着安小男的鼻子质问道，"别身在福中不知福了，你这份儿工作多让人羡慕自己知道吗？挣钱多少都不提了，姑且谈谈尊严，谈谈人生价值吧。你知道咱们那些坐机关的同学十年如一日打水扫地擦桌子上级放个屁都得叫好越讨厌谁越得冲谁乐乐得脸都抽筋了是什么滋味儿吗？你知道我为了拍个片子骗完项目骗赞助骗完审查骗观众这活儿干得有多没劲吗——制片人都改叫'只骗人'了。再跟你说个玄的，我有个前女友是开皮草行的参观了一次活剥水貂皮就开始夜夜做噩梦梦见自己也被开了个口子然后啵的一声从皮里拽了出来，因为这事儿她信了佛结果还让一假冒'仁波切'财色通吃了。谁没压力呀，谁活得容易呀？也就是你这种干高科技的，一不用缺德造孽，二不用自毁人格，站着就把钱挣了——你还有什么不知足的？"

对于我这番泄愤式的长篇大论，安小男似乎无话可说地点了点头。但他随后却又说道："工作本身当然没有问题，只不过……"

"只不过什么？"

安小男猛然直视我，目光炯炯："你知道李牧光的钱是哪儿来的吗?"

"不是卖玩具挣的吗?"

安小男的口齿也加快了,但却远比我要冷静、清晰得多:"我看过他的入库单和出货单,他那个公司处于整个儿玩具流通环节的末端,利润已经被其他公司瓜分得差不多了。就以一个芭比娃娃为例,中国出厂价大约三美元,到了他手里已经涨到了将近十五美元,而他还要应付税收、场租和每个季度一轮的打折促销,再刨除美国那昂贵的人工成本,能打个平手就算万幸。还记得他曾经跑到义乌,想要绕开代理商低价拿货的事情吗?当地的商会害怕得罪几家垄断性的贸易组织,根本没敢答应他。总而言之,李牧光靠他玩具生意的营收,根本不可能赚出现在这么多的钱——你知道他在H市谈的那个项目投资有多少?连厂房带地皮他都想买,起码要拿出几千万人民币。"

我尽力跟着安小男的思路,大概听懂了他的意思,突然又含糊了一下,打断他问道:"你说你……看过李牧光的流水单据?"

安小男嗯了一声。

"他怎么会让你看这种东西?你一个技术人员,他吃饱了撑的才会请你查公司的账。"

"说起来也是凑巧。那些材料李牧光本来是不可能给我看的,他每次核对完货物,都会把单据放回仓库旁边的办公室里。但这一阵他不是回国了吗?他待在H市而我又回了北京的那几个白天——也就是美国的夜里,我继续在办公室监控着仓库。恰好这期间,公司到了一批货,是他手下的一个业务经理接收的,那人大概比较马虎,签完字就顺手把一摞单据都扔在了货架上,结果被风卷了一地。而等到我上班打开摄像头的时候,看见仓库里乱七八糟都是纸张，还以为出了什么事儿呢，赶紧用摄像头的放大功能拉近了看，结果就大概了解了李牧光公司的经营情况。"

我这个技术方面的白痴又提出了新的疑问："摄像头都在天花板上，那些进货单和出货单上的字迹想必又很小，离得那么远能看清楚吗？"

"对于专用的高清摄像头来说不是问题。"安小男笑了笑，"没听说过吗？在伊拉克战争期间，假如一个萨达姆军营里的士兵正在吃橘子，美国卫星能够清楚地拍到他手里的橘子有几瓣。类似的技术早就开始转入民用了。"

"再过两年，我们剧组的器材没准儿也该更新换代了。"我跑题道。

但安小男板起脸来问我："咱们还是说回李牧光吧，既然现在的公司利润很薄，他的钱到底是哪儿来的呢？"

"也许是他在开玩具公司以前挣的呢？"我含糊道，"再说李牧光家里也给了他一笔启动资金……"

"可他告诉过我——你一定也知道，李牧光在做玩具生意之前患有神经性疾病，他一直在被强制治疗嗜睡症。"安小男敏捷地打断了我，"倒是你说的后一件事情可以作为解释，但那恰恰是让我怀疑的地方：李牧光的父母再怎么混得好，也是国企干部，他们的收入保证全家丰衣足食并不奇怪，然而聚积出那么大的一笔财富就说不通了。"

"你的意思是……"我几乎是在明知故问了。

"这里面有问题。"安小男笃定地抿了抿嘴，"道德问题。"

时隔多日，我再次听到他的嘴里迸出了那两个字。此时给我的感觉，"道德"这玩意儿简直就像一种罕见的隐疾，它蛰伏于宿主体内，无形无迹，但一有机会就会不可避免地发作。在这喜庆的、觥筹交错的婚礼现场，我从安小男身上嗅出了前所未有的不合时宜的气味儿，仿佛他不是地球上的一个活生生的人，而是从哪个遥远的、未知的世界流窜过来的。他站在草坪上，却好像两脚悬空，只是一个飘飘然的人影。

接着，我的心里生起了一团厌恶。这厌恶并非针对安小男，但恰恰因为没有具体指向而让我格外恼火。我瞪着安小男，一字一顿地说："你这是病，得找个心理医生看看。"

"你说的是道德吗？"

"不是道德，而是你这种把一切都和道德扯上关系，再和一切较劲儿的怪癖。这和卫道士有什么区别？搁一百年前你是不是也得哭天喊地地阻止女人天足寡妇改嫁呀？你刚过上几天安稳日子呀，这么快就好了伤疤忘了疼了？"我冷笑了一声又说，"而且你刚看出李牧光他们家有问题呀？告诉你，我早就看出来了，从他刚一入校上大学就看出来了。但我们能怎么办——你又能怎么办？不为他那五斗米折腰吗？那好，你要有骨气的话就抡圆了抽丫一大嘴巴，搬回你的小平房里去，你妈的眼睛也干脆甭治了省得看着你糟心……我也懒得再管你了，我管够了。"

在我的逼视下，安小男的脑袋便低了下去。他的嗓子里发出了吭吭的声音，好像一个挨了批评正在抽泣的小学生。片刻以后，他才重新仰起脸来，表情却很平静，甚至称得上淡漠："你说得也对。"

我乘胜追击道："我对在哪儿了你错在哪儿了——不要口是心非，要深刻反省。"

"日子得过下去，而且得好好儿过下去，你说的就是这个意思吧?"他嗫嚅道,"可我老管不住自己,成天都在乱想……我辜负了你对我的好意,我以后不这样了。"

他的声音很细小,让我一下子就心软了。于是我不知是叹了还是舒了一口气,搂住了安小男的肩膀。我挟着他往人群中走去,路上调整情绪,又掀起了一轮场面上的高潮:"请允许我敬你们一杯!"

"为什么不呢?"大家雀跃着拥了上来,间或还有砰砰的开香槟酒的声音在半空中回荡。

那天我用七八种酒连续干了无数杯,但不知为何根本没有喝多。和身边那热火朝天的气氛相反,我的心里只感到空寂、落寞,甚至有一丝寒意在周身游走,让我不时像刚撒完尿似的打个哆嗦。安小男大概提前走了,不知何时我一回头,就发现他的座位上已经没有人了。到了下午三点多钟,折腾够了的宾客们才零零落落地散了个干净,我终于也疲了,叉着两腿坐在椅子上一边抽烟一边看着满地狼藉发呆。小张则在当场开箱盘点收上来的份子钱,不时向我通报一声谁给多了下次得找机会把人情还上,谁比较"鸡贼"红包里的票子还不够自助餐的人头费呢。

过了一会儿,她走到我面前,递过来一个沉甸甸的纸包:"你看看这个,也没写名字。"

我打开一看,里面居然是美元,而且都是百元大钞。小张说她大致点了点,足有五千之多。

这五千美元大概是安小男从监控系统上获得的第一笔提成收入,而他也没换个信封,就给我送来了。我把纸包还给小张:"甭管谁的,来则收之,收则花之。你不是一直想出国玩儿一圈儿吗?留着那时候用吧。"

"我是真没看出来，你们那群人里面居然还有这么值钱的友谊。"

"要是友谊犯得着用钱来衡量吗？"我惨笑道，"也许这是宣布跟我绝交呢。"

这之后的很长一段时间，我便再没见过安小男，就连电话也没通过一个。他仍在上地附近的那个写字楼里为李牧光工作着，同样没有再来找过我。分析一下我们互相敬而远之的心态，从我这边来讲，是因为他那冥顽不化的"道德感"令我感到疲惫和无所适从，而他呢，则是为了不得不继续端着眼下这个饭碗而羞愧，并害怕来自我的冷嘲热讽吧。所以说人哪，真没必要把自个儿的调子定得太高，除非你已经做好准备和生活决裂了——这也是义士们只有在刑场上的那两句豪言壮语才具有说服力的缘故——没有功德圆满的最后一枪，其他时候再怎么喊也做不得数。

实话实说，我这些年也没少"掰"过朋友。有些人是因为利益上的纠葛而翻了脸，还有些人也没什么具体的冲突，仿佛突然之间就话不投机了，然后互相在背后说对方"俗"。我本想用以往的经验来处理和安小男的疏远，宽慰自己"谁离了谁活不了"，但我居然没有做到。每当看到什么有关于我们母校的新闻，甚或在夜阑人静无法入睡之时，安小男那张老丝瓜般的脸总会无声无息地浮现出来，不动声色地搓着我心里的某个污痕累累的部位，搓得我的灵魂都疼了。安小男如芒在背，安小男如鲠在喉。但这样的感受我也不好意思对任何人提起，就连和小张都没说过，因为我无法接受自己对安小男的古怪感情被她往"基情"方面引申——这丫头怀孕期间闲得没事儿，看了不少日本电视剧，特别热衷于在男人与男人之间捕风捉影。按照她现在的理论，世界上根本就不存在同性的交情这码事儿，远到陈胜吴广，近到希特勒和墨索里尼，无不是尽心竭力地"卖腐"的结果。

"你注意点儿胎教行不行，我们家可是三代单传。"我怒斥她，"再说对于龙阳这事儿，你不认为教唆和歧视一样可耻吗？"

又挨了些日子，我们的儿子终于顺利出生并且满月了。四面八方的闲杂人等咸来相贺，我索性又到外面摆了几桌，给了他们凑在一起说吉利话的机会。小张的奶水很足，那天饭还没吃到一半就又快喷了，于是赶紧抱着孩子离席。我也越发觉得正常的繁殖能力似乎没什么可值得显摆的，对那些有口无凭的祝福更是提不起道谢的兴致，便默默地喝起了闷酒。我就这么成了一个孩子的父亲，但是除了把他制造出来之外，我还为他做了些什么呢？我是否曾经尝试过使他大驾光临的这个世界变得更美好一点儿呢？这样的疑问让我感到沮丧，越发地不想搭理人了。

正在低着头若有所思，身边似乎有人站了起来，朝着包间大门的方向打招呼："你怎么才来？"

"这么大的喜事儿，你也不早点儿告诉我。"进来的人热情地嗔怪我。

我抬起头来，赫然看见了李牧光。他穿着一身簇新的西服，越发显得身材高壮挺拔，方脸上挂着温润的笑。我赶紧对他解释："也不知道你是在外地还是外国……"

"甭管在哪儿也得专程来一趟——我可不像你那么薄情寡义，觉得我这朋友可有可无。"李牧光在我身边坐下，从皮包里掏出一样东西，"给咱们儿子的。"

他递过来的是一枚巴掌大的纯金长命锁，我一接，被那分量吓了一跳——居然是实心的。这些金子足够换一辆越野车的了。

我下意识地推让着："太重了，这要挂上对小孩儿颈椎不好。"

"没劲了呀，看不起我是不是？"

我只好把那块金疙瘩揣进兜里，和他寒暄了起来。除了这份大礼，今天李牧光的态度也让人觉得奇怪：他那种居高临下的语气不见了，哼哼哈哈的样子几乎可以称得上谄媚，全然不像一个少年得志的国际"新贵"。我打量着他，他也打量着我。我们的屁股一个比一个沉，直到把所有的客人都耗走了，李牧光站起身来，把门关上，回来后掏出烟来，双手笼着火儿为我点上。

我还在没话找话地试探他："H市那厂子筹备得怎么样了？"

"还行，土地批文已经快拿到了，他们还准备以我的这个厂子为试点，在H市城区打造一个高新产业园。"李牧光宣告着好消息，语气里却陡然没了喜色。

"那应该恭喜你才是——可惜我拿不出那么厚的礼。"我作势要举杯。

他摇了摇手，两眼迟疑地眨了眨："但我有点儿别的事儿想请你帮忙。"

帮什么样的忙能值得上偌大一个金锁呢？我郑重起来："什么事儿？"

"安小男的事儿。"

我心里怦然一跳，说："我也很久没跟他联系了。"

"但这种事儿还非得你去跟他谈谈不可。"李牧光下意识地往别处瞥了瞥，压低了声音说，"我怀疑他正在查我。"

"查你什么了？你什么时候发觉的？"

"就在最近。以前我觉得他就是一傻乎乎的理科生，现在才发现这人太阴了。自打我从H市回到北京，他就老套我的话，问的全是他不该问的事儿，比如我在美国的哪个银行存过钱，我洛杉矶的房子是全款还是贷款，还有我和供货商的结算周期。这还不算最过分的，就在上个星期，东北那边的亲戚突然告诉我，他居然还在刺探我们家里的情况……"

"他跑到东北去了吗？"

"那倒没有。他通过电话和网络联系上了咱们分配到辽宁工作的那些校友，还拐弯抹角地找到了我上高中时的几个朋友，说什么他是公司人力资源部的，要为我建立信息档案。这借口也太他妈拙劣了，美国是最尊重个人隐私的地方，哪个外企的人事部门需要掌握老板他爸担任过什么职务、交往过什么人、经常到哪个球场打高尔夫打完球到哪个会所洗澡哇？好在我这人平日里手面还算大方，因此那些人就算嫉妒我也不愿意得罪我，扭脸就把这事儿告诉了我……而我一猜就猜到了是安小男。我爸都退下来有些日子了，除了他，早已经没人对我们家的事儿感兴趣了。"李牧光越讲越激动，又烦躁地咬了咬牙，咀嚼肌像马一样涌动着隆起，"到现在我都不知道这孙子这么干究竟有什么目的，而身边潜伏着这么一个人，实在太让人难受了。就跟裤裆里盘了条蛇似的，谁知道它哪天不高兴了会照着你最要命的地方咬上一口。我已经好几天都没睡好觉了，早上醒来一把一把地往下掉头发……你知道我现在最怀念的是什么时候吗？就是大学的时候躺在你上铺——完全没有烦心事儿，想睡多久就能睡多久……"

这时候我突然想，也许李牧光治愈了嗜睡症真不是一个明智之举。人醒了就要折腾，从而把自己折腾进无穷无尽的麻烦之中，但折腾一圈儿的结论，往往不还是那句"浮生若梦"吗？早知如此，何必要醒。然而我也知道，现在可不是抒发那些旧式文人感想的时候。又不知是怎么搞的，李牧光所说的事情让我产生了某种暧昧、含混的好奇，但他那火燎屁股般的焦虑模样却引不起我丝毫的同情。

于是我盯着他的眼睛说："这有什么难办的，你是老板他是员工啊。如果他让你不舒服，让他卷铺盖卷儿滚蛋不就得了嘛——也不必在意我的面子，我对他已经仁至义尽了。"

李牧光嘟囔道："事儿恐怕还不能这么说……我现在还不好解雇他。"

"为什么呢？"

"一句半句也说不清。"

"你该不会是怕打草惊蛇吧？"我嘿嘿干笑了两声，仿佛是在为自己那极其有限的逻辑推理能力而得意，"可不可以这样理解，安小男没准儿已经掌握了你——或许还有你家里——的什么事儿，而这些事又是不大适宜让太多的人知道的，所以你既讨厌安小男又害怕安小男，怕他被惹急了反倒会把事情捅出去。至于你想让我帮的忙呢，自然就是说服安小男别找你的麻烦，你甚至还打算让我出面替你收买他，用钱堵住他的嘴……"

李牧光的额头上冒出一排虚汗，他抬手擦着，趁势挡着眼睛说："可以这么理解。"

"那么好了，"我两手一摊，"你还应该告诉我，你害怕被安小男知道的到底是什么事儿。"

"有这个必要吗？怎么你也调查起我来了。"李牧光梗了梗脖子，白了我一眼。

我不慌不忙地又对他说："你要搞清楚情况，你既然想请我帮忙，那总得对我坦诚一点儿吧，把我蒙在鼓里当枪使算怎么回事儿？再打个不一定恰当的比方：犯人的作案过程可以瞒着法官，但绝不能对他的辩护律师说假话。"

李牧光张开手指顶着太阳穴，好像在忍受头痛，喉咙里忽然发出了小狗一般的呜咽声。现在我算看出来了，这人从来就不是一个心理强悍的狠角色，他曾经摆出来的精明和傲慢，只不过是仗着有钱虚张声势罢了。只要面临足够大的外部压力，他便会像孩子一样乱了分寸。果然，李牧光又磨叨了两下，随后便吞吞吐吐地向我交代了起来。正如安小男所推测的，他从来就没在玩具生意里赚到过什么钱，而他也并没指望靠做正经买卖发家致富；开那个公司只是个幌子，其作用是把他爸积累下来的财富转移到美国去，说白了就是利用国际贸易来"洗钱"。而追根溯源，李牧光家里的钱又是从哪儿来的呢？积累财富的过程往往要比转移财富更加简单粗暴：无非是提成回扣、资产贱卖那一套，相当一部分曾经辉煌过的国有大厂都是被这些人生生玩儿垮的。

当然，这都不是什么新鲜事情。就连李牧光也委屈地说："不是好多人都这么干吗。"那语气就好像我的询问都是多此一举似的。但我的心里却冒出了一种酣畅的、简直可以称之为快意的情绪。这倒不是因为曾经不可一世的李牧光终于又在我面前服软认小，而是因为，这是我第一次听到在中国发了不义之财的那一小撮儿人亲口认账——此前从来没有过。

"该知道的你也知道了，那么你是不是可以……"李牧光满脸涨红地问我。

我眯着眼睛看了看他，缓缓地把那枚金锁拿出来，咚的一声拍在桌上。然后，我尽量铿锵地对自己做了个评价："我这个人吧，缺点是做人的底线偏低，但优点是还有点儿底线。"

李牧光反而笑了："真没想到，咱们俩的交情这么不牢靠。"

"在这种事儿上你跟我扯交情，本来就显得居心叵测。"我用贾惜春的台词反诘他，"我清清白白一个人，不想被你这样的人带坏了。"

我的态度不仅坚决，而且颇有几分豪壮。按照我的脚本，李牧光应该窘迫地、耻辱地离开，或者当场撕破脸，对我大发雷霆也可以。而不管哪种情况，我都将会成为某种意义上的胜利者——就像上中学时戒除手淫一样，哪怕满脑子里肉体横飞，可我最终"守住了也就光荣了"。

但没想到，李牧光非但屁股纹丝不动，而且把身子往椅背上一靠，坐得更加舒展了。他又点上了一支烟，透过浓郁的烟雾似笑非笑地打量着我。他的神色反倒让我不由自主地感到了虚弱，并且对刚才的那番表态自我反省了起来：我有想象中的那么昂然而坚定吗？我把李牧光"崩儿"回去，是出于自己的本意吗？另外，难不成我在潜移默化中受到了安小男的洗脑，因此处事态度也开始"安小男化"了？

我正在颠三倒四地踌躇着，李牧光却幽幽地撇过来一句话："就算咱们两个人的交情不值什么，你还是要考虑一下三个人的交情嘛。"

"怎么成了三个人的事儿……还有谁？"

"你表妹林琳哪。"他轻巧地说。

我的眼睛仿佛往外鼓了一鼓："跟她有什么关系？"

"我们已经结婚了，就在我上次回美国的期间。"李牧光再次对我亲热地笑了，"论起亲戚来，我现在得管你叫表舅子了，难道林琳没告诉过你吗？"

没想到会插进来这么一个突然性的消息，我的头都大了，猛地抓住了李牧光的衣领子："她从来没跟我提过……这丫头只跟我说过，她正在斯坦福大学读博士。你妈的王八蛋，居然敢勾引我表妹。"

"都是一家人了，别把话说得那么难听。"李牧光把我的手拨开，脸却凑得离我更近了，"再说我也没勾引她呀，是你表妹自己来找我的，她哭着喊着想嫁给我，拦都拦不住。"

"别扯淡了，我表妹是个女学霸，她怎么可能看上你这种暴发户。"

"可我是个国际暴发户哇，拥有美国国籍。"李牧光说，"说白了吧，林琳除了一门心思念书之外，还一门心思想留在美国，而她的留学签证又马上就要到期了，所以她突然找到我，想要跟我假结婚——你也不要太吃惊，这种事情很常见，唐人街还有专门的中介在做这种生意呢，只不过给留学生们介绍的都是美国孤寡老人。所以说，哪怕是名义上的丈夫，林琳能找上我还算不错呢，且不提钱，哥们儿起码体健貌端，比那些肯德基上校似的洋老头儿可强多了。"

难道不找他李牧光，我表妹就要嫁给肯德基上校和麦当劳叔叔吗？我憋着口气说："照你的说法，你娶了她还是帮她的忙啦？"

"这首先当然是看在你的面子上喽。而且我也不是白帮忙，如果林琳成了我的妻子，我可以用她的名义开个银行户头，用来处理我的那些……款项。她家底清白，无论是中国还是美国政府都不会怀疑到她头上。"李牧光说，"还是说回你表妹的情况吧。我再给你普普法，按照美国的现行规定，结婚之后必须通过两年的审核期而不被移民局发现破绽，她才能拿到独立绿卡。而这期间如果我向美国政府揭发她，会发生什么情况呢？对于我这个美国人来说无非是罚点儿款，大不了再交点儿律师费罢了，而她呢，驱逐出境都是轻的，并且还有可能因为婚姻欺诈而被判一年监禁——你可以自己到网上去查，最近有一拨儿串通美国水兵假结婚的东欧女人就被这么处理了，这案子在美国很有名。"

我都快听不下去了："李牧光，你他妈的威胁我是不是？"

"我是想提醒你血浓于水，不过你要是把这理解为要挟也无所谓。"说到这儿，李牧光终于露出了优雅的、全然无耻的笑容，"我知道我的做法有点儿不地道，但对于你来说，眼下的当务之急应该是和我这个妹夫搞好关系，否则你表妹的苦日子可就来了。试想林琳要是真坐了牢，你们一家人尤其是你姥爷得有多伤心哪……据我所知他老人家都八十多了，这两年身体还不太好。而我想让你做的事也并不难，你对安小男有恩，他又把你看成唯一的——朋友，你的话他一定听得进去。"

接着，李牧光伸出两根指头，轻柔地推着那枚长命锁，让它像一只金光灿灿的小乌龟一样爬到了我的近前。我低头盯着那坨金子，看得头晕目眩，而李牧光却拍了拍我的肩膀，再没说什么就走了。

那天回家之后，我所做的第一件事就是尝试着联系林琳，但她在美国的手机居然停机了，再打她在斯坦福附近租住的公寓电话，一个外国老太太告诉我，她几个月之前就搬走了。于是我又去找林琳她爸，我的前姨父。这儿要补充一句，我表妹的父母早就离婚了，她爸娶了自己的女秘书，她妈没过多久就心肌梗死去世了，我们一家人都认为林琳她妈是被她爸给气死的。而那位老花花公子对女儿的情况知道得比我还少，他连林琳进了哪所大学读博士都没搞清楚："她在斯坦福吗……这么说我女儿和克林顿的女儿还是校友呢。"

"嗯，您和克林顿也有相同的爱好。"我说。

把亲戚们问了一圈儿，居然是从我姥爷家固话的来电显示里找到了林琳的新手机号码。她曾经给我姥爷打过一个电话，也没提她结婚的事儿，只是简短地问了个安。但或许是"隔辈亲"的心灵感应吧，我姥爷一口咬定林琳是心事重重的，并让我一定要劝她"凡事看开点儿，实在不行就回来"。我哼哼哈哈地答应着，出门用手机拨通了林琳的电话。

电话通了，中国的傍晚连接了美国的黎明。林琳半晌才开口，她这一次没叫我"怪胎"，也没叫我"混混儿"，而是低低地唤了一声："哥。"

记得我最后一次见到林琳，还是在机场送她去留学呢，那时她还是个俏皮的小甜姐儿，临走前狠狠地扯住我的耳朵揪了一记。而现在，她连个招呼也没打，就把自己给嫁了。我也沉默了一会儿，才说："才知道你结婚的事儿，但你别指望我会恭喜你。"

"李牧光告诉你了？"

"嫁得好哇，挑了个有钱的主儿。"

"你应该知道，我和他结婚可不是为了钱。"林琳的口气随着我一起变冷了，"再说他对婚前财产做过了公证，就算我们离了，我也分不到他一毛钱。"

"只为了个美国户口，就把自个儿嫁了？"

"可以这么说。美国经济不景气，大学和研究所的预算都削减了一大截，我熬了八年才熬到一个博士学位，可还是找不到工作，要想继续留下也只能通过结婚办个身份了……比起雇来的人，你这个同学还算靠得住，更重要的是愿意帮我的忙……我想，干脆就别浪费时间了。"

林琳的话让我想起了当初她与安小男的那场约会闹剧。"别浪费时间"，那时候她也是这么说的。她到底是聪明还是傻呀。

我问她："然后你允许他使用你的名字去开账户什么的？"

"反正我名下也没钱，随他怎么使去。"

"你这是图什么呀？混不下去了回来不就得了吗？"我恶狠狠地说，"是不是人一到那边脑子都变笨了？现在不比以前了，美国有的中国也有，这边儿挣钱的机会没准儿比那边儿还要多呢。别跟我说你是为了民主自由才死乞白赖留在那儿的，在国内的时候也没见你好过那一口儿……"

林琳却没跟我吵，而是缓缓地对我说："我也有我的难处。家里的情况是一方面，我没妈了，爸也等于没有了，当初之所以决心要走，就是这个原因。其实快毕业的时候也不是没想过回国，但事到临头又犹豫了。我已经不年轻了，回去的话得重新习惯让人头疼的人际关系，还得打起精神来和那些比我年轻得多的孩子们竞争，这对我来说实在是太难了……我是个两头不靠的人，如果回去的话仍然没找到出路，那就算彻底失败了，可我承受不了失败，只能硬着头皮在美国扛下去……站在我的处境想一想，你说我还能有什么办法？"

说着说着，林琳就抽泣了两声。我和她隔着一个太平洋，却仿佛看到了她的眼泪亮晶晶地滑落了下来。我又想起了我们小的时候，因为家里大人都忙，一到寒暑假就被送到姥爷家相依为命。那时候林琳老和我大吵大闹，还曾经为了半根糖葫芦把我的脸挠出过一片血道子，但我要是真的烦她了，不跟她说话了，她就会一声不吭地跟在我身后，脸上默默地滚着泪水。她说我不理她就是欺负她。

我的鼻子一酸，对林琳说："不管怎么说你也是我妹。如果李牧光趁机欺负你，你就告诉我，我他妈坐着飞机到美国跟他拼命去。"

林琳更加响亮地抽了抽鼻子，想对我咯咯笑两声，但却完全笑跑了调。她又说："别担心我和李牧光的关系。假结婚嘛，我们只是走了个手续，其实还是互不相干，更没在一块儿住。我已经搬到了西雅图，在这边的大学里找了份短期代课的工作，而且跟他说好了，一旦拿到绿卡，就跟他离婚。"

我愕然了一下："你还挺坚贞。"

"我只是求他帮忙，但绝不想把这事儿变成卖淫。"林琳说。

七

再引申一下我对李牧光所说的那句自我评价：假如我这人的优点是还有点儿底线，那么缺点却是底线偏软，随便被什么外力一捅，往往便汤汤水水、乌七八糟地漏了一地。既然不仅低而且软，那么再奢谈底线不仅形同放屁，而且还会给自己带来许多不必要的困扰。和李牧光的那番对峙反倒令我更加明确了这个道理，因此受他之命去说服安小男的时候，我尽量把自己调整成了漠然的、就事论事的心态。我一再提醒自己不要再被安小男的情绪所蛊惑。

随着北京路面的大拆大建，上地那地方几乎变得令我认不出来了。原先窄小、坑洼的柏油路被大幅度拓宽，路边新增了许多奇形怪状的建筑，有一栋大楼竟然像是正在缓缓降落的飞碟。越来越多的高科技公司把总部搬到了这里，原先的那些近郊农民则摇身一变成了房东，和新迁入的外来者们既互相羡慕又互相蔑视着。安小男所在的那幢写字楼显得旧了一些，但他的办公环境却经过了扩充和改造，面积达到了一百多平方米，俨然是个相当正规的跨国企业驻华办事处了。毛玻璃门上悬挂着李牧光公司的名头，屋里的空间分成两块，一块仍是联通着美国仓库的值班室，另一块则是"产品研发部"，还新雇了两个技术员，在安小男的带领下对监控设备做进一步的调试。

我推门走进办公室的时候，安小男正举着一只摄像头，对一个二十多岁的小伙子讲解着什么。这场面倒令我对完成任务有了信心：看起来他仍然是很在乎这个饭碗的。而当安小男扭过头来，我们的见面还是不免尴尬——毕竟相互冷落了不少日子，这时都不知道该怎么打招呼了。

我搓了搓手，讪笑道："正好到这边来办事儿，想到好久没见你了……"

"我挺好。"安小男僵着脸说，"你也挺好？"

"瞧瞧你，真像个领导了。"

"卖出去的产品得做售后，李牧光怕我一个人忙不过来，就又找了两个帮忙的。"安小男放下手里的东西，抄起工作台上的外套说，"这儿太乱，咱们到楼下的咖啡馆聊吧。"

"不用专门招待我，给我杯白水就行……"

他却没理我，径直领我走出了办公室，来到电梯间。铁门合拢，短暂的失重感从下半身袭来，他忽然又说："我怀疑那些人是李牧光派来监视我的。"

员工和老板之间互相提防到了这个地步，所以才会苦了我这个中间人。我感到自己就像三明治里的那片奶酪，在两块面包之间夹得紧紧的，横竖躲不过被咬一口的厄运。而酝酿好的那些话却不知从何说起了。

在咖啡馆里坐定之后，安小男直接抛过来一句："你也是李牧光请来的吧？"

他再怎么不通人情世故，但果然还是个聪明人。我坦诚地点了点头，反问他："你真在调查李牧光？"

安小男没说话，这就等于了默认。

我说："何苦来哉呢？"

"最开始就是因为好奇吧。"安小男说，"你也知道我这人有点儿……怪癖，对什么事儿都爱刨根问底。"

我问到了关键性的地方："那么你掌握了什么……信息了吗？"

安小男清脆地嗑了一记牙花子："很抱歉，这就不能告诉你了。"

他那警惕的样子，明显是彻底把我当成李牧光的人了。我脸上红了红，但也只好硬着头皮继续说："我知道你眼里揉不得沙子，特别有原则和——道德。我这个人呢，没什么骨气，但是非好歹还是分得清楚的，所以能和你做朋友，我感到很荣幸。但我也想问你一个问题——假如世道真的出了问题，我们又能怎么办呢？跟丫死磕吗？那好像也改变不了什么。人生下来不是为了当斗士的，我们要吃饭，我们的家人也要吃饭，能当个好儿子、好丈夫和好爹就已经不容易了。让李牧光他们那些人富去吧，反正他们黑的是全国人民的钱，平摊到咱们头上顶多相当于俩钢镚儿掉下水道里了，不值得心疼。再说个你举过的例子，咱们学校电脑城楼顶上的那圈儿灯，它就算不合格，大楼不还在那儿戳着吗？可见个人觉得天大的事儿，其实并不影响世界照转……"

"处在你这个位置，当然可以事不关己高高挂起了。"安小男突然打断我，"但你有没有想过，一旦李牧光那样的人祸害到我们头上会怎么样？谁能承受得起呀？"

"你……具体指的是什么呢？"

安小男说："上次参加完你的婚礼之后，我也用你的话劝过自己，但事情随后的进展让我忍不下去了。你知道他在 H 市的厂子选定了哪块地址吗？就是我妈现在住的那片宿舍区。市里早就想要拿那块地开发房地产了，正愁找不到由头，恰好他的项目就来了。他们的计划是把附近几平方公里的民房统统拆掉，一小部分用来建科技产业园，其余的都盖成商品楼往外卖。至于以前住在那里的退休工人，只能被赶到郊区的安置房里去，那里基本上就是一片孤零零的荒地，连公共汽车都不通，上医院要徒步走上十几公里。这些老工人招谁惹谁了？他们苦哈哈地干了一辈子，许多人都落下了一身病，结果却像没用的牲口一样被赶出家门自生自灭……而这都是因为李牧光……"

原来还有这样一层关系。大约安小男想做的事儿，是找出破绽并停掉李牧光的投资项目，从而保全那一片老宿舍区。我躲着他的眼睛，继续找着说辞："拆迁的事情对你的影响其实并不大。你现在的收入不低，完全可以给你妈在 H 市城区买一套像样的房子，哪怕就是接到北京来也行，这边的医疗条件更好。如果手头实在紧的话，我还可以替你去跟李牧光谈谈……"

"但我们家的那些邻居呢？"安小男再次打断了我，"我能管我妈，谁来管他们哪？我爸死得早，我妈的身体又不好，自从我们退掉了以前的房子，搬到那片宿舍区，就一直受到邻居们的照顾。记得高考之前我从楼梯上滚下来摔折了腿，还是邻居们用三轮车把我拉到考场的。现在我是不为钱发愁了，但却把他们抛下不管，这道德吗？"

安小男再次说出了"道德"这个字眼，但这一次，质问的对象却变成了他自己。他的手臂横放在桌子上，面前那杯一口没动的咖啡里，泛起了一圈又一圈的涟漪。他的眼眶也空洞地撑大了一圈儿，好像突然坠入黑暗之中的夜盲症患者。这时我的心里已经很清楚，对这个状态的人是没法"讲理"了。或者说，我这种人根本没资格与他理论。

可是李牧光不容我退缩回去。我今天出门之前，还接到了他的电话："等着你的好消息。"然后他又对我说，美国移民局已经开始对他和林琳的婚姻进行核实审查了。于是，我换上了那种饱含感情但实则无赖的口吻："安小男，我对你也不错吧。"

"你对我有恩，这我忘不了。"他简短地说。

"那么我求你为我考虑一次，就权当是你报答我了好不好？"在羞愧和感伤的双重情绪下，我的嗓子居然哽咽了。这到底是真情流露，还是在进行某种夸张的表演呢？我本人也说不清楚。接着，我就把我表妹林琳和李牧光的那场非事实婚姻告诉了安小男。如果李牧光不高兴了，便会把林琳送进监狱，他真有这样的权力，也有这种狠劲儿。讲完之后，我又补充道："林琳你还记得吧？这么多年以来，只有一个女孩曾经表示喜欢过你，那就是她。"

安小男半张着嘴，点了点头。

"我知道这是个不情之请，也知道我的要求不那么……道德。"我接着说，"但我实在没办法了。今天这件事儿提得太突然，我不指望你能现在就答复我，只希望你再做什么事情的时候，还记着有我这么个朋友，好吗？"

说完，我就低下了头，看着自己面前那半杯咖啡里的涟漪。水波一圈儿又一圈儿地扩大，仿佛地球正在蠕动。在斯皮尔伯格的电影里，这样的波纹总是预兆着什么惊天动地的危险，比如将会蹿出一头恐龙，或者火山快要喷发了。然而很遗憾，时间不知过去了多久，当我恍然地抬起头来，安小男还是我对面那个木然的安小男。我们的世界未曾发生任何改变。

我叹了口气，欠起身来叫服务员结账。但这时，安小男却摆了摆手，示意我继续坐下。他干哑、迟疑地开了口："有件事我也一直想告诉你，但始终没说……是关于我爸的。"

我疑惑了一下："我见过他的照片……"

"搬到现在那片宿舍区之前，我们三口人住在当地一家建筑公司的家属院儿里，我爸是那单位的土木工程师。"安小男断断续续地讲了起来，声如锉铁，但音调悠远，"记得十岁以前，家里的日子还是挺好过的，福利好，房子大，更没为钱犯过难。因为有个设计方案受到了省里领导的表扬，我爸很年轻就被提拔成了公司的副总，但没想到厄运从此就来了。以前他只管埋头画图纸，并不过问工程的具体进度，但进了管理层之后，却发现公司的几个领导没有一个不贪的。他们把钢筋的标号降低，用来路不明的劣质水泥代替品牌货，居然连地基的深度也敢改，克扣下来的钱都揣进个人腰包里了。那些人还拉我爸入伙，表示可以把赃款分给他一部分，我爸不敢答应，他们先是笑话他傻，后来还集体排挤他……这也好理解，假如所有人都在贪的话，不贪的那个就破坏了生态，成了众矢之的。为了避开这些人，我爸提出不再参与公司层面的决策，回到原来的岗位上继续画图纸，但那些人仍然没放过他……后来终于出事儿了，他们公司承建的一个会展中心发生了垮塌，砸死了几个工人。事故的原因是使用了不合格的建筑材料，可那几个领导却硬把责任扣到了我爸头上，说是他的设计方案不合理导致的。我爸被就地免职，还被公安局的人监控了起来，死者的家属也一天到晚上门来闹，说要让他一命还一命，我和我妈连家门也不敢出……"

咖啡杯里的涟漪忽然停了。安小男的身体离开了桌子，直直地靠在了沙发座的椅背上。他闭上了眼睛，我张了张嘴却没发出声音。

漫长的几秒钟之后，安小男重新开始说话："刚才讲的那些，是我后来才听说的事实。而我记得最清楚的，还是最后一次见到我爸时的情形。当时是晚上，我正趴在客厅的餐桌上做奥数题，看见我爸打开他书房的门走了出来。自从出了那件事儿，他在几天之内老了十几岁，连头发都白了大半，在日光灯下银光闪闪的。我抬头望望我爸，没敢说话，我爸却破天荒地朝我笑了笑，低头看看作业本，问我学到了哪一课，有什么不明白的东西没有。我就一道题接着一道题地对他讲了起来，他歪着脑袋好像在听。等我讲完了，我爸忽然俯下身子抱住了我，问了我一句和数学题不相干的话。他说：他们那些人怎么能这么没有道德呢？这个问题我根本听不懂，当然没法回答，而我爸说完，就慢慢地走出了家门。他走得弯腰驼背，连头也没有回……二十分钟之后，单位保安敲我们家门，告诉我妈，我爸从十九层办公楼的顶端跳下去了。"

说到这儿，安小男再次闭上了眼，如同正襟危坐地睡觉。无须他再做什么解释，我已经明白了他的意思，甚而可以说终于明白了他这个人。他爸那句关于"道德"的感慨如同天问，在安小男的心里种下了缠扰毕生的魔咒。从此他一直致力于求解那道难题，仿佛一旦解开，父亲就能死得其所。

"刚开始我和我妈一样，恨的只是我爸生前的那些领导和同事。但后来渐渐就变了，我觉得我爸所说的'他们'并不是那几个具体的人，而是世界上的所有人；我爸讲到的'道德'也不是一件事情上的对与错，而是笼罩着整个儿地球的神秘理念。但道德究竟是什么呢？它既然那么重要，为什么又会被人轻而易举地忘却和抛弃呢？一看到这个词我就想哭，一说到这个词我的心就会发抖，在我看来，我爸不是死于自杀也不是被人害死的，他是为一个浩浩荡荡的宏大谜团殉葬了……为了解开这个谜，我曾经求助于历史和人文学科，可最后还是失败了。你还记得我写过的那篇文章吗？我在里面说中国人已经没有道德可言了，但那只是在承认失败，是为了让自己认命。其实我不是那么想的，因为那种痛彻骨髓的感觉仍然存在。在没有道德的社会里，怎么会有人为了道德而疼痛呢……"

这时，安小男神态毫无过渡地变得暴烈，他的一只手还在胸口撕扯着，手肘撞到了桌角发出闷响，使得咖啡中的涟漪变成了海浪，热腾腾地泼了出来。接着，安小男便哭了，头两声凄厉如狼嚎，被邻桌的两个女孩惊异地看了一眼之后，就变成了汩汩不息的呜咽。他的眼泪在脸上奔涌着，像个受了天大委屈的孩子。

这人几乎完全失控了。我赶紧掏出张钞票压在杯子底下，走到桌子对面，试图扶着他站起来。我们撕扯挣扎了一会儿，才跟跟跄跄走出了咖啡馆。马路上是明朗的艳阳天，铺天盖地的光线之中，卡车扬起的尘埃像海里的微生物一样漂浮着。一家饭馆里走出了三个同样脚下拌蒜的男人，他们中的那个胖子喝多了，正豪迈地发表演讲，呕吐物就顺着他的嘴汹涌地漫过了胸膛。一个小个子男人被胖子夹在腋下，同病相怜地对我投来一笑。

"怎么有人活得那么容易，有人就活得那么难呢……"安小男已经哭得浑身抽搐了起来，两脚在路面上毫无方向地曼舞着。

我没再和他说话，近乎坚忍地把他架回了"监控室"里，扶到窄小的单人床上躺下。那两个小伙子关切地过来询问，我把他们都推了出去，反手拉上了门，将安小男关在了里面。整理着被他浸湿揉皱的外套往外走时，我突然想，随着这次说客任务的结束，我和安小男的友谊也可以寿终正寝了吧。不管他以后是继续与李牧光为难，还是因为我而隐忍下去，都不是我能够管得了的事情了。我们已经互相摊了牌，他不可能再对我这种混混儿高看一眼，我也无法理解一个幼年丧父之人的创痛。我们从骨子里就不是一条道儿上的人，道不同不相为谋。

但晚上回到家，躺在床上之后，我却还是不由自主地想着安小男这个人。在我看来，他虽然口口声声地宣称着"道德"，然而他是否能对这个词汇做出一个哪怕是个人主观意义上的定义呢？恐怕是做不到的。他敌视李牧光的"道德"和本科时怒斥商教授的"道德"是一码事儿吗？这两者是否又和他拒绝银行行长的"道德"一脉相承？安小男想必给不出答案。"道德"让他在二十年来备受煎熬，却又在他的脑海中长久地面目模糊。虽然他曾经用他那理科天才的大脑去剖析研究过它，但归根结底不过是被他爸死前的一句感慨蛊惑了、催眠了。按照我惯有的那种嘲讽性的、自以为世事洞明的思路，安小男的生活可以被定义为一场怪诞的黑色喜剧，而我也可以一如既往地从几声苦涩的冷笑中重新获得轻松。

但我没能做到。夜已经深了，窗外的天空静谧、幽深，连风的声音都没有。孩子吃饱了奶，和保姆睡在隔壁，小张正靠着枕头看书，脸色在台灯下分外光洁。在这安详得暗软的氛围里，我却感到了浩大无比的悲怆，仿佛肉体以外的东西都被震成了粉末。

随后的几天，我到一家贵金属商场卖掉了李牧光送的金锁，又将一份还没到期的理财产品赎了出来，然后把那些现金换成了美元。如果安小男真的和李牧光决裂的话，那么我应该提前为林琳做打算。据我所知，美国请律师打官司是很贵的，这点儿钱恐怕还是远远不够，但我能做的似乎也只有这么多了。

然而日子一天接一天地过去，无论中国还是美国都风平浪静，并没有什么突发消息传来。一个多月以后，一直没跟我联系过的李牧光终于打来了电话，他的腔调又恢复了原先的志得意满："还是你行，帮了我的大忙了。"

李牧光告诉我，根据多方打探以及安插在公司里的"眼线"的汇报，安小男已经彻底放弃了对他的调查。不仅如此，安小男的工作态度也比以前更加任劳任怨了，每天除了监视仓库，就是坐在电脑前废寝忘食地调试修改那些监控器材的操作程序。随着他从李牧光的心腹大患变回了左膀右臂，量产版的跨国保安系统定型在即，而H市那片厂区的兴建计划也通过了主管部门的审批，只等着半年以后正式开工了。"现在还有一点儿小小的麻烦，以前那些居民不想搬走。"李牧光说。

接着，他专门提到了我的表妹：林琳已经拿到了婚内绿卡，一年多以后就可以升级为独立绿卡，有资格在美国定居下来。届时他也将信守承诺，和林琳离婚。至于我，他表示已经和H市内的一家文化公司达成协议，拍摄一部宣传他这个"华人企业家"

的专题片，并请我担任导演："费用你可以随便提。"

"另请高明吧，我手头还有俩别的片子没剪完。"我说。

"你挂名也行……我就是想谢谢你。"李牧光故技重施地说，"你要不答应就是看不起我。"

"那不敢，我他妈配看不起谁呀。"我不由自主地衰颓了下去。

与我相反，李牧光的声调陡然高亢了起来："你也不必跟我打马虎眼，我知道你是怎么想的。你觉得我的钱来得不干净，觉得我这人不那么……道德，对不对？这些我都承认，但我还想向你说明一点，钱来得不干净不等于用得不干净，更不等于以后永远来得不干净。佛教里不是还说放下屠刀立地成佛吗？还有西方那些倍儿光明倍儿灿烂动不动就绷着块儿维护普世价值的国家，不也是从羊吃人、从奴隶贸易干起来的吗？所以别纠缠于我以前干了什么，还得看看我以后会干什么。一直以来，我就想找一个合适的项目，把手头的钱投到光明正大的生意里去，我亏过本也被人骗过，现在总算抓住了机会……当然这还得感谢安小男。为了生产监控设备，我已经注册了新公司，等它一旦开始盈利，我就不是从前的我了，我会变成下一个比尔·盖茨、乔布斯和扎克伯格……"

李牧光说得如此诚恳，如此梦幻，仿佛手中握有不容辩驳的信念与真理。但我的脑子更乱了，同时还感到了累，累得连听人说话都成了一种莫大的负担。我嘟囔了一句："随你大小便吧……反正我是不想掺和你们的事儿了。"说完便挂了电话。

就此，我与安小男和李牧光都断了往来，而他们也不约而同地没再打搅我的生活。随后的一段日子里，我的工作也发生了一些变化。我放弃了"体制内"的身份，从电视台的节目制作中心跳槽到了一家才上线没多久的视频网站。新东家并没有给我提供更高的工资和制作经费，但却不会粗暴地干涉我的拍摄题材。很多过去一直酝酿着的构思终于得以实施，居然在小范围内获得了不错的声誉。与此同时，我的儿子也在苗壮成长，当我在外地拍片子的时候，小张会打开结婚时安小男赠送的那套微缩版的监控设备，让儿子在摄像头前为我表演种种人类奇观：翻身、打哈欠、乱哭乱叫，第一次坐立，第一次尝试爬行，第一次学大人做鬼脸……

在这种时刻，我才会想起那两个曾经的朋友。半年的时间一眨眼便快过去了，H市的科技园是不是即将正式动工了呢？看来老宿舍区已经无可避免地面临拆迁，而安小男终于没有做出让李牧光担心的举动。他是彻底无能为力了呢，还是被我说服了？我的"恩情"能对他起得了那么大的作用吗？也不知为何，我总是隐隐觉得我们三个的事情还没完，就像人已散曲未终，仍然有一股潜流在我们之间流淌，酝酿着冲出地表的爆发。

虽然早有预感，但那一天终于来临时，还是让人猝不及防。当时是中秋节前后，我正带着剧组在江苏拍摄化工厂排污造成的海鸟灭绝，突然接到了李牧光的电话。这一次，他一句寒暄也没有，劈头就问："安小男去哪儿了？"

我反问他："他不是在你公司上班吗，你问我干吗？"

"他跑了，一个招呼也没打，我让人找了好几天都没找到。"李牧光咬牙切齿地说，"说实话，是不是你把他藏起来的？"

我突然火了："你他妈什么意思？他在的时候你找我，他不见了你还找我？我又不是专业给你擦屁股的。"

"反正我要是出了事儿，你表妹就别想在美国待下去了。"李

101

牧光又骂了句脏话，摔了电话。

我一头雾水，同时心里窝火，但还是从手机电话簿里找出安小男的号码，拨了过去。电话没通，一个电子娘儿们告诉我："您所拨打的电话已停机。"

这之后的两天，我心里一直都是惶惶然的。而到了第三天，小张突然也打了一个电话过来。她还没开口却先呜咽了两嗓子，然后喊叫着让我立刻回家。

我还以为是儿子生了病呢，便道："别怕别怕，有事儿慢慢说。"

"你在外面得罪什么人了？要不就是安小男，他干吗要连累你？"小张说。

我心里咯噔一下："到底怎么了？"

小张顺了几口气，才把事情说清楚。原来就在刚才，有三个东北口音的男人来我们家敲门，声称是网站派来给我送月饼的，没想到小张才一开门，他们就闯进屋里来，不仅把每个房间都逛了一遍，还恶狠狠地问我们"把安小男藏到哪儿了"。这几个男人虽然没有身穿整齐划一的黑西装，但是有的剃着个大光头，有的领口底下露出一根龙或者带鱼的尾巴，看起来很像"道儿上"的人。小张自然被吓得魂不附体，抱着儿子只是摇头。好在小区的物业恰好上来收物业费，他们才一声不吭地走了。

我费了好大口舌让小张放心，又建议把她姐叫到家里住两天，总算把她安抚下来。随后我又给安小男打电话，但仍然是停机。这个时候，我已经猜到了什么，便克服着烦躁又给李牧光打，没想到他的电话也关了，听筒里传出一片忙音。

两个人都找不着了，让我像没头苍蝇飞进了微波炉，沉浸在随时会被烤熟的危机感之中。这一天剩下的时间里，我也无心干活儿了，草草让大家收了工，把自己憋在宾馆里坐一会儿，卧一会儿，又打开电脑到网上溜达一会儿，总之是安生不下来。一晃到了晚上九点多钟，一条已经被转发了两万多次的微博辗转出现在我的页面上，标题像所有热门消息一样耸人听闻：贪官家族转移财产，芭比娃娃惨遭肢解。内容则是一组连环画似的高清照片，图中的男人在大部分时间里侧对着镜头，只露了半张脸；他从货架上搬下了一箱玩具，拿出里面的数十个芭比娃娃，然后粗暴地扭断了她们的脊椎，导致她们的胳膊腿散落一地。从娃娃们的腹腔里，则掏出了一捆一捆的钞票，估摸是大面额的美元，此外居然还有十来根金条……图下配了说明，指出这组照片是在美国洛杉矶的一家仓库里拍到的，照片里的主人公名叫李牧光，身份既是美国人，又是一名东北国企退休领导的儿子。我又放大一张图片看了看，在右下角的角落里，发现了截屏过程中留下的时间标记。照片拍摄在几个月以前，正是李牧光对安小男最为寝食难安、提心吊胆的那个阶段。具体时刻则是中国的黎明、美国的傍晚，仓库里的美国搬运工人已经下班离开，中国电脑屏幕前的安小男又还没有上班。在不是人来人往就是被摄像头严密监控的仓库里，只有这段时间是个空当。

微博是用"天眼"这个网名发出的，一经推送便呈几何级数扩散。网友们除了一如既往地调侃、骂街，还人肉出了李牧光及其家人的各种背景资料，并推理再现了他们利用玩具贸易洗钱的全过程：随着我们国家反腐力度的加强，领导干部的账号已经被严密监控，这使得他们不敢再像过去那样通过金融渠道大摇大摆地转移资产，手里的钱也成了烫手的山芋；比起那些把现金在家里堆积如山、放到发霉的贪官，李牧光一家的手法倒是独辟蹊径，他们在国内把钱和金条塞进了即将出口的玩具体内，再把这些玩具的批次和箱号告诉李牧光，一旦在美国接了货，剩下的事情就方便了。这么干不光安全隐蔽，而且还省去了被洗钱机构抽头的烦恼呢。

不出所料，安小男终于"出手"了。李牧光费尽心力地要挟我去说服他，只不过把事情往后拖延了不到半年而已。H市的科技园用地应该还没有正式开工吧？考虑到这桩丑闻的恶劣影响，那个项目八成是会被临时叫停的，老宿舍区从而也避免了拆迁。至于跑到我家去找安小男的那些男人，我倒认为不太可能是李牧光指使的，而是他爸或者哪个气急败坏的叔叔伯伯所为。他们这么做，当然是想用威胁的方法逼迫安小男删掉微博，但这个想法却太幼稚，太不了解今天的互联网了。一条信息只要发出，就会和它的主人毫无关系，它更像是游弋在宇宙中的一颗彗星，到底是在茫茫的时空里销声匿迹，还是天崩地裂地把地球撞出一个大洞，都不是人能够决定的了。

而我随后的一个反应，则是得赶紧去一趟美国。在事情的连锁反应里，林琳是那条被殃及的池鱼，就算救不了她，我也要看她一眼。

八

这几十年以来，最多中国人前往的国家就是美国了。无数有志之士像不远万里前去交配的信天翁一样飞越太平洋，摇身一变成了遍地精英或者遍地土鳖。然而"去美国"这个行为却又存在着一个悖论：最多人去的地方有可能是最难去的地方，甚至要比越狱还难。因为那里不是中国的旅游目的地国家，我申请下来护照之后还得到大使馆面签，结果没聊两句就被"毙"了，原因是我声称前去游览，却说不出几个风景名胜，支支吾吾了半天才憋出了一句"要看湖人队的比赛"。对面那洋人和蔼地告诉我："在家看转播吧。"

但我总不能告诉他们，我表妹马上就要坐美国的牢了，我是去试图营救她的。排在我前面的一个老头儿更活该，他被儿子儿媳叫过去看孩子，可提出申请理由的时候不说"我孙子在美国"或者"我孙子是美国人"，而是说："美国人是我孙子。"这种故意颠倒的语序让精通中文的签证官大为不爽，随便扣了顶"有移民倾向"的帽子便撵了出来。

老头儿一边往外走一边愤愤地说："孙子才想当美国人呢。"

经此一拖，时间又过去了一个月。这期间我着急上火，又给安小男、李牧光和林琳轮番打了无数个电话，但却一个人也找不着。我还开车奔波几百里，去了一趟安小男在H市的家，可把门拍得山响又在楼道里守了大半天，也没见着半个人影。后来还是一个穿着秋裤出门倒垃圾的邻居告诉我，安小男好像悄悄回来过一趟，连夜把他妈接走了。至于去了哪儿，就没人知道了。

"他是不是欠债了？除了你之外，还有几个东北人来找过他，模样凶得很。"邻居唏嘘道，"这孩子小时候多老实呀，怎么看也不像出格的人……"

我无法解释，便岔开话题又问："这片儿不拆迁了？"

"你也听说了？拆迁公司都进驻了，但又突然停了。"穿秋裤的大叔说，"为了这事儿，我们还在楼道口放了挂炮呢。"

微博事件正在飞速发酵，不久之后网上有了正式的消息，李牧光他爸已被"双规"并接受调查，而他本人却凭借美国国籍继续逍遥法外；由于中美两国尚未签订引渡条款，流失的国有资产被追回的希望非常渺茫。这条新闻也让人们对那些官员产生了更大的愤怒。到了那年冬天，事情总算有了转机。我拐弯抹角地联系上了同样定居美国、正在波士顿"中美文化交流中心"供职的前女友郭雨燕，请她把我塞进了一个"文物保护考察团"的名单里。于是再次面对签证官的时候，我的理由就变成了"到你们国家看看我们的宝贝"。

也是有缘，在这个考察团里同行的还有一位故人，正是历史系的商教授。此人与时俱进，最近靠"歪批历史"从电视明星转型成了网络红人，因而轻佻的风格愈演愈烈。自打坐进飞机的头等舱，他就招猫递狗地和空姐打哈哈，唯恐别人认不出他来，浪费了胸前那杆"万宝龙"签字笔。听说我这个过去的学生混成了导演以后，他还屈尊纡贵地莅临了一帘之隔的经济舱，和我探讨了许多"90后"才感兴趣的时新话题，并隐晦地暗示我，可以拍摄一套名为"当代大儒"的传记片。

飞机已经升空，我们的屁股下面是浩瀚的太平洋。看着这位在三万英尺高空乱舞的恩师，我蓦然生出了何似在人间的荒谬感。商教授侃得兴起，我忽然打断他问道："您还记得安小男吗？"

"记得记得。"商教授热忱地呼应着我，"也是媒体圈儿的对吧？我还看过他对文怀沙做的访谈，问题问得特犀利……你们是不是老管他叫小安子？"

除了外号，没有一样对得上的。我苦笑了一声，没再搭茬儿。谁想商教授却又反过来问我："对了，你们那些同学里，是不是还有一个叫李牧光的？"

我瞪大了眼睛："是呀，您认识他？"

"当然不认识。"商教授摆了摆手，脸上浮现出一丝高深莫测的得意，"前些天突然有网站的'推手'发过来一条微博，让我转一下，说的好像就是国企领导往海外转移资产什么的。现在这种事儿还真吸引眼球，我和别的几个大V动了动鼠标，一转眼就成了新闻，听说还在东北那边揪出来一个窝案……又过了一阵才知道那个李牧光以前也是历史系的学生，可我怎么一点儿印象也没有哇?"

"他从来没上过课。"

"怪不得。"商教授又说，"后来他们家的亲戚还找到了我，说要给我十万块钱，让我把帖子撤了。"

"您答应了吗?"

商教授昂了昂下巴，愤慨地说:"这些蠢虫——居然想用一点儿小钱收买我，我有那么无耻吗?"

万里奔波到了美国，落地之后的行程倒是非常简单。我们被拉到一个不知名的小博物馆亮了个相，就算完成了出资机构的任务，此后的时间尽可以自由玩耍。商教授在国内当够了华威先生，到了美国却执意"追求内心的宁静"，非要到梭罗隐居过的瓦尔登湖去"度过一个沉思的午后"。他这么一提议，其他几条大尾巴狼纷纷响应，而我则趁机脱了队，先去找郭雨燕。

我的前女友如今住在波士顿郊区的一个小农场里，她每天要开车去"downtown"上班，是她的白人老公接待了我。这个富裕农民长得像个结结实实的肉球儿，大脑袋下面连接着一根名副其实的红脖子。他大概听说了我和郭雨燕以前的关系，对我的态度热情而又存有芥蒂，一再套我的话，还警告我不要对"swift"存有什么念头。我被问得颇烦，便用结结巴巴的英文回答他说，我和郭雨燕不仅现在很清白，而且当年也很清白，"连睡都没睡过一觉，就原装出口到你这儿来了"。

那家伙登时放心了，居然还说："多么遗憾。"

然后他邀请我一起进行他最喜爱的运动：端着双筒猎枪到他的农场里去打土拨鼠。看到那些可爱的啮齿类动物刚一探头就被轰得血肉模糊，我实在是胆寒肝儿颤，而郭雨燕的老公却兴奋得又蹦又跳，简直像个迷恋暴力的呆傻儿童。他还请我喝了地窖里封存了几十年的波本威士忌。

好容易等到门外传来停车的声音，郭雨燕从一辆巨大的凯迪拉克汽车里跳了出来。朱颜辞镜花辞树，她也和我的大多数女性同龄人一样，不可避免地显老了：小狐狸脸上涂着厚重而斑斓的妆，变成了刚遭了三昧真火的狐狸精；一对大胸倒是越发蓬勃，可惜看不出肉的质感，分明是用钢丝撑起来的。

她进门也不看我，径直搂着丈夫响亮地接吻。我则直言不讳地用中文问道："你怎么找了这么个二傻子？"

郭雨燕一翻白眼："你们这帮男的又好在哪儿啊——看着倒是一个比一个精，其实成天琢磨的还不是吃亏占便宜那点儿烂事儿？没劲。"

郭雨燕的老公问："你们在说什么呢？"

郭雨燕回答他："他说你可真是一个tough guy。"

肉球儿鼓着胸脯子说："那当然。"

接下来，她便谈起了我这趟来美国的主要目的。郭雨燕已经在办公室联系了北美地区的几个中国同学会，打听到了林琳现在在哪儿："她已经不在西雅图了，而是搬到了加利福尼亚……听说她遇到了麻烦，正在那儿打官司。"

看来最坏的事情还是发生了，我心里一凛，问："是移民局把她告了吗？"

"那倒没有。移民局的程序不是起诉而是直接遣返。"郭雨燕说，"听洛杉矶的一个同学说，好像是她把她刚结婚没多久的老公告了。"

这个信息让我始料未及。按理说，林琳的绿卡捏在李牧光的手里，只要对方翻脸，她就完全处于被动地位，拿什么和人家打官司呀？难不成李牧光在气急败坏之余，还对林琳使用了家庭暴力吗？这让我更加揪心了。

还好，郭雨燕虽然对我的态度冷嘲热讽，但帮起忙来总算热心。她给了我林琳的新地址，又上网为我订好了机票，并让肉球儿开着他的福特皮卡送我去机场。当天晚上，我就从美国的东海岸飞到了西海岸，又换乘了曾经载着杰克·凯鲁亚克横穿大半个美国的"灰狗"巴士，来到了距离洛杉矶城区几十公里的一个小镇。

此时天已彻底黑了，镇上一片寂静，只有酒吧和中餐馆还灯火通明。我寻着落满了阔叶的街道找到了林琳的住处。那是一幢红砖垒砌的二层小楼，楼前像许多美国人家一样，有草坪装点门面。我按了门铃，一个华人老太太开了门，用粤语问我"雷海冰果"。

接着，像有心灵感应一样，林琳便从老太太身后的走廊里走了出来。很没出息，我的眼睛湿了一下，令她的面貌在瞬间变得模糊。当我眨了眨眼，林琳已经站到了我的面前。她竟然没什么变化，还是洋娃娃般的皮肤和又大又黑的眼睛，更让我意外的，是她的脸上一片笑吟吟的，完全看不出身处水深火热之中的样子。

"你现在不是个搞艺术的吗？怎么肚子鼓得跟个腐败干部似的。"这是我表妹在分别多年之后对我说的第一句话。

“你倒驻颜有术，用了什么神奇的化妆品吗?”我说。

“读书读的——人在学校里都不会变老。”林琳说着，便把我领进了她租住的那个小套间。

“我很担心你。”我进门之后说。

“我知道……谢谢你。”林琳低了低头，好像抽了抽鼻子，但旋即又笑了，“你来得倒巧，下个星期我就不在这儿了。”

“去哪儿……”

“伦敦。”她说，“还没来得及告诉你，我已经被帝国理工学院录取了，准备到那儿去读为期六年的自动化专业，拿第二个博士学位。”

我惊讶得几乎跳了起来，简直觉得她是在存心开玩笑。但是再看看屋里，的确有几个大箱子堆放在地板上，外面剩的不过是笔记本电脑和几件日用品。

我扯着嗓子问：“你不是正在打官司吗?”

“官司打完了，我胜诉了。”林琳说，“李牧光答应跟我离婚，还赔给我一笔损失费，支付在英国的学费和生活费富富有余。”

“这到底是怎么回事儿……我的脑子有点儿乱。”

林琳便又笑了，但这一次，她笑得若有所思：“说实话，我也没闹清楚是怎么回事儿。我只知道我重新自由了。”

林琳把她这半年多来所经历的事情告诉了我。在和李牧光结婚之后，他们保持着相安无事的两地分居，只有在移民局例行问话的时候才一起去做做样子。李牧光这个名义上的“丈夫”在美国和中国忙得团团转，也压根儿没工夫去滋扰林琳。但是一个多月以前，突然有其他留学生警告林琳，李牧光可能“出了事儿”，让她小心点儿，而林琳这个书呆子又不会去上国内的网，她下意识地去查了查自己的银行户头，却发现账号里的钱已经统统被转走了。接着，李牧光醉醺醺地找到了她，宣布要和她离婚，还要向移民局告发她。他还告诉林琳："要恨就恨你那个流氓假仗义的表哥吧，谁让他和别人一起串通起来搞我——这对他又有什么好处？他他妈的就是嫉妒我。"林琳也听不出个所以然来，但还是被对方那副丧心病狂的样子吓坏了，并且为有可能到来的牢狱之灾忧心忡忡。然而就在这个时候，匪夷所思的事情发生了：一封匿名邮件发到了林琳的信箱里，内容是数十张李牧光和不同肤色女人做爱的艳照。

"那些女人一看就是妓女，他们的样子别提多恶心了。"林琳做了个呕吐状说，"幸亏我不是和这种人真结婚。"

"照片在哪儿呢？"我问。

"我电脑里就有——我是不要再看了。"

我打开林琳的电脑，找到了那组照片。拍摄场所是一间敞亮、整洁的办公室，那里有宽大的写字台、旋转大班椅，还有一圈儿锃光瓦亮但几乎空空如也的书柜。至于那些蝶乱蜂狂的场面，就和办公室的环境很不搭调了：李牧光或者全身赤裸，或者穿着一件皮质小内裤……真没想到这哥们儿在性生活方面有着如此离奇的爱好。而这些照片都是从同一个角度居高临下拍摄的，显然来自安置在天花板边缘的摄像头。

林琳继续告诉我，她虽然不知道这些照片是谁发来的，但却条件反射地想到了应该怎么利用它们。她雇了一个律师，抢先一步对李牧光提出了离婚诉讼，理由是对方婚内不忠，生活放荡。自然，李牧光也图穷匕见，揭出了他们假结婚的事实，但这时候形势已经发生了逆转：结婚是真是假还需要移民局进一步调查，照片上的淫乱场面却是铁证如山；法院还怀疑他是在为了逃避责任而胡搅蛮缠。而在美国这种极其强调保护妇女利益的国家，即使他在婚前做过财产公证，一旦成为"过失方"也会吃不了兜着走。官司三下五除二就宣判了，林琳得到了大笔赔偿。一旦手头有了钱，因为离婚而失效的绿卡反而是小问题了。

"如果我愿意，可以用那些钱来直接办理投资移民，不过我可不想过得像个暴发户，还是接着上学比较舒服。"稀里糊涂地变成了小富婆的林琳说，"只要有学可上，在美国还是在英国都是无所谓的了。"

"那么李牧光呢，他现在在哪儿？"

"从法院出来就没见过他，好像是藏起来了……听说他的生意出了很大的麻烦，在中国一个什么项目的投资亏了个一干二净，被迫把美国的公司也给卖了。后来，连离婚协议都是由他的委托律师代发的。"

我暗暗舒了一口气。而至于这些反戈一击的照片究竟从何而来，我心里已经有了答案，只不过还有一些技术上的问题需要确认。好在我面前就坐着一位理工科的双料女博士。

我对林琳说："我还是好奇这些照片是怎么拍下来的。照片上的地点应该是李牧光的公司，而大多数写字楼都会装有监控设备，这是没问题的。可李牧光难道是个傻瓜吗？他要是在办公室淫乱，肯定会提前把那些摄像头关掉才对呀。这么大张旗鼓地现场直播，不成了黄色录像的演员了嘛。"

林琳给出了相当专业的解答："监控设备既然可以关掉，也就可以重新打开，而它一旦联网的话，都是能通过电脑来远程控制的——当然，前提是操纵它的人对这套设备的源代码极其熟悉，又通过病毒或者其他黑客手段入侵了李牧光办公室的电脑防火墙。一旦入侵成功，就算李牧光关掉了摄像头，他在这房间里的一举一动都有可能出现在地球上的任何一台电脑屏幕里。这么做的难度当然很高，但在理论上是可行的。"

我点了点头："还有一个问题……通过那封匿名邮件，可以追查到发件人的位置吗？"

"也不容易，但理论上也可行。"林琳说，"一般情况下，只有军方和警察的专业设备才能做到，但如果是精通计算机和互联网技术的高手，也可以用民用电脑进入邮箱的服务器，定位出某一封邮件的发送地址。那些人还常常受雇于大公司，做点儿商业间谍什么的勾当。"

"你在美国的同学里，有这样的人吗？"我问，"我付钱。"

林琳看了我一眼："有倒是有……不过你有必要非得这么做吗？反正我已经离开了李牧光，我这个当事人都没有好奇心了，你又何苦呢？"

我说："这涉及一个朋友。"

林琳没再说什么，坐在电脑前打开了聊天软件。没过一会儿，她告诉我，联系上了一个每次考试之前都能从教授的电脑里把试题"黑出来"的印度裔同学，对方对这趟活儿的报价不高，只要一千美元。她已经替我把账转了过去。我点点头，走出她的房间，站在草坪上抽了支烟。

美国小镇的天空透亮而悠远，满天星光交替明灭，竟有蠕动之感，这是在国内大多数地方都看不到的。我站在这地球的另一面，怀念着我的朋友安小男。他的工作是在电脑前监视着美国，但却从来没有来过这里；然而他却神出鬼没地改变了周边那些美国人和中国人的生活。做出了这一连串事情，他心里的积郁会减轻一些吗？

戏剧性的是，他报答我、帮助了林琳的手段，其实和当初那位银行行长交给他的任务如出一辙。曾经拒绝过的事情，如今却主动为之。

经由他这个人，我对于身处其中的这个世界的观念，似乎也发生了震撼性的改变。毫无疑问，在那钢铁洪流一般运转的规则之下，我们都是一些孱弱无力的蝼蚁，但通过某种阴错阳差的方式，蝼蚁也能钻过现实厚重的铠甲缝隙，在最嫩的肉上狠狠地咬上一口。

抽完烟，我到小镇边缘的汽车旅馆订了一个房间，然后才步行走回到林琳那里。才一进门，林琳就告诉我，事情搞定了。印度人的活儿干得很漂亮，他在谷歌地图上用箭头标记了发件人的具体地址。我转动着鼠标，把电脑上的地球放大，再放大——亚洲，中国，华北平原和燕山山脉，北京城区，海淀区中关村一带的几所高校……终于，箭头指向了一个叫作挂甲屯的地方。

没想到是挂甲屯，理所应当是挂甲屯。

当天晚上，我提前订好了从洛杉矶回北京的机票，第二天一早，林琳借了房东那辆又老又破的"庞蒂亚克"汽车，从旅店送我去机场。我们兄妹的异国相聚就这么匆匆结束了，而下次再见面，就有可能是在伦敦或者别的什么国家的城市里了。

临别前，我像小时候一样抬起手来，把林琳额头前的刘海胡噜乱了。她的眼圈分明一红。我问她："你就准备在全世界的学校里混下去吗……也不为以后做一下打算？"

"我是个规划能力特别弱的人。"林琳说，"以后的事情那就以后再说吧。"

然后，我们尽量轻描淡写地告了别。十来个小时之后，我回到了北京。地球的另一面仍然是白天，但由于在飞机上一直都戴着眼罩昏睡，我并不困。上了出租车之后，我让司机把我拉到了挂甲屯。

因为学校周边的特殊生态，这里的住户仍以年轻的闲杂人等为主，街道和房屋也持续着乱七八糟。我寻着记忆在窄小的土路上缓缓穿行，与一张张仿佛当年自己的面孔擦肩而过，找到了当初见到安小男的那个小院儿。公共厕所仍在院子的斜对面散发着浓郁的气味儿，但这一次，安小男却没有攥着一卷飘荡的卫生纸走出来。我走进了院门，正好撞上了那位习惯于穿着睡衣去买菜的女房东，便问她安小男有没有搬回来住。

"没有。"女房东笃定地回答，但又歪了歪脑袋说，"但我前一阵还见过他呢……应该又回到这一片儿了吧。"

电子地图的精确范围大概是几百平方米，也就是说，安小男总会在附近的这几条巷子里窝着。然而即使是在几百平方米之内，大大小小的出租屋也多如牛毛，想要找到他并不容易。我一边乱转，一边安慰自己：就算今天找不着，还有明天和后天，时间多的是。

但刚这么想，路边的一个门脸便吸引了我的注意。土路拐角的街口，开着一家"香辣鸭脖"和一家"黄焖鸡米饭"，鸡鸭之间夹着一幢矮小的小平房，格局分为里外两层，外面是个玻璃柜台，柜台里摆着几台电脑主机和主板、硬盘之类的配件。在学生聚居的地方，这种专修电脑的小店本不稀奇，但柜台后面那个女人的侧影却分外眼熟。我放慢脚步，缓缓地挪动着脚步，认出了安小男他妈。

她正面对着一台十四寸黑白电视，不知是在看还是在听。

那么安小男一定是在里屋吧，我看见刚好有一个男人走了进去，说他的车总是被邻居划破了漆，想买一套摄像的玩意儿"抓他个现行"。然后，里屋那杂乱的工作台前便出现了半个背影。的确是安小男。他正弯着腰从地上的纸箱子里往外翻着什么，同时问买主需不需要上门安装。

我心里一热，几乎脱口喊出了他的名字，但随即却又硬生生地止住了自己：我来这里，只不过是想看一看安小男这个人是否还在，看到了，心愿也就了了。我不确定自己是否应该拖泥带水地和他把交情续上——如果李牧光家里的亲戚和手下仍在锲而不舍地寻找着安小男，他们是很可能通过我把他挖出来的。况且，安小男这样的人最好的结局，不正是和所有的朋友"相忘于江湖"吗？

正这么想着，柜台后面的安小男他妈却缓缓地转过了脸来，朝着我和蔼地笑了。我慌了一下，本想回报给她一个笑容，但马上便发现她的目光是全然空洞的。她的眼睛即使还没有接近失明，也是不可能从这么远的地方辨认出我来了吧。那个笑无非是她对街上来来往往的人们的本能反应。

我掉头就走，卷着风离开了挂甲屯。一路上从小跑变成了飞奔，扛着行李来到母校北墙外的那条大宽马路上，这才停下来，扶着电线杆子喘息。而当我重新直起腰来，忽然发现手边的水泥柱上，镶着一张写有"图像采集"字样的蓝色标牌。再往上看过去，一枚三百六十度的摄像头正不动声色地悬在我的头顶。

我盯着它，如同在与苍穹之上的一双眼睛对视。

《十月》2015年第3期

空色林澡屋

迟子建

去年花开时节，我率领着一支森林勘察小分队，自察卡杨北上，来到中国北部的乌玛山区。我们此行的目的，是对停伐五年后的乌玛山区的自然状况，做实地勘察。看看休养生息后的森林，野生动物是否多了，消失的溪流是否如闪电一样，依然给大地撕开最美丽的裂缝。

因为要穿越大片的无人区，风餐露宿，猛兽、不可预知的自然灾害、匮乏的野外生存经验，对我们来说都是一道道看不见的网，构成威胁。我们托当地林业局的同志，帮我们请了一位山民向导，并为他配备了一杆猎枪。

他叫关长河，戴一顶有帽檐的鹿皮小帽，个子矮矮，罗圈腿，黝黑的扁平脸，塌鼻子，看人时喜欢眯起一只眼，眉毛疏淡得像田垄上长势不佳的禾苗，额头有两道深深的横纹，像并行的车轨，那额头就给人站台的感觉。但这样的站台，注定是空空荡荡的了。他不用嘴时，嘴唇也鱼嘴似的翕动着，好像在咀嚼空气。他牵来一匹鄂伦春马，驮运帐篷等物资。

进山第一天，他牵着马在前引路，不时嘟嘟囔囔地骂着什么，让人好生奇怪。晚上宿营时，我们才明白他嫌子弹配备多了，三十发——这分明是对他的枪法不信任嘛。他说非到万不得已，自己是不会动枪的。要是滥杀动物，乌玛山区的各路神仙，就会把他变成瘫子！

他带了一箱塑封的散装土酒，半斤装的。傍晚支起帐篷，燃起篝火，他就取出一袋，用牙齿在一角咬出豁口，将酒倒进一个漆面斑驳的搪瓷缸，随便倚着篝火附近的一棵树或是树桩（若倚着树桩，他头顶戳着一截黑黢黢的东西，便像旧时披枷戴锁的犯人了），耷拉着眼皮，十分享受地喝起酒来。他喜欢空口喝上小半缸，再凑过来吃饭。我们带了不少肉食罐头，他闻了总是蹙眉，宁愿吃他带的马鹿肉干，它们看上去像切断的棕绳，干硬干硬的，我们的牙齿对付不了，他却像嚼松脂油，毫不费力。我们带来的食物，他唯有对挂面情有独钟，他会把顺路采的野菜，水芹菜呀，柳蒿芽呀，或是蕨菜，在河中晃荡几下，算是洗了，也不用开水焯，更不用刀切，直接拌在面里。所以他碗里的面条总是绿白相间，像是一丛镶嵌着阳光的绿柳。

出发的第一周，我们发现几处落叶松林，有被盗伐的迹象。树墩横切面现出的白茬，还是新鲜的。关长河告诉我们，所谓停伐，只是不大规模采伐了，林场的场长们，各踞山头，还是偷着砍木头，运出卖掉，以饱私囊。怕劣迹暴露而被追究责任，狡诈的林场主，将盗伐的林子放上一把火，烧个光秃秃，就说是雷击火引起的，瞒天过海。但是一周之后，当我们深入到密林深处，离公路铁路越来越遥远，连山间小路都难得一见的时候，我们如愿看到了繁茂的树，看到了在溪畔喝水的马鹿，看到了在柞木林中追赶山兔的野猪。我们还看到了硕大的野鸡——这森林中飘曳的彩虹，当它掠过树梢时，那泛着幽光的五彩翎毛，简直就是给绸缎庄做广告的，让人惊艳。

森林中最可怕的野兽不是狼和熊，毕竟遭遇它们的概率小，再说有关长河和他的猎枪护卫着。比野兽更凶猛的，是拂之不去的蚊子和小咬。尤其是不出太阳的日子，森林缺了阳光这味药，它们就猖狂起来了，抱团飞旋，跟着你走，将我们的脸叮咬得到处是包——它们恨我们侵入它们的领地吧，在我们的脸埋下地雷。所以宿营的时候，我们总是先笼火熏蚊子，再支帐篷。我们还在篝火旁撒尿，不然裤带一解开，蚊子小咬有如发现了乐园，一拥而上。关长河对我们在篝火旁撒尿很鄙视，说火神会怪罪的。他不怕蚊子小咬，有时还伸出舌头，舔几只吃。晚上他独自睡一顶帐篷，月亮好的夜晚，我们起夜时，不止一次看见他酒后站在泛着幽蓝光泽的林中，朝着月亮张开双臂，手掌向上，像是要接住什么的样子。我们当中有人按捺不住好奇，问他夜半那姿态是干吗？他说，月亮太明亮了，怕是天也难容，万一月亮被推下来，我还能救它一命。不然月亮的脸破碎了，夜晚就没亮儿啦。他那郑重的语气，让人不敢发笑。

一路上我们只吃了两次野味。一次是我们发现一只折断了翅膀的大雁，匍匐在沼泽地上，关长河说失去了天空的飞鸟，生不如死，开枪射杀了它，这也是他此行开的第一枪。当晚我们将大雁拔毛，烤了吃了。另一次是从猎人下的套中，获得一只死狍子。我们逢着它时，它的身子还没凉透，嗅觉灵敏的鹰隼闻风而动，盘桓在上空，准备饱餐一顿。关长河先是责骂给狍子下套的猎人，所选择的树下没青草，让被缚的狍子失去口粮，活活饿死。之后他低头念了几句咒语，掏出猎刀，熟练地肢解了狍子。那晚在营地的篝火旁，我们用吊锅煮狍子肉。关长河采了一把野韭菜，掺着盐切碎了，狍子肉蘸野韭菜的味道，美妙极了。关长河没少吃肉，也没少喝酒。我们问他有老婆吗？他说老婆是天上的云，不能要。我们笑，又问他有情人吗？他说情人是地上的霜，千万不能踏。我们笑翻了，问他真没碰过女人吗？他很认真地说，碰过，女人给我洗澡。我们问，是城里洗浴中心的小姐吗？他摇摇头，说给他洗澡的是个老太婆。我们只当他胡说，不再追问。

关长河第二次开枪，是因为行程的最后几天，一条狼总是在黄昏时，跟在我们身后。它的气息扰得鄂伦春马心烦意乱，走不稳路，一会儿吊锅从马背掉下来了，一会儿盐袋落下来了，一会儿测量仪器又滑下来了，马背仿佛成了滑坡事故现场了，他不得不开枪吓跑狼。关长河不瞄准它，说是孤狼都有一肚子的心事，得留它一命。不过当晚到了营地后，他就自责带上弓箭好了，它完全能喝退狼，不该浪费那颗子弹。他还赌气地冲他的马说，一队人跟着，狼又吃不了你，瞧你慌张的，好像丢了屌，真没出息呀！马摇晃了一下脑袋，屙下一堆圆鼓鼓的粪球，像是无数只愤怒的眼，在瞪着他。关长河无奈地笑了，拍着马屁股说，我一说你，你就拿这一招对付我呀！

我们走出森林的前夜，考察接近尾声了，大家都很感激关长河，白天时特意在一条小河上，用石头垒坝，憋了十几条半大不大的鱼，傍晚宿营时，燃起篝火烤鱼，轮番给他敬酒。关长河对鱼没什么兴趣，只吃了半条鲇鱼。他对酒倒是热情万丈，来者不拒。他对我们说，明天出了山，会看到一个只有三户人家的小驿站，那里有个澡屋，叫空色林，是个老太婆经营的，她一天只烧一锅水，给一人洗澡，而她给人洗澡不收钱，只收吃食。其实那锅的直径，少说也有半丈吧，一锅热水洗两人绰绰有余。但如果真是两个人去了，都想洗，另一人就得等着，第二天再享受。

我们问关长河，你说的给你洗过澡的女人，就是她啦？

关长河眯起一只眼，点了点头。

她多大年纪了？

她开这澡屋，快二十年了吧。多少岁数，她不说，咱也不问，我估摸着，少说也有七十几了。她原来挺高的，现在一年比一年矮了，人一抽抽儿，就是老啦！

她只给男人洗澡吗？

关长河说，南来北往跑运输的，哪个不是男人？再说了，女人哪有男人风尘多！

那你是完全脱光了，让她洗吗？

关长河翻了一下眼珠，反问一句，你们见过在水里穿裤衩的鱼吗？

我们大笑起来。

关长河说陪我们走了一路，分别之际，他没什么好送的，就送这个老婆子的故事给我们听。

我们知道这该是个很长的故事，纷纷起身，有给篝火添湿枝丫的（这样它能燃烧得长久些）；有去小解的（听精彩的故事，最怕憋尿）；还有加衣的（森林夜露浓重，月亮给加的衣服，毕竟太薄了）。我们为了迎接关长河送的别致礼物，做好了准备。

在乌玛山区，冬天时老天是昏庸懒政的皇上，天门晏开早闭，几不理朝；夏天则改朝换代了，一派勤政之气，天门洞开，有点儿夜不闭户的意思。太阳落山了，西边天上，还浮游着丝丝缕缕的晚霞。它们是仙女们准备的金丝线吧，预备着缝补月亮。而那晚的月亮，确实缺了一角。

关长河故事的主人公，是一个女人，三个男人，和一条叫白蹄的狗。

这女人是旺河人，她来到乌玛山区时，还是个少妇。她带着儿子，投奔在翠岭林场的丈夫。那时乌玛山区刚开发，她男人是首批进驻的工人，带家属的男人少而又少。

他们的婚姻是父母包办的，男方并不想娶她。因为这男人生得俊朗，女人却很丑。她高个子，身材也匀称，就是脸面与常人不同。别人的鼻子，是脸颊的中界线，可她的鼻子，偏袒一方，致使左脸辽阔，右脸一派失地气象，狭窄逼仄。脸不对称，就给人扭曲之感，她不得不梳一缕长长的刘海，遮住半个左脸，削弱它的势力范围。但麻烦又来了，她的眼睛不歪不斜，这缕浓密的刘海，常让左眼失陷，使她看上去像是独眼女人。据说她丈夫只身来到艰苦的乌玛山区，就是想摆脱她。不料她跟过来，并在此扎根。

这女人在家属队干活，夏季种菜，冬天拉雪爬犁运粮油。她力气大，好脾气，乐于助人，所以人缘不错。女人们尤其喜欢她，因为所有的女人在她面前，都是美人了。她说话有个特点，但凡说到自己，不是以"我"或"俺"自称，而是"咱"，好像谁和她都是一体的。自打她来了翠岭林场，她男人就没顺气过，常跟她找碴儿。她受了委屈无处哭诉，就在吃食上为难男人，做夹生饭，将菜炖得齁咸，把玉米饼子贴得跟石板一样坚硬，折磨得她男人胃痛，他怕坐下病，就收敛些。

她有两大嗜好，洗澡和喝酒。那时还没水井，他们吃水靠的是河。春夏秋季倒好说，河水是活的，灌到桶里，担回就是。冬天河冻住了，就得用冰钎凿冰，将冰块装进麻袋背回家，像柴草那样堆在户外，随用随取。即便取水困难，她冬天照例每周洗一回澡。她一洗澡，她男人就挖苦她：你还能把自己给洗俊了？女人噙着泪花说，除了这张脸，你说咱身上哪点儿对不住你？也是，她夏季下河洗澡时，不止一个女人，看过她光着身子的样子。她肤色微黑，但皮肤细腻，双腿修长结实，腹部无赘肉，双乳坚挺，屁股圆润而微翘，的确是完美的身躯。只可惜造化弄人，把她的妙处都藏起来了，而把她最没风光的地方，一览无余地展现给了世人。有次她喝多了酒，有个好事的妇女逗弄她，问她男人和她同房时，是不是得用布遮着她的脸？毫无城府的她哎呀大叫了一声，瞪着乌溜溜的黑眼睛，说，你咋知道的？每回他都用枕巾蒙着咱的脸，好像咱是驴！他还想从后面来，咱一屁股把他顶到地上了，咱又不是狗，凭啥那样？这番话传遍了翠岭林场，爱开玩笑的男人见了她就说，跟咱睡吧，不蒙你的脸，让你当褥子在咱身下！她撩开那绺长刘海，扒开眼皮，露出白眼仁，龇着牙，做出狰狞的样子，气呼呼地说，你跟咱睡，那你得让你家女人预备着针线，好缝你被咱吓破的胆儿！

这个女人成了翠岭林场的名女人。她婚姻的解体，缘于一个瞎眼的算命先生。

那是个夏天的傍晚，一个穿灰布褂的男人，一手拄棍儿，一手打着竹板，来到了翠岭林场。这儿的人，对这类走江湖的人并不陌生。劁猪的，算命的，磨刀的，打家具的，崩爆米花的，甚至是说媒的，在那个年代走村串镇，都能混上口饭。这算命的看来道行浅，他来的那晚，林场绝大多数人，都到附近的雪岭林场看露天电影去了，留在家里的没几人。那女人没去看电影，是想趁着林场的人走空后，在月夜独享那条河流，把它当成自己的大澡盆，痛快洗个澡。谁想她洗完澡上岸，清清爽爽地回家时，在路上遇见了算命先生。他叫了多户门，都没打开，倒让一户人家的看家狗，给咬了一口。那女人遇见他时，他正坐在场部大松树下的石头上，用唾沫擦拭腿上的伤口。

那女人看他可怜，就把算命先生带回家，点燃蜡烛，帮他清理伤口。听他肚子饿得咕咕叫，还给他做了半锅疙瘩汤。算命先生感激不尽，坐在女人家窗下的矮脚方凳上，让她报上家人的生辰八字，给他们无偿算命。他舞动着手指，翻着眼珠，把她家人的命，掐算得天花乱坠。最离谱的是说她母亲，明明老人家过世了，可他说她能活到九十六岁。他还说歪鼻子的她花容月貌，十七岁时，就有三个男人争相娶她。女人苦笑一声，意味深长地说，看来你真是看不见哪。她知道这瞎眼先生为了糊口，只是顺情说好话。被算的命没了曲折，一派阳光灿烂，听着也没趣儿。她乏了，可看电影的人还没回来，她也没处打发这算命的，想着他两眼一抹黑，没甚威胁，就吹了蜡，瞎编了几个生辰八字报给他，由他胡说，自己悄悄去炕上歇着了。

她是在睡梦中被男人给揪起来的，他揪的是她遮脸的那绺刘海。男人带着儿子看电影回家，见屋里没亮儿，就打开了随身携带的手电筒。往炕上一照，发现她身边躺着个男人，火冒三丈，恨不能拿菜刀把他们一块儿剁了。男人唤儿子点起蜡烛，自己则挥舞着手电筒，朝向那算命的，把他打得嗷嗷叫。

那时候他们住的家属房是四家一幢，间壁墙不隔音，同样看电影归来的邻居们，听到他家闹得沸反盈天的，以为夫妻干仗，怕出人命，纷纷过来劝架，谁想到中间夹着一个瞎眼的算命先生呢！

男人骂女人，说她趁他和孩子不在家，和狗男人偷情。女人赌咒发誓地说没有，她不过是乏了，想眯一会儿，谁想睡过去了。瞎子也说自己是被冤枉的，他根本没碰女人。他算着算着命，听见女人的呼噜声，便摸到炕上，也想歇歇。谁知一躺下就睡着了，他太累了。当事者都说没想睡，却睡过去了，越发让男主人怒不可遏。他扔掉手电筒，从园田的豆角蔓间抽出一根柳条，当鞭子使，抽得那瞎子陀螺似的转圈，爹一声妈一声地惨叫。男人边打边骂，说，他们蜡也不点，肯定干了不正经的事情！女人说，在一个瞎子面前，点蜡不是白费亮儿吗？咱还不是为了给家里省截蜡！女人还说，他一个瞎子，腿还让狗咬了，能干啥呀！男人瞪着眼珠说，他上面瞎，下面不瞎！他快活起来，哪还顾得上疼！男人不依不饶，打完瞎子，又打老婆，边打边说女人的身子是臭水沟了，他不能再碰了，当着众人，说要和她离婚。据当年在场的知情人回忆，这女人听到"离婚"二字，像下完蛋的母鸡似的，张着双臂，咯咯咯地叫了半晌，然后跌坐在地上，凄凉地对她男人说，咱再丑，一铺炕也滚了十来年了，这事你都不信咱了，那就离吧。咱啥都不要，把儿子留下就行。没等男人说不可，孩子很干脆地表态，说他不跟妈妈，要跟着爸爸。女人眼含热泪地看着儿子，说，你也嫌咱丑是吧？孩子不吭气，女人便对他们父子说，从此以后你们走你们的阳关道，咱走咱的独木桥，两不相干。记着，有一天咱就是快饿死了冻死了，路过你们门口，咱也不会吃你们一粒米，喝你们一口热水！女人取了剪子，一低头，把那绺遮脸的刘海攥在手中，咔嚓一声铰掉。她脸上的那面为丈夫而竖的旗帜，就此倒了。

他们离婚后，翠岭林场的人背后都议论，说那男人其实知道老婆是清白的，只不过他一直嫌弃她，而今找到一个好借口，趁此休掉了她而已。离了婚的女人，并没像人们想的那样离开翠岭林场，回她的老家去。林场边上，有一座筑路工人住过的废弃的小黄房子，她把行李搬进去，抹了墙泥，为房顶苫了油毡纸，将歪斜的门窗修正了，盘了炉子，开始新生活。她家里的家具炊具，大都是同情她的女人们送的。她们的同情心也很有限，把残次的东西送给她，豁了嘴的海碗，裂了璺的盘子，掉了掌的木椅，失了耳朵的耳锅。不过她也不介意，能凑合着使就行。她独立门户，有声有色地过起了日子。端午节时，她将门楣插上艾蒿和葫芦；元宵节时，她挂出火红的灯笼。人们以为除夕对她来说最难熬，这屋子会传出哭声，可是没有，她一个人照旧贴春联，放鞭炮，包饺子，喝酒。只是她思念儿子，常在林场学校的围栏外转悠，期待着课间休息时，能远远看一眼在操场上的儿子。

她哭没哭过呢？大家听见的只有一回。小孩子长个儿快，她发现儿子穿的棉裤，裤腿短了，她怕寒风吹着孩子的脚脖子，就拿着省下的棉花票和布票，去供销社买新棉花，扯了二尺蓝布，做了一条棉裤，天黑透时送到她以前的家。守夜的老狗仍认她为女主人，见了她热情地打转，闻裤脚。她没有敲门进去，而是把棉裤放在了柈子垛上，想着第二天早晨前夫出来抱柴生火，一看就明白是她做的，顺手拿进屋了。谁知那天深夜狂风暴雪，冻得瑟瑟发抖的老狗，跟她不见外，打起这条棉裤的主意。它蹿上柈子垛，把棉裤叼进窝，撕个稀烂，给自己絮了个暖暖和和的窝。女人观察几天，见儿子没穿上自己做的棉裤，又见那条游荡的老狗，身上沾着白花花的棉絮，要把自己变成白狗的模样，她明白老狗糟蹋了她的心意。她回到自己的小黄房子后，放声大哭，路过的女人听见哭声，进来劝她，这才知道棉裤的事情，不由得跟着唏嘘。也就是这件事，让她前夫下决心远离她。他找到领导，说离异的夫妻在一个林场生活，都受煎熬，希望把他调到别处。那年冬天过后，女人的男人带着儿子和老狗，离开了翠岭林场。不久，传来了他再婚的消息。据说他娶了个离异的不能生养的女人，她模样周正，性情温顺，待孩子特别好，当亲生的养着。前夫和孩子过得好，这女人也不吃醋，时常跟人说，人这一辈子，跟谁不是过呢？人家找着了比咱好的人，该为人家高兴啊。只是她说这话时，眼神是凄凉的，语气是落寞的。

关长河讲完女人和第一个男人的故事时，抬眼望了望天。月亮刚好被一缕云遮了半个脸。他叹息一声说，你又不丑，咋也整绺刘海遮脸呢？我们笑了，抢着给他添酒，夸他会讲故事。我们指责那男人，还说那个不认亲娘的孩子是白眼狼。关长河抿了一口酒，说，男人骂别人都理直气壮的，轮到自己时，也未必比那男人强。他问我们，你们说说，这么丑的女人，你们乐意跟她过一辈子吗？大家面面相觑，有人说可以给她做整形美容，把鼻子给拉回正路上来；有人说可以让她戴纱巾，朦胧的纱巾背后，哪有丑女人呢？关长河再抿了一口酒，将我们挨个瞟了一眼，说，人可真是怪物哇，歪脖垂腰的杨柳，龇牙咧嘴的花儿，奇形怪状的石头，曲里拐弯的河，都说美，轮到人呢，就不一样了，可见人多是没良心的！他用一根桦树枝，捅了一下篝火。一簇火星飞旋而起，篝火上空立刻就有了星空的气象。

关长河的脸在火星的映衬下，就像一尊雕塑，庄严而华美。他知道我们对这故事入迷了，接着讲下去。

这女人与她生命中的第二个男人相遇，是镜子牵的线。

女人因为貌丑，素来不照镜子，她家里也从不摆一块镜子。别的女人去供销社买东西，店员总会推荐摆上柜台的最新式样的镜子，而见到她，则有意识地用身子遮挡，免得她不快。

这男人是个跑船的汉子，靠青龙河吃饭的。有人说他是赫哲族人，还有人说是达斡尔族人，谁知道呢。

青龙河是乌玛山区最长的河流，支流多，流域广。每到开河时节，这人就驾着独木船，开始他的营生了。他的小船，是用整根松木砍凿而成的，长不过两丈，中间的舱口能容一人坐下，船两头起翘，像一条贴着水面飞的大鱼。这人把船叫威呼，他用威呼打鱼，也用它盛小百货，拿到沿岸的村屯去卖，兼做货郎，这一带的人因此叫他威呼郎。

威呼郎正当壮年，他中等个，黑瘦黑瘦的，刀条脸，头发微卷，眼睛有点儿凹陷，一只鼻孔豁了，说是他年轻时打鱼，让鱼钩给挂烂的。威呼郎卖货时，会将小船停靠在岸边，挑担上岸。他去的大都是离岸不远的村屯，超过二三十里路的，他极少去。因为他的货好出手，沿岸转一两个村屯，基本就卖光了。

翠岭林场离青龙河有三十多里路，威呼郎只去过两回。头回去是为了收取猎户手中的熊胆，女人那时还没来翠岭林场呢。第二回去是卖货，女人倒是来了，但那是采山时节，穿花衣服的人都在山里转（他们自是无缘见面），威呼郎的货无人搭理，几乎是整担挑回来的，所以他发誓不再去了。

威呼郎是怎么认识的女人呢？这事说来蹊跷。这女人的前夫不是离了婚，又娶了一个吗？虽说后妈待自己的孩子不错，可女人心里还是无限牵念，时常梦见他。如果梦里孩子欢蹦乱跳，面目洁净，穿的衣服不露肉，一派阳光，她醒来心情就很好。可有时她做的是噩梦，孩子让驴踢了，让马蜂蜇了，或是爬树摔了下来，她就闷闷不乐。

　　有一天夜里，她又做了噩梦。她梦见一个面目不清的女人，坐在幽蓝的山坳里，张着大嘴，咔嚓咔嚓地啃着什么。她问，你吃什么吃得这般香？女人头也不抬地说，兜兜的手指，比新拔出来的胡萝卜还脆生啊！女人醒来一身冷汗，她的儿子小名就叫兜兜。女人早饭也没吃，带着两个凉窝头，一块芥菜咸菜，就上路了。

　　女人去前夫所在的林场，要到青龙河中游的一个小镇乘船，她一路疾行，到了青龙河畔时，衬衫已被汗水打湿。合该他们有事，她沿着青龙河奔向船站时，威呼郎驾着小船飘忽而下。他见一个女人孤零零走在岸上，就朝她吆喝：哎，买点儿什么吗？见她不语，他拿出一面拳头般大的圆镜子，晃她，说，这镜子是新出的样式，背面有牡丹喜鹊图，可以便宜卖给你！这女人看到镜子，就像看到千古仇人，停下脚步，怒气冲冲地说，你干脆骂咱得了，拿镜子寒碜咱，有你这么损人的吗？威呼郎放下镜子，将小船划向岸边，终于看清了女人的脸，他非但没被吓着，反而夸她英气逼人，非一般女人可比。他说她的鼻子是匹谁也驯服不了的野马，想踏哪片疆土就踏哪片。女人哪有不爱听好话的？那条船和船上的人，在她眼里是此生见过的最美的水上风景了。威呼郎问她去哪儿，女人告诉了他。再问，去那儿干啥？她说，儿子的后妈，把咱儿子的手指当胡萝卜啃着吃，我要去教训她！威呼郎先是骂那当后妈的蛇蝎心肠，之后靠岸，拉她上船，说要把她送到那儿，帮她收拾那人。女人上了船，等于踏上了一个漂泊的家。据说船行了一半，威呼郎跟女人仔细一聊，才明白她不过是做了一个关于儿子的噩梦。看着阳光下她丰满的胸部，看着她红通通脸上那抹动人的忧伤，威呼郎动了心，他将船泊在一片茂盛的柳树丛，把女人拽上岸，抱她入怀，说他能终止她的噩梦。女人不知道，一个噩梦结束了，另一个噩梦却开始了。她依恋上威呼郎，开始跟着他在青龙河上跑船，打鱼，挑起货担上岸卖杂货，俨然是他老婆了。

但威呼郎有老婆孩子，不能娶她，所以女人只有半年跟着他。冰雪覆盖了大地，河水结冻了，威呼郎收船上岸回家，他们之间的鹊桥也就断了。

女人孤零零地回到翠岭林场时，总是带着女人们喜爱的货品、头绳、发卡、钩针、丝线、鞋垫、脖套、假领子、松紧带、梳子、篦子等。这些货品，她比供销社卖得便宜，且花色和质量要更胜一筹。女人们来她的小黄房子买东西时，爱问她威呼郎对她好不好。她总是平静地说，啥好不好的，他不嫌弃咱，咱就跟他在水上过半年日子呗。女人们说，既然他那么相中你，干脆让他跟老婆离了，娶你得了。她苦笑一声说，咱不能作那个孽，人家把男人半年的筋骨都给了咱！女人们便取笑她，问，啥是筋骨哇？她红了脸，说，筋骨就是筋骨，你们懂啥！

最初几年，她归岸后脸颊是红润的，爱与人交往，眼睛弥散着淡淡的幸福，安然度着漫漫长冬，春节时独自守岁，把那小小的黄房子装扮得喜气洋洋的。她恪守着与威呼郎之间的私下协定，从不去找他，他也不来。可自从她流掉和威呼郎的孩子后，她瘦了下来，眼里透出凄凉的神色了。

那年深秋她上岸后，看上去分外疲惫，走路拖沓，呵欠连天，说话声也低了下去。她说这一季鱼少，他们的网快把青龙河撒遍了，但收获平平，把她累坏了。她勉强撑持着，腌了一缸酸菜，溜了窗缝，便闭门不出了。女人们敲她的门来买小百货，看到的多半是她睡眼惺忪的模样。天冷了，雪来了，她馋酸的馋疯了。以前放在抽屉里的五盒山楂大药丸，被她翻出，吃个精光，她还把没腌透的酸菜，吃掉了大半缸。她发现腿肿了，肚子微微凸起，明白自己这是怀孕了。她不想给威呼郎找麻烦，开不出证明，不能名正言顺去城里医院做流产，她只好自行解决。她家不缺烧的，可她扛起斧头，拉着雪爬犁进山了。她将斧头疯狂地抡向各色树墩，尤其是难砍的老榆树墩，将它们劈成柴拉回家，垛在院子里。第四天的时候，人们看见她步履沉重地拖着满满一爬犁劈柴回来了，她的刘海和睫毛挂满霜雪，眼里泪光闪烁。她身后的雪地上，除了两条爬犁的印痕，还有一道星星点点的血迹。她的院子堆满了柴，而她失去了孩子。那个冬天她很少出门，过年也没挂灯笼，但她家的烟囱炊烟依旧，人们知道她还过着日子。

往年一进三月，她就盼春天了。屋顶积雪融化后，会传来滴水声，那是她最喜欢听的声音了。外出归来的人，若是告诉她，青龙河的积雪薄了，冰面有裂纹了，她就掩饰不住地笑，说咱的好日子要来了！可自打流产后，她就没那么盼春天了。那年开河后，威呼郎来接她，她见着他呜呜哭了，说，咱的孩子没了，你可害死咱了！委屈归委屈，她还是跟着他跑船去了，而且半年后回来，脚步又轻快了，面色又好看了。

他们就这样风风雨雨地又过了几年，直到有一天，威呼郎突发脑溢血，他们才彻底分开。疾病像一张看不见的网，把威呼郎打捞上岸。他保住了命，但是瘫在床上，再也不能到青龙河寻生计了，只能留在老婆孩子身边。这时女人才后悔，她捶着胸口跟人说，原来跟着不属于咱的人，咱最后想伺候人家都不行啊！

她大病一场后，人瘦了许多，头发也花白了许多。她出了趟远门，想把她和威呼郎一起生活的那条船弄回来。他发病时，船就近泊在青龙河中游的一个小村，拴在村边的一棵松树下。可她去了那儿，船却没影了。有人说它被人劈了烧火了。有人说孩子们好奇这船，把它推下水，它像一条大鱼，游向远方了。最让女人不能接受的说法是，船是被威呼郎的老婆给弄走了，说她取船的那天叼着烟袋，哼着小曲，穿一件银光闪烁的袍子，说她男人不能跑船了，威呼不能闲着，拿回家当马槽使。

女人没取回船，回来歇息一日，便带着干粮，朝人借了匹马，进山去了。她转悠了两天，选中一棵粗壮挺直的松树，用弯把锯放倒，截取中段，让马给拖回来。那一年里，她家里不断传来斧凿声。转年春天，她做出一条小船。看来她没白跟威呼郎跑船，把他造船的技艺学来了。

这条船比一般船要小许多，只能坐下一人。船头宽，有个横板；船尾尖，无桨无舱，看上去像只小脚老太穿的鞋。她用这条怪里怪气的船做啥呢？洗澡。她把它横在小屋的中央，当成澡盆。人们说她这么做，是忘不掉威呼郎，她仍幻想着在他怀里。

她又过起了一个人的日子，开荒种地，饲养鸡鸭。她还学会了制造肥皂，自己琢磨着，用碱、猪油和各种花草熬制肥皂。有两种肥皂最为人们喜爱，一种是松露皂，一种是玫瑰皂。她在松露皂中，加了樟子松的松脂，这样做出的肥皂凝脂般细腻，淡黄色，像一片大好月色。而她在制造玫瑰皂时，在寻常的制皂原料中，加了野玫瑰的浆汁，还兑了蜂蜜，这种玫瑰皂晶莹剔透，散发着香气，朝霞般鲜润。靠着这两种肥皂，她赚来了油盐酱醋的钱。因为她的肥皂有了声名，人们就此称她为皂娘了。

关长河讲到这儿，望了望升高的月亮。无云遮蔽，它的面庞是如此明净，月亮里好像也点着篝火，而且十分旺盛。关长河收回目光时，告诉我们，他躺倒的时候，常分不清天上人间。有时觉得大地是天空，绿草是云朵，花朵就是星星。而天空就是大地，太阳是做饭的大火炉，月亮是人住的屋子，星星是禾苗。我们当中有人开玩笑，说此刻的月亮更像茅屋。他不高兴了，霍的一下站起来，撂下喝酒的搪瓷缸，说把月亮当茅屋的人，满脑子的屎尿，不配听他的故事。我们赶紧说，月亮是美好的，它像他说的屋子，也像柴垛、粮仓、湖泊，最不济的，也该像皂娘用的澡盆吧。关长河这才不生气了。他转身撒了泡尿，去溪畔洗了手，回来后给马喂了块豆饼，这才舒坦地坐下，接着讲故事。

皂娘一天天老下去啦。人老了跟现在河老了一样，一年年显瘦喽！这时上头来了新令，各林场都不许采伐了，林场转产撤并，搞旅游开发和绿色种植了。城里在造一个模子的房子，就是那种长方形的矮楼，把人往里赶。翠岭林场是撤并的林场之一，所有人要搬迁到青龙河下游的安东林业局去。人们大都喜欢去安东，那里有暖气，有煤气灶，不用烧柴取暖做饭了。而且它热闹哇，饭馆、旅社、网吧、书店、发廊、干洗房、珠宝店、点心铺子、农贸市场、服装店、鞋铺，只要有了钱，真是想要啥就有啥。可老人们过惯了山里的日子，就不愿意进城。但儿女们要走，他们只得跟着。城里没有菜园子，没有猪圈羊圈和鸡窝狗窝。那段日子，翠岭林场的家家户户，杀猪勒狗，宰鸡宰鹅，过大年似的日日开荤，吃得人满面油光。

皂娘住在林场边上，跟威呼郎跑了多年船，大家也不大把她当林场人看待了，所以她选择留下，就算是与她还有走动的女人，顶多劝说两句，说一个人留下除了寂寞，遇到难处谁来帮忙呢，不如随大流进城吧。皂娘说，人活着不就是受苦嘛，咱没享福的命，不怕。女人们也就不管她了。林场的人搬空了，水电自然切断了。不过这对她没啥影响，她的小屋这么多年来，因为跟威呼郎跑船时错过了，始终没有通电和自来水。

她也不是一个人，她有个伴儿，就是白蹄。

翠岭林场的人搬迁前，不是对饲养的家畜大开杀戒吗？王喜山家有一条母狗，通身黑色，但四蹄雪白，所以名叫白蹄。它才两岁，但却是林场里的名狗。

白蹄为什么有名呢？不为它漂亮，而是它四处捣乱，常做些惹人发笑的事情。

比如它跟着主人去参加婚礼，在典礼现场，竟然用嘴撩开新娘的花裙子，那理直气壮的样子，仿佛它是新郎。它知道自家的女主人哭时，喜欢拿块手绢擦泪，它在一个葬礼上，见棺材前挂孝的人哭得稀里哗啦的，手上却什么也没拿，就去人家的灶房，叼来一块脏兮兮的抹布，歪着脑袋，满怀同情地送到那泪流满面的人面前，让吊丧的人哭笑不得。

白蹄还爱管闲事，它一岁时看见公鸡掐架，就去拉架，试图分开它们，谁知两只公鸡把矛头转向它，一起掐它，倒弄它个鼻青脸肿。有回它路过一户人家，透过栅栏的缝隙，看见这家的猪，趁主人都不在，在偷吃园田里的菠菜。它进不了门，想从栅栏钻入，可惜缝隙太小，心急火燎的它便用爪子刨坑，试图将栅栏弄翻。结果猪主人回家，看见白蹄刨坑，非常生气，说，你咒我死呀，咋不在你家刨坑呢？抄起一根木棒打它，让它滚回老窝。这一幕恰巧被邻人看见，说，你先别打白蹄，看看你家的猪在干啥呢？主人一望，知道白蹄是想阻止不良的猪，转而去教训猪。

白蹄受了冤枉也不长记性，有回它跟着男主人去别人家打麻将，发现这家的猫在偷吃碗柜上的鱼，就去叼猫主人的裤脚。人家正摸得一手好牌，在兴头上，哪顾得上其他，踢开它照旧摸牌。白蹄一着急，蹿上牌桌，把牌给搅乱了，气得那人直说白蹄是主人带出的老千，专挖他墙脚的，两个男人还因此闹了不愉快。

最可笑的还不是这些，而是白蹄对性的无知。它一岁半时，见一只公狗骑在母狗身上，就冲上去，拽公狗的尾巴，试图把它拖下来。它也因此惹恼了其他狗吧，那以后它们见了白蹄都不理睬，尽管它常热情洋溢地奔向它们。

翠岭林场的场长有个开金矿的发小，钱没少挣，可却得了严重的抑郁症，整天琢磨自杀的事情。场长知道白蹄能给人带来快乐，跟王喜山商量了，给了他两箱高粱烧酒，带走白蹄，送与朋友逗乐。结果白蹄去了一周，就被送回来了。它不但没给那抑郁症患者带去快乐，反而带去苦恼。它不会上楼里的洗手间，把屎尿屙在沙发床下；它见电视里的鬣狗围攻棕熊，便想助棕熊一臂之力，扑向画面，把电视机掀翻在地；它不习惯在阳台守夜，楼下一有汽车经过它就叫，搞得一家人彻夜难眠。那人本想把它送到狗肉馆，但见它一双湿漉漉的眼睛满怀好奇，还看不够这世界的样子，起了恻隐之心，亲自驾车把它送回。

　　人们因着搬迁而烹鸡煨鸭、蒸猪炖狗时，白蹄失踪了，王喜山知道它是畏惧死亡而逃走了。他其实并不舍得勒死它，想把它带进城，送给哪个单位做看门狗，这样还能时常看看它。可直到他离开，寻遍了白蹄可能去的地方，都没能找到它。

　　翠岭林场人搬走后的第二天早晨，皂娘一推开门，就发现了白蹄。它趴在她家的窗根下，瘦得皮包骨了。那些天它去了哪儿，无人知晓。皂娘后来跟人说，估计它逃进了深山，因为发现它时，白蹄被蚊虫叮咬得眼睛和嘴巴都肿了，毛发里夹杂着松针。幸好那是秋天，山中还能寻到浆果和蘑菇，不然它早饿死了。

　　皂娘有了伴儿，就不寂寞了。她带着它拉柴，挑水，打鱼，采山，种田，制皂，形影不离。白蹄出落得越发漂亮了，它个头高了，力气大了，毛发有光泽了。但它天真未改，依然做些可笑的事情。皂娘制酒，将用糯米做的酒曲子放在搪瓷盆里，摆在屋外晾晒。白蹄以为皂娘给它换了一个狗食盆，将酒曲子吃了，醉得它呼呼睡了一天。皂娘去小溪刷鞋，先将鞋子浸在水中，因为浸透了好刷。怕鞋子被水流冲走，皂娘在鞋窠压上小石头。白蹄在水边看见鞋子不在主人手上，而是在水里，以为它们会漂走，冲向小溪，把鞋子叼上岸，再把鞋窠的小石头悉数掏出，令皂娘无可奈何。

　　白蹄最让皂娘生气的事儿，是有一回她攀着梯子，去房顶晒干菜，没等她下来，它却给撤了梯子。那天皂娘上梯子时，白蹄正追逐菜圃中一只美丽的蝴蝶。蝴蝶飞向倭瓜花，它也奔向那里，把倭瓜花给打落了；蝴蝶飞向院子的窗户，它就扑向窗户。谁料蝴蝶一转身上了梯子，白蹄没头没脑地扑过去，蝴蝶飞了，梯子倒了。刚上了房顶的皂娘傻眼了，白蹄也傻眼了。皂娘骂它是条蠢狗，说它想害死主人。白蹄顾不得蝴蝶了，它后悔地叫着，用嘴叼，用爪挠，试图把梯子给竖起来。可它使出浑身解数，梯子还是死尸似的打横，没有起立的意思，白蹄快急疯了，在房根下围着梯子团团转。皂娘在房顶等了两个多钟头，看着梯子是扶不起来了，便脱下裤子，把它撕扯成宽布条，连接在一起，拴在烟囱上。可惜一条裤子接成的绳子，长度不够，皂娘拽着绳子向下滑时，绳子端离地还有半丈，她只能撒手跳下来。皂娘毁了一条裤子不说，还伤了脚踝，所以她再用梯子时，就把白蹄拴上，免得愣头愣脑的它闯祸。

这个爱给人添乱的白蹄，有年冬天从山里，给主人带回一个男人，这是皂娘生命中的第三个男人。

乌玛山区的冬天实在太漫长了。这样的日子对一个孤身女人来说，就像跟在身后的一头饿狼，难缠得很。皂娘在冬天就特别爱喝酒，酒能消磨长夜，还能省下劈柴。你喝得浑身燥热时，是不需要炉火的。

这天中午皂娘喝多了酒，特别想跟谁说说话。没人对话，她就唤白蹄进屋，让它坐在窗下。皂娘说，白蹄呀，你是个姑娘啊，这林场就剩你一条狗了，咱想把你许配给谁，难喽！要不等着开春了，咱领你去有人家的村子，相相亲去？你跟咱说说，你得意啥样的？喜欢长腿的还是短腿的？喜欢眼大的还是眼小的？喜欢黑色的还是白色的？喜欢爱翘尾巴的还是耷拉尾巴的？喜欢性子倔强的还是温顺的？白蹄不语，它站起来，只是摇摇尾巴。先前皂娘把喝剩的半缸酒，放在了窗台上。窗台矮矮的，白蹄摇尾巴时，把盛酒的缸子扫了下来。白蹄没回应皂娘，还弄洒了她的酒，皂娘好不扫兴，她用鸡毛掸子敲了一下它的狗头，赶它出门。

皂娘酣睡了一场，天将黑时来到院子。以往她一出屋门，白蹄就奔过来，叼她的裤脚。皂娘没见白蹄，以为它生气了，就招呼几声。未见动静，她就房前屋后地找，还是没踪影，皂娘慌了，她走到院外，看到柴垛后有一行新鲜的爪印，指向山里，她赶紧进屋穿戴暖和了，沿着它留在雪地的爪印，一直寻到刀锋岭下。落日正红，皂娘终于看见了白蹄。它像个得胜的猎人，雄赳赳地走在前，身后跟着它的猎物，一个又矮又瘦的老头儿！他黑袄黑裤，戴一顶狗皮帽子，衣帽都是簇新的，眉毛胡须被霜雪染白，但鼻头和嘴唇红通通的。他见着皂娘咧嘴乐了，将紧捏在棉手套里的一封信，递给皂娘，眼泪汪汪地说：你是尚天家的吧，有你家的信！

皂娘接过那封信，等于接过了他这个人。

他姓曲，家在离翠岭林场百里之遥的县城。老曲很不幸，他中年丧妻，一人拉扯大独子，未再娶妻。老曲干了大半辈子的邮递员，快退休时邮局裁员，他被迫买断工龄，提前回家。老曲整日郁闷，精神终于失常了。他最爱倒腾街头的垃圾桶，只要翻出废信封，就如获至宝，也不管多脏，抓在手里，四处敲住户的门，要把信投给人家。老曲的儿子小曲无奈，只得给他买了一箱信封，装上裁好的废报纸，用胶水封上，再在收信人一栏，随便填上地址和姓名，由他去投。他把信拿到手里，发现没邮票和邮戳，就跟儿子急了，说这些信来路不明，不能投。小曲无奈，只得买了邮票，又私刻了一枚邮戳，将信封贴上邮票，盖上邮戳，老曲这才满意地去投信了。老曲病后认人恍惚，但他还认得字。小曲编的名字，有的过于寻常，比如张亮、刘刚、王彩霞、刘桂芝之类的，那城里有叫这名字的人，所以信偶尔也能投出去。小城不大，老曲终日在街上游荡，很少有不熟识他的，所以老曲把信投给谁，谁都接着，表达谢意，老曲这天回家就很高兴，能多吃一碗饭。

小曲是孝子，待父甚好，可他媳妇却对一个疯癫的公公，厌恶至极。小曲在刨花板厂下岗后，靠卖大楂粥，赡养父亲，供儿子读大学。他凌晨四点钟就起来煮粥，这样早晨六点左右，能携着热气腾腾的大楂粥，现身早市。小曲的媳妇是县公安局的勤杂工，岗位不起眼，挣得也不多，但因为在一个显赫的单位工作，总觉得自己比小曲高出一等，在家颐指气使。她挣的钱，都花在了自己身上。她追逐时髦，讲究穿戴，上班时一件蓝袍子，下班后则花红柳绿的。小曲因为辛劳，头发过早白了，腰也弯了。他媳妇倒是滋润，他们同岁，可她看上去小他一旬的样子。

这年夏天，小曲觉得身体不适，他消瘦，乏力，面色灰黄，有一天早晨他蹬着三轮车去卖大楂粥，晕倒在路上。他进当地医院做了初级检查，医生怀疑他得了胰腺癌，建议他尽快去大城市确诊。小曲没钱，只好求助于民间医生，用土法治疗。然而奇迹并没像他期待的那样出现，雪花飘舞的时候，他病情加重，腹部疼痛难忍，别说卖粥了，连行走都困难了。小曲想着自己死后，媳妇能对儿子好（毕竟那是她身上掉下的肉），可对父亲，她不会孝顺的。因为在他眼皮子底下，她还敢把剩饭剩菜端给公公，从来不把他的衣服和家人的衣服放在洗衣机混洗，说公公身上有细菌。一旦家里缺钱了，她就骂小曲，说他把钱都给老东西买邮票贴信封了，老的和小的都是祸害精！

小曲不想让父亲在他死后，过地狱般的日子，他想趁自己还能动弹，先送走父亲。他去棉活店，给老曲做了棉袄棉裤，又买了顶狗皮帽子和一双翻毛大头鞋。上路那天，小曲带着父亲，先去澡堂子泡澡。老曲满身风尘，难得洗回澡，那池温热的洗澡水，把他洗得婴儿似的，浑身红通通。他们父子俩在热气缭绕的澡堂子里，各自流泪。老曲是美哭的，小曲则是因为愧疚，多年来他忙于生计，很少带父亲来澡堂子了。洗完澡是近午时分了，小曲给父亲穿戴一新后，带他去了饭馆，点了老曲爱吃的酱猪蹄和红烧大鹅，还给他要了瓶好酒，让他畅快吃喝了一场，然后驾驶着一辆从朋友那儿借来的破吉普，载着父亲上路。

他们出了城，一路向西。小曲年轻时学会的开车，并无驾照。多年不摸车，他把车开得醉鬼似的，常常跑偏。好在往来的车辆少，错车时有惊无险。也许是老曲喝了酒的缘故吧，一路上非常快活，看见车窗外的白桦树，就喊"娘子——"看见乌鸦就叫"剑客"。他还哼哼唧唧地唱歌，旋律滑稽，歌词只一句"儿子呀儿子——"听得小曲心痛。看着父亲满面天真的模样，他几乎要掉转车头，把父亲带回烟火人间。但他想自己不在后，父亲会流落街头，没人在意他的冷暖，小曲噙着泪花，加大油门，呼啸着向前。快到刀锋岭时，他停下车，将事先准备好的一封信交给父亲，说前方有片林子，叫空色林，那里有一户姓尚的人家，这封信是投给他家的。老曲下了车，鼓起眼睛，仔细看了看那封信。收信人地址一栏写的是：乌玛山区空色林，收信人的名字是"尚天"，寄信人地址是老曲所生活的小城的邮局。老曲举着这封信，按儿子所指下了公路，乐颠颠地向深山走去。小曲跪下，对着父亲的背影，给他磕了三个响头，号啕大哭。

刀锋岭是乌玛山区著名的迷路岭。那座山岭高耸入云，像一把锋利的刀壁立着。从乌玛山区开发时起，无论是森林勘探队、伐木队，还是生产队、知青队，都有在此迷路的人员。人们说这座山岭是旋转的磨盘，经过它的人，变成了蒙眼的驴子，只能围着它转圈。据说飞鸟经过它上空，也会迷路，所以刀锋岭上空，鸟儿总是盘桓不休。因为它强大的威慑力，无论是打猎的、采药的，还是拉柴的，都不愿去那里，所以刀锋岭的植被未遭破坏，动植物丰富。人们常见狍子从里面没头没脑地跑出来，看见刀锋岭外的松鼠在断粮的时候，去那儿寻松子。

　　小曲遗弃了父亲，从刀锋岭回返时，有种杀人的感觉，浑身冰凉，手脚哆嗦。他满脑子是父亲最后的影像，他拿着一封信，那么坚信不疑地奔向深山。刀锋岭是不是有狼？想着父亲可能成为狼的大餐，小曲心慌气短，吉普车在他身下也就成了野马，难以驾驭，左冲右突，不走正道，在一个转弯处掉到沟里。事故不大，小曲只是胳膊擦破了皮，吉普车也只是轻微剐蹭。他试图将车从沟里弄出，可他开足马力，它却纹丝不动，仍赖在那里。小曲只得上了公路，求助过往车辆。隆冬时分，公路极少有车辆经过。他在寒风中等了一个小时，才遇见两辆车。一辆是运煤卡车，司机停下车，问他有没有棕绳，可以帮他把车拖上来。小曲说没有，司机说他得赶路，撂下小曲走了。第二辆车是个轿车，车主远远见一辆吉普车掉进沟里，不想惹麻烦，所以加大油门，呼啸着从招手的小曲身边急速掠过。小曲冻得瑟瑟发抖，觉得自己这是遭了报应，不如跟父亲一起死了算了。他没有朝回城的路走，而是奔向刀锋岭。想着父亲在那里，他腿上有了力气。晚上八九点钟，他看见了远方公路的一处灯火，他犹疑着接近那座院落。一只狗汪汪叫着扑来，屋门随之打开了。小曲初见皂娘那张扭曲的脸，以为撞见了鬼，他想这是阎王爷派来收拾他的。谁想进得屋里，见父亲坐在烛光闪烁的餐桌前，正吃着热气腾腾的汤面。老曲见着小曲，抽了一下鼻涕，打着饱嗝说：儿子，可找着空色林的人家了！

皂娘从那封信和老人癫狂的精神状态上，知道他是遭遗弃了。至于被谁遗弃，她想收留了老人后，再做打探，谁知小曲当夜就现身了呢。老曲见着小曲说的第一句话，皂娘一切都明白了。她并没急于谴责他，而是让他烤火，然后给他盛了一碗面，看着他吃完，这才对小曲说，再不济的，他是你爹，咱咋能干出这种事哩。小曲哭了，把心中的苦衷讲给她听。皂娘听了后说，你怕他在你死后受罪，也不能把他往狼嘴里塞呀，要不是白蹄，你就再也见不着爹了！你放心吧，咱家白蹄把他带来了，他就跟咱有缘，不管你将来是死是活，你爹都是咱的人啦！咱会好好待他，不让他受罪。小曲感激涕零，跪下给皂娘磕头，叫了一声"妈"。他告诉她父亲做了大半辈子的邮递员，对信最有感情。只要他发病了，塞给他一封信，让他送信去，他就听话了。

小曲回城后，病情迅速恶化。腊月时他强撑着，租了辆车，最后一次探望父亲。他送来了父亲留在家里的衣物，还有一纸箱伪装的信件。小曲勉强过了年，正月一出，人就没了。从此以后，再没谁来探望老曲了。

皂娘收留了老曲，除了白蹄，又多了个伴儿。那时乌玛山区东部发现了金矿，开矿的来了，再加上旅游开发，过往的车辆多了，常有车主在经过她的黄房子时，朝她讨水喝。皂娘觉得这是好商机，便把家改造成小店。热茶、家常菜、自酿的烧酒，使她的小店热闹起来了。客人们进屋后，发现有个船形澡盆，吃饱喝足了，不特别赶路的，就让她烧锅热水泡个澡，松快松快。皂娘年岁大了，男人们也不避讳她，常光着身子，唤她搓澡。皂娘看他们喜欢泡澡，就在屋子东南角，隔出间澡屋，将她打造的那个船形大澡盆搬进去。

从翠岭林场迁走的人，听说皂娘开了小店，赚着钱了，有两户眼热，也回来开起客店。这样，这个本该荒疏下去的地方，因这三户人家，渐渐成了驿站。那两户人家抢了皂娘的生意，她也不恼，因为老曲拿着信在翠岭林场废弃的老房子转悠时，没敲开过任何家门，他们的归来，至少让老曲有了送信之所。为避免纷争，皂娘后来干脆不经营饭食了，专给客人洗澡，兼卖手工皂。她用榆木做了一块长方形的匾，将都柿果捣烂，用它靛蓝的浆汁，自上而下，写上"空色林澡屋"五个字，竖立在院外。从此以后，小曲信封上那个虚妄的地名，就有了人气了。

故事讲到这里，关长河再次起身，嚷着喂马。我们说，你先前不是喂过了吗？关长河说，刚才是豆饼，现在得给它点儿草吃。我们说马拴在草地上，它一低头不就吃草了吗？关长河咳了一声，说，你们懂啥？草里也有坏草。好草跟好人一样，不多，你得去找，好马得用好草养！关长河借着月亮光，去寻他说的好草了。大概半小时后，他回来了，身上果然携带着一股不寻常的草香。不过他湿了一只鞋子，原来他在溪边滑了一跤，一只脚掉进溪里了。他脱下那只湿鞋，放在篝火上，当咸鱼来烤，而它的确散发出咸鱼特有的味道。

不等我们催他，关长河一边烤鞋，一边把故事讲下去。

皂娘给客人洗澡，总是带着老曲，而且无论白天黑夜，澡屋都得点根蜡烛，不然老曲会不安。

客人进了澡盆，先泡上个十分二十分钟的，皂娘这才带老曲进去。为方便给客人服务，皂娘坐在澡盆旁的一只四脚矮凳上，老曲则与她平行着，坐在一把高背椅上。老曲手里攥块肥皂，目不转睛地盯着客人，像警察瞄着小偷。

皂娘给人洗澡，是从脚开始的。她让客人仰躺着，先洗正面。她会把客人的脚趾掰开，轻揉轻洗，好像每个脚趾都是花骨朵，得格外爱惜，不然就被碰落了，这时的她就是个花匠。洗过脚后，她变身为琴师了。她纤细苍老的十指，会将客人的腿认作竖琴，在上面轻轻弹拨，抖掉风尘。男人们腿间的私物（皂娘称之为"淘气包"），她也不避讳，她耐心而轻柔地清洗它们，就像对待婴儿一样。而洗到客人的胸腹部，她就像要为盛宴中的菜肴，找一张光亮的桌子来摆置，反反复复地擦拭，这时的皂娘就是厨娘了。洗过胸腹，她会拎起人的胳膊，把腋窝当鸡窝来打扫。有的人害痒，会呵呵笑起来。客人一笑，老曲也笑，哗啦哗啦的洗澡声，也像是在没完没了地笑。而皂娘是不笑的，她洗过胳膊，会让客人翻身，俯卧澡盆，洗客人的反面——搓背。她先是灌溉农田似的，把温水撩到人的肩背上，然后从尾骨开始向上搓，手指如翻转的浪花，层层推进，一直到后脖颈。她不断重复这个动作，不断加力，清理陈年旧账似的，将脊背的尘垢一扫而光，让它成为朝霞映照的湖面，明媚鲜润。之后她洗他们的臀部，她苍老的手就像受伤的鹰，在努力爬过高山。待到攀至峰顶，她会擂鼓庆祝似的，朝着屁股，快意地啪啪拍打几下，这也是让他们回转身的指令。

客人回到正面后，澡盆的水多半浑浊了。这时皂娘会起身，端来一盆温热的清水，放在她坐的矮凳上，让客人侧身，而她屈身站着，为他们洗头。她洗头很费心思，先是揉捏太阳穴和耳蜗，然后才浸湿头发，从老曲手里取过肥皂（也许是玫瑰皂，也许是松露皂，这得依据客人的喜好了），将头发均匀地打上肥皂，让头发与皂液先亲密接触着，将手移至眉毛，用指甲理顺它们，然后再修剪树木似的，仔细清理了胡须，这才去洗头发。此时的发丝经过皂液的滋润，非常好洗。皂娘洗头的时候，手会淹没在雪白的泡沫里。老曲看不见皂娘的手了，会紧张得跳起来，呜哇喊叫，急出泪来。皂娘就得抽出手，晃晃给他看。沾在皂娘手上的肥皂泡出水后，如绽放的爆竹，噼啪噼啪地破灭。老曲见皂娘的手在皂花开放后，完好无损，这才坐回去。皂娘洗完客人的头，会把洗头水泼掉，再往澡盆加上几瓢热水，撒上晒干的野菊花瓣，丢下一条干爽的毛巾，让客人独自静默地再泡上一刻，出浴后自行擦干身体，然后她带着老曲，轻轻关上澡屋的门（如果是白天，她会先把蜡烛吹灭了），出去饮酒了。她每给客人洗完澡，都要用一盅酒来慰劳自己。

起先来洗澡的客人们，出浴后会给皂娘留下三四十块钱，后来因为来的人多，价钱自动涨到五六十块了。皂娘带着老曲受羁绊，进城采买不容易，就跟客人说在山里花钱麻烦。有心的客人便问她想买啥，可以给她捎来。皂娘说，人活着最要紧的是打点肚子，吃喝最重要了。皂娘的话传扬开来，客人们再去空色林澡屋，付给她的就是吃食了。鸡鸭鱼肉，烟酒糖茶，大米白面，腊肠豆干，挂面粉丝，瓜果梨桃，油盐酱醋，甚至姜葱蒜，真是要啥有啥。

老曲跟了皂娘，就是掉进福堆了。他胖了，气色好看了，说话声音也洪亮了。他一旦发病，皂娘就往他手里塞上一封信，让他去投。怕他走丢，她会让白蹄带着他。那两户回到林场开客店的人家，不知收了多少信。他们心疼皂娘，信攒了一沓后，又悄悄给她送回来。白蹄有时想撒欢儿，就不把老曲往客店带，而是领进山里。有窟窿的树桩，在老曲眼里就是邮筒吧，他会把信投进那里。皂娘是怎么发现这个秘密的呢？有回她为了得到烧柴，扛着斧子去劈树桩，结果劈出一封信来。

皂娘知道老曲有时连人和邮筒都分不清了，对他更加体贴。白酒要给他温过，茶水绝不让他喝凉的。老曲喜欢吃带馅的东西，包子饺子和馄饨，就是她家灶上的主角。过年时皂娘一身旧衣裳，可她会在腊月带着老曲进城，给他买新衣新帽。她还会给他糊上一盏红灯笼，除夕夜往他衣兜揣上花生瓜子，让他提着灯笼出去转。

皂娘和老曲睡一铺炕，但不是一个被窝。因为老曲来后，她添置了一套铺盖，被褥枕头，一应俱全。他们洗澡时，总是老曲在先，皂娘在后。人们说起他们的事儿，无不哀叹，说要是时光倒流三十年多好哇，皂娘和老曲就能搂在一起睡了。

老曲闲下来时，爱摆弄皂娘的鼻子，他老想做英雄，把它拯救到正路上来。他揪着她的鼻子，执拗地拽向脸颊中央，就像牵一匹不听话的烈马。有好多次，鼻子仿佛是归于正位了，可他一松手，它又回根据地了，让他好不沮丧。皂娘常被他弄疼鼻子，也是烦了，又留起长刘海，遮着那半张脸，这样老曲就放过她的鼻子了。

又过了几年，皂娘把那绺长刘海再次铰掉了，不说你们也明白的，老曲死了！

他是怎么没的呢？说是那年夏天有个客人洗完澡，出了澡屋，掏出一个巴掌大的游戏机，边玩边喝茶。老曲凑过去，见好几只骷髅头在动，大叫一声"捉鬼"，之后一个跟头栽倒在地，瞪着一双惊恐的眼睛，走了。

皂娘把老曲埋葬在黄房子西侧的松林中，逢年过节，不忘了带供品去看看他。每逢吃饺子，还习惯给他留一碗，搁在桌上。看着烛光下的饺子热气散尽，筷子没人碰，她会长叹一声，连喝几盅酒，把凉透的饺子吞掉，然后睡上一场。

皂娘依然给客人洗澡，不过带的不是老曲，而是白蹄了。她白天去澡屋，也不用点蜡了。白蹄坐在老曲坐过的地方（当然把他的高背椅挪开了），跟老曲一样机警地盯着客人，只是它手里不能攥着肥皂。谁要是在皂娘给洗胳膊时，手无意间触着了女主人的脸，它就会汪汪叫着抗议。所以入了澡盆的男人，比老曲在世时还规矩，皂娘让怎样就怎样，不敢有丝毫不恭。

白蹄老了，但它生性难改，还是做些可笑的事情。

有个客人洗完澡，做了个抽烟的动作，说要是在澡盆抽上一支烟多滋润呀。白蹄跟皂娘出了澡屋后，就把桌上的半盒香烟叼起，放进澡盆。想想人抽烟得使火，它又去灶台，取了火柴送去。客人眯着眼享受时，听见白蹄哈哧哈哧进出不停，也没理会。待到他闻到烟丝的味道，睁开眼时，发现了澡盆上漂浮着的香烟和火柴。客人笑了，捞起它们，送到皂娘面前，说，你看那蠢狗干的好事。皂娘把白蹄吆喝过来，说，白蹄呀，你真是狗脑袋呀，烟丝火柴进了水，等于是人绑着石头投了河，不是找死吗？看在你跟咱一样老了的分上，咱就不揍你啦。从此皂娘把香烟搁在柜顶，把火柴放在调料架上，都是白蹄难够到的地方。不过半年以后，皂娘又把它们放回原位了，她老得胳膊抬不高，取香烟火柴太费劲了。

关于白蹄，流传着的最令人捧腹的一件事，是有个客人吃饱了过来洗澡，洗到一半，放了一连串响屁，白蹄见澡盆咕嘟嘟地冒出一串气泡，来了神了，以为气泡下面有鱼经过（它跟着主人去溪边时，皂娘指点给它冒气泡的水面下，有鱼活动，它因此练就了从水泡下捉鱼的本领），白蹄兴奋地奔向澡盆，张着大嘴准备逮鱼，被皂娘及时呵斥住。客人吓得双手捂住私物，生怕白蹄把他的宝贝当鱼给捕获了。

来空色林澡屋的，谁没点儿委屈呢。皂娘给他们洗澡时，那些委屈大的，算是找到了宣泄口，会痛快哭上一场。泪水融入散发着他们体味的洗澡水，就像汇入了世俗生活的洪流，他们拔脚出浴时，轻松了许多。

有个病入膏肓的中年人，怕自己死了再也不见日月，觉也不睡了，昼夜望天，说要多汲取点日月的精华，不然在另一世，会堕入黑暗之中，精神快崩溃了。他听了空色林澡屋的神奇故事后，特意来此洗澡。他是白天来的，但皂娘知道他的事情后，等到天黑才给他洗。她也没点蜡，带着白蹄坐在黑暗中，手指撩着温润的水，就像浇灌久旱的荒山，从他的脚到头，每一寸肌肤都滋润到，揉捏到，爱抚到，让他的每个阻塞的毛孔，都打开天窗。她问他感觉到黑了吗？客人说没有，他感觉全身心沐浴在光里。皂娘说，这就对了，要说黑，心待的地方是最黑的，可它不怕黑。它怎么不怕黑呢？它跳，咚咚咚咚，不停地跳，这样它住的黑屋子就亮了，光也出来了。你不用找光，只要你的心好好地跳，别缩，光就能找你。也怪，洗过澡，这人归于平静，把生死看淡，彻底放下，居然战胜病魔，幸存下来。他每到腊月，会带着鸡鱼猪羊，给皂娘送来年礼。

皂娘上了岁数后，更加心疼白蹄，她想让它多陪自己几年，所以不吝惜把好吃的分给它一些。每天晚睡前，不管多累，她都要蹒跚着走到院子，跟白蹄打声招呼：咱俩得好好的呀，明早不许不醒来！

皂娘最怕的就是自己先死，白蹄没了主人，谁还会收留一条垂暮的老狗呢？为此她跟那两户开客店的人家，努力搞好关系。客人送来的东西吃不了，就分送给他们，只图万一她没了，他们能善待它。两户人家都表示，开客店剩饭剩菜多，养个白蹄不成问题。皂娘再嘱咐他们，万一白蹄做了错事，呵斥它几句就是了，老狗懂人话，千万别踢它，它老了，不禁踹了。还有，万一它死了，别吃它的肉，把它埋了。客店主人都撇着嘴说，一条老狗，有啥吃头？埋，肯定埋！皂娘就安心了，回头再取几块她做的肥皂，给他们送去。

我记得很清楚，当我们还想听空色林澡屋的故事时，关长河抬眼看了下天，长叹一声，说，月亮也是个大澡盆，它用的是银河的水，要是此刻我能飞进月亮，让皂娘给洗个澡多美呀！他那语气和神态，好像皂娘在月宫烧好了一锅洗澡水，正候着他呢。我们意犹未尽，可关长河说时候不早了，该睡了。他起身的时候，朝我们要此行的向导费，说明天就出山了，夜里揣上钱，睡得会踏实。我们没有犹豫，按照事先讲好的，把钱如数给他。他很认真地在月下点过钱，拉长声说"对数"，跟我们挥挥手，然后指向星辰寥落的东方，有意无意地说，明早朝着那儿走，就能去空色林澡屋泡澡啦。

关长河睡去了，他睡在离马很近的地方，我们在他离开后争论的间隙，还听到过他的鼾声。由于空色林澡屋只收吃食，我们先是在篝火旁，把所剩无几的罐头、干肠和饼干搜罗到一起，然后讨论去空色林澡屋的人选。因为皂娘每天只给一人洗澡，而我们只是路过，不能久留，仅一人有这福气。开始大家都沉默着，没谁主动说去，也没谁说放弃，而沉默总是风暴的前兆。

最先打破沉默的是小李，他从林业大学毕业才一年，这一路他刻意不刮胡子，留起长发，像个落魄的艺术家。也许是在大学熏陶的，他提出了一个AA制洗澡方案。五个人都下澡盆，分别洗头、胸脯、肚子、腿和脚。我们以为他开玩笑，可他认真地说，既然大家都想洗，此分配最为合理，这样每个人都能进澡屋。他说如果大家同意他的方案，他有优先选择权，他要洗脚。因为皂娘给人洗澡，是从脚开始的，那时的洗澡水最干净，而他走了一路，脚疼得很，正需按揉。我们四个比小李年长的人，觉得他这是痴人说梦，异口同声地予以否决。接下来是对领导的话永远言听计从的小许提出的方案，他说应该领导洗。我是此行的队长，那就是说让给我洗。其他人不吭声，我赶紧识时务地说，这可不能搞特权，再说五人当中，有两位比我年长呢，他们应该有优先权。那两位年长我三岁和四岁的人，一个是老孟，一个是老薛。孟薛对望一眼，孟说应该抓阄。薛说拼酒量，把余下的酒喝光，谁没喝倒，就是谁的。老孟的好手气和老薛的好酒量，都是有名的，小李和小许，旗帜鲜明地反对。小李说，抓阄等于绕开了问题实质，张扬中庸之道，应予摈弃。小许说，拼酒量那是野蛮人的做法，极不人道。看大家争执不下，我说，皂娘愿意给风尘大的人洗澡，比一比谁的风尘大，谁就去洗。老薛呵呵笑着说，泥坑的猪风尘最大！我们大笑起来，那一刻气氛是融洽的。

最后大家依着我的思路，统一想法，就是敞开心扉，诉说各自的不快，比一比谁的委屈更深，磨难更大，辛酸更多，空色林澡屋就归谁享用。从我开始，按照围坐于篝火的顺时针次序，依次开讲的是：老薛、老孟、小许、小李。

我先说。先说的好处是先声夺人，可把最刺目的痛楚当利剑亮出，让小痛楚在它面前被腰斩。我说，你们看到的我，不是我，而是非我。我自幼喜欢医学，可我那做教授的父亲，认定这地球上最伟大的职业，就是做地质学家，他居然篡改了我的高考志愿，把我送入地质大学。我毕业参加工作后谈了一个女友，是中学音乐老师，可我母亲认为一个搞音乐的妻子，私生活会像五线谱一样混乱，私下约会她，愣说我有相恋多年的女友，两家早就会过亲家了，我爱的女友信以为真，一怒之下离开我。最终我娶的老婆，你们也知道，是父母为我选的图书管理员。她太古板了，一点儿女人味都没有。我们过了二十几年，我等于在冰窖里活了二十多年哪！那个冷啊，不是一个正常男人过的日子。你们知道吗？我老婆健健康康的，可她说她活着就是为了等死，她厌世得厉害，华服美食，自然美景，音乐美术，男欢女爱，这些能引起人愉悦的事物，她一概没兴趣。我让她去看心理医生，她反说我有精神病。跟你们说真话吧，我受不了她，几年前与初恋女友联系上了。她还当音乐老师，就是日子过得不顺，她丈夫虐待她。为啥呢？不用说你们也猜得出来，她把初次给了我，她男人新婚之夜发现她不是处女，从此酗酒，每次醉酒打她，就逼问破了她处女身的元凶，声言要干掉这家伙。她怕说出我的名字，这男人真会提刀找上门来，所以一直跟他说我得了癌症，早死了！现在你们理解了，为什么我父母相继去世后，我的精神状态反而比以前好了？因为他们再也不能干涉我的生活了！你们说我这半辈子，活得苦不苦？

我以为自己的情感经历，泪迹斑斑，能引起大家同情。谁料先是小李冷笑一声，说，队长看着挺聪明的，没想到是个窝囊废！谁让你当木偶啦？是你愿意呀，不是活该吗？两个人能过就过，不能过就散，你和音乐老师现在也可以重温旧梦啊，这算什么苦哇？接着老孟哼了一声，说，你老婆再冷，这冷宫不是给你孕育了个儿子吗？她要真是冰窟窿，啥种子能发芽呀？这一老一少，戗得我哑口无言。

接下来大倒苦水的是老薛。他像个说书人，清了清嗓子，拍了一下大腿，揉了把脸，说，你们看我这张跟黄土高坡一样的脸，就知道我遭过多少罪吧？我年轻时挖过煤，每天下井的感受你们知道吗？就跟被人抬进棺材一样，随时有被埋掉的危险。为脱离这地狱似的环境，我跟爹娘说，给我半年时间复习吧，让儿子能从地下升到地面，享受到阳光，不然这一生太黑暗了！我家那时穷成啥样呢？房子是漏的，铺盖不够用，米缸常常是空的，肥皂和灯油都使不起，我要是不挖煤，一家人可能会断顿！但爹娘听我这么说，还是咬牙同意了。我不分昼夜地复习，也是争气，当年就考上了大学。我得感谢那时大学为贫困生设立的助学金，没有它，我很难读下来。不瞒你们说，大学时我没添过一件衣裳，吃的是最差的饭菜。大学毕业参加工作后，我挣的钱大都贴补老家的父母了，依然清贫。不怕你们笑话，米面油盐、牙膏厕纸，甚至内裤袜子，无论什么，我都得精打细算，买最便宜的。好在那时单位分了套小房子给我，我才娶上媳妇。就因家庭条件差，媒人给我介绍了四个对象，只有暖瓶厂的一个工人看上我。谁看上我，谁就是我的福音书，我娶了她。接下来的故事你们也知道的，她生的是龙凤胎，对别家而言，这是喜事，可对我们来说，抚养一双儿女成长，天天都得爬坡过日子。后来暖瓶厂黄了，她下岗了，家中用度，全靠我一人了。日子本来过得就难，偏偏我娘得了癌症，把我仅存的一点儿钱，都烧到手术台上了，娘的命却没保住。我爹受了刺激，高压天天都在两百徘徊，最终中风偏瘫，这样我只得把他接进城伺候。因为妹妹嫁了人，我们那里的风俗，女儿是可以不赡养老人的。你们想想吧，一套四十平方米的屋子，老少三代挤在一起，是个什么景象！阳台就没晴朗过，天天吊着洗的东西；为了省下买青菜的钱，我家冬天以腌菜为主，本来不大的厨房，摆满了酸菜缸咸菜坛，没个好气味。队长嫌你爹娘干涉太多，给你改了高考志愿，可他们给你遗留了大房子，你再不痛快，也是在大房子里敞敞亮亮地不痛快呀。我呢，伺候生病的老的，还得掂掇这俩孩子上大学的学费，就差卖血啦。说真的，勘察结束，最伤心的是我了，我不愿意回到城里那个小屋子呀！爹在哼哼，媳妇苦巴着脸，我就像在垃圾堆旁找食儿的秃鹫，哪有什么尊严哪。我爱喝两口酒，就想麻醉自己，可我他妈的就是醉不了，心里好像绷着根弦，千万不能倒下。我一倒下，我家就相当于公司破产了。我愿意待在大自然里，这里随处可扎营，我愿意住多大的屋子就住多大的，喝水不用交钱，烧饭不用交煤气费，太阳月亮没有被雾霾遮蔽，黑白都有灯使，电费也省了！老薛说到此时，声音颤抖，用手蒙住脸。他是否哭了？那晚西去的月亮，也许比我们看得更清楚。

轮到老孟说话了，老孟先是对老薛说，不管咋的，你还有爹可伺候着。爹是什么？是太阳啊。有爹在，他就是再磨人，相当于乌云遮住了太阳，背后还是亮堂的呀。你们不知道，我是个遗腹子，爹连张相片都没留下，我不知他长啥样。我娘带我改嫁后，继父对我的狠，三天三夜也说不完哪。继父一打我，你们知道我干啥？我就坐在镜子前，对着自己的脸，在作业本的背面画爹。我画完一张，就偷偷给我娘看，我娘一摇头，我就知道画得不像。只是有一回，我拿着画像给娘看，她一看就落泪了，我知道自己画对了，这张画像我一直留着，结婚后把它镶上，除夕在家里的香案摆上相框，给爹磕头拜年。我长大后不止一次问娘，我爹咋死的？娘总是回一句，他寿路到了。直到我娘去世后，我小舅才对我说出实情。饥荒年代，我爹为了给怀孕的娘找吃的，惦记上了盘在村中井壁的一条蛇。他趁晚上井台空荡的时刻，腰间缠了绳子，带着自己用树杈做成的捕蛇器，去了水井。结果爹没捕到蛇，反倒让蛇咬了。爹中了蛇毒，挺了一天，就没气了。那条咬他的蛇，从井壁消失了。村里就这一口井，村人说我爹碰那条蛇，触怒神灵，从此喝这口井水的人都会遭殃，逼我家另打一口井，还不准爹落葬。村中几个瘦得皮包骨的汉子，把我爹抬到山坳，说是惩罚他，让他暴尸荒野，实则把他当成诱饵，打的是捕猎的主意。我小舅说，闹饥荒那会儿，村人把能吃的树都啃秃噜皮了，没啥吃的啦，动物也少，飞禽走兽极难见到。那几个男人在爹身上，设置了各种捕鸟和捕兽的夹子。那段时间，去爹尸首旁等猎物的，接二连三。爹最终为村人猎获了七只乌鸦、两只鹰和一头狼，听说爹最后只剩下几根骨头。村人不能再用我爹做诱饵时，撇下他回村了。我娘生下我后，去山坳寻爹的尸骨，可她一根骨头也没捡着。我小舅说捕获的猎物，让村中濒临死亡的人，活了下来。他们也感念我爹，给我娘分了半只乌鸦。不是这半只乌鸦，我娘都没力气生下我。我不敢想爹的尸首做诱饵的情景。你们没发现吗？这三年来，我头发掉了多半，自打我小舅跟我说了实情后，我整宿地不睡，一闭眼就是乌鸦老鹰的影子。所以你们明白了吗？这一路为啥我听见它们的叫声，就心烦意乱？唉，要是皂娘能给我洗回澡，把憋在心里的委屈洗淡一点儿，我也不枉在这青山绿水中走一回！

老孟的诉说，应该是打动了在场的每个人。因为大家以哀悼的姿态，低下头来。最终是老薛先抬起头来，叹息一声对老孟说，毕竟都是过去的事了，现在你家过得多好哇，老婆有个好工作，儿子考上了北大，你家的日子，比这团篝火还红火，谁不羡慕哇。老孟说完，拍了一下小许的肩膀，示意该他说啦。

小许一张口，还是强调应该让领导洗。如果领导一定让给手下人的话，谁身上的味儿最难闻，谁就去洗。老薛首先反对，说，你小子脚丫最臭谁不知道？老孟也反对，说，别人都讲委屈，你不能绕过，绕过就等于刺探了别人的隐私，把自己深藏起来，这是叛徒的行为。小许被逼无奈，说他此生最大的委屈是入赘。他家在农村，在城里买不起房，只得娶了个有房的城里人。她老婆在京剧团做剧务，有演出的日子，他们就得分床睡。因为她爱舞台上扮相俊朗的小生，演出当晚回到家，她还痴迷着角色，看小许便百般地不顺眼，他就得给她个心理调整期，分居一两天，让她能够从虚幻的舞台，回到柴米油盐的日子。小许说入赘的男人，就是做了战俘，终生不得翻身。

最后登场的是小李，他先申明他的委屈，不是个人的，而是一代人的，所以他是在争取一代人洗澡的权利。小李说，不管你们有多大的委屈，你们居有定所，毕业后组织给分配了工作，医疗有保障，手捧铁饭碗。我们这代人呢，赶上了高房价、高物价、高污染空气和水源的时代。像他这种毕业后找到工作，算是幸运的。很多大学生，毕业就等于失业了，成了啃老一族。他们蜗居在父母家中，被苍老的翅膀护卫着，怀揣简历，奔波在路上找工作，在夹缝中求生存。这样的青春岁月，就像在荒漠中跋涉，该是多大的委屈！小李说以他为例，他一个月的工资三千六百块，去除每月房租一千二百块，伙食费一千块，水电煤气费三百块，上网费电话费两百块，看电影、日常生活用品等三百块，再加上人情往来，真是属于月光一族了。即便贷款买房，五六万的低首付，对他们来说也是天文数字，不要说成家生孩子了。他大学同学中，毕业后唯一结婚的，是个叫方超的人。方超在城里找不到工作，干脆回乡开了养鸭场。他父母说早知道他回来养鸭，就不让他上大学了。方超找了个开鞋店的姑娘，日子过得挺踏实。小李说得兴味索然，我们也听得兴味索然。我对小李说，每个人都讲了各自隐秘的事情，你总得说出一桩，不然月亮都不饶你！小李哈哈笑了，指着滑向西天摇摇欲坠的月亮说，你瞧它困得都要回屋睡了，哪还顾得上咱们这帮说委屈的傻瓜！一定让我说一桩的话，我告诉你们，我的女友大学毕业去西北支教了，原想着两年支教结束，她会回城和我团聚，可是三个月前她突然告诉我，她爱上了当地公安局的一个警察，打算留在那里了。她说凡是支教期满主动留下的教师，当地政府会分给一套两居室的房子。我们好了三年，一想到我爱的女人，一生要经受大西北狂风的吹打，我就心痛！我们同居过，她喜欢吃黄瓜，身上总带着一股清香味，现在我夜里睡不着时，真是奇怪了，总能闻着黄瓜香味，真是让人伤心哪。小李说完，脸上浮现出奇怪的笑容。

那晚在场的人都道出了委屈，接下来就是品评谁的委屈可以下澡盆接受洗礼了。我们像是一群在婚宴上抢糖果的孩子，争得面红耳赤，互不相让。最后伤了和气，谁都没进帐篷，散开后各自展开睡袋睡下了。关长河的离开，我们毫无察觉。总之早晨醒来，飞舞着阳光的松林里，关长河和他的马，就像昨夜天空的浮云，踪影皆无了。

我们在失去向导的情况下，向着东方，艰难地走出森林。出山后果然在公路旁见到一个小驿站，那里有两家客店，提供简单的吃食。我们分别向主人打听空色林澡屋，打听皂娘和白蹄，他们一脸迷惑，说不知道。我们不相信，返程途中，只要遇见乌玛山区的人，不管他是放马的、护林的、运煤的，还是采山的、种地的、打草的，都会问空色林澡屋在哪儿。可是无一例外，他们都冲我们摇头。

我们的勘察任务完成得堪称完美，各项数据的获取非常翔实，可是我们离开乌玛山区回城后，莫不垂头丧气的。老孟老薛在单位见了我，都躲躲闪闪的。小许则变成了絮叨的老婆子，见了我一遍遍地解释，入赘其实对他来说不算啥委屈，他老婆待他挺温柔的。总之，大家都有说出秘密后，那种难言的空虚和后悔。

有一天下午小李来我办公室，送关于乌玛山区水文方面的勘察报告，这是此行他负责的内容。我问他与大西北的女友真的彻底断了吗？如果忘不了她，还是要去争取。因为在青春时代错过爱情，婚姻很容易坠入世俗的泥潭。小李眨着眼笑了，先拱手对我说，领导对不起了，接着告诉我，他与女友间的悲催爱情故事，是被逼无奈，依照报纸上看到的一条消息，编排到自己身上的；他还没女友呢。

小李见我惊愕不已，说其实关长河讲的故事，也未必真实，不然他为什么在说完空色林澡屋的故事后，不辞而别呢？因为他无法带我们抵达那里。小李还说，他也不大相信那天大家诉说的委屈。真正的委屈，不是那么轻易道得出来的。而能说出的委屈，因个人处境和地位的不同，自然也做了种种修饰或伪装。

小李的话令我动气，我将那份乌玛山区水文勘察报告甩在办公桌上，冲小李吼，你在怀疑老薛老孟和我编瞎话？小李说，领导息怒，我不是不信任你们，我是不信任那晚的场景，它太像电影了！关长河是个好猎手，更是个高超的导演，他把我们往一个情境里赶，就像把猎物圈在他的围场里，他都不用举枪，我们个个中弹，和他故事中的人物，一起成了演员。

小李是什么时候离开的，我毫无察觉。我在办公室，从下午呆坐到黄昏，无论是敲门声还是电话铃声，一概不理。下班后我给老婆打电话，谎称出差，告诉她晚上不回家了。我找了这座城市最偏僻街巷的一家小酒馆，要了油焖河虾、酱焖酥鲫鱼和啤酒，自斟自饮。在小酒馆吃喝的，还有四个出苦力的人，他们显然是进城打工的农民，头发乱蓬蓬，裤子满是灰土，衣裳汗渍斑斑，脚下的绿胶鞋散发着臭烘烘的气味，但他们热情洋溢，高声说笑。他们点的菜比我口味重，麻辣螺蛳和红烧猪大肠是主菜，配菜是花生米和海带丝，一瓶老白干四人均分，一人一海碗米饭。他们连吃带喝，胃口极佳，杯盘碗盏，最终丝毫不剩，光可鉴人，好像刚从洗碗机中出来似的。他们结账，居然采用AA制方式，每人花费32元。他们离席时，其中一人看了我一眼，说，兄弟一人喝酒多没意思呀。我顺势请他们喝啤酒，四人也没忸怩，一人要了一瓶，开瓶后对着瓶嘴，站着一口气喝光，然后快意地谢我。其中有两人还说了祝福语，一个祝我买彩票中奖，一个祝我早日抱上孙子。

　　我学着那几个农民工，把盘中菜吃得光光的，酒也喝得一滴不剩，飘飘忽忽走出酒馆。夜已深了，我去附近的一家快捷酒店登记住宿。一口黄牙的老板娘扫了我一眼，问，就你一个人住？我说是。她诡秘地一笑，压低声说，我知道你们这些男人是来干啥的，我帮你联系小妹吧。你喜欢啥样的？我告诉她，我不喜欢小妹，我喜欢老婆子。有个老婆子叫皂娘，你要是能把她请来，给我洗回澡，我就付她五星级酒店的房费。老板娘把钥匙牌啪的一声摔在柜台上，不再理睬我。

　　我拎着钥匙，沿着逼仄狭窄的楼梯进了鸽子笼似的房间，一头扑倒在床上。这时手机铃响了，我很想在此时跟谁说说话，按了接听键。电话是个男人打来的，他很客气地自报家门，说他姓郜，是乌玛山区林业局帮我们请向导的人，我们见过一面，下午他给我打过两个电话，我没接听，而他要说的事情紧急，所以占用我休息时间再次打来了。老郜先问我关长河一路用了多少颗子弹？我想都没想，说了个"二"字。他迟疑一下，说，你说的是"二"，还是"十二"？我捋直舌头，强调是"二"。他微妙地叹息一声，再问关长河的猎枪，是在与狼搏斗中损毁的吗？我霍地从床上坐起，说我不知情，因为出山前夜，他撇下我们，和他的马一起消失了。老郜沉吟一下，说，关长河告诉他们，出山前夜勘察队在营地遭遇到狼群袭击，他为了保护我们，独自与狼群奋战，猎枪废了，弃在山中，不能归还，而他总共用掉十二颗子弹，所以行程结束，他只是还回了十八颗子弹。现在需要我们出具一份材料，证明这位向导，在我们勘察过程中协助我们完成了任务，猎枪是因保护我们而损毁的，子弹用掉了十二颗。因为猎枪是从派出所借的，不还回去，当地林业局有责任，而关长河也会因此被视为持枪的危险分子。

我抓住这个机会，问他知道关长河的电话吗，我有事想跟他沟通一下。老鄢说，关长河从来不用电话，想找他，得通过他人去寻，他常年在山中游荡。我又问，关长河有家吗？老鄢说，他是个弃婴，当年被人扔在山上的鄂伦春族营地，所以他是鄂伦春族人带大的。至于他是汉族人还是鄂伦春族人，无人知晓。但从他的体貌特征来看，他应该有鄂伦春族血统。他至今未婚。我再问老鄢，听说过空色林澡屋和皂娘的故事吗？老鄢很干脆地说，没有。末了他嘱咐我尽早把证明材料写好，加盖公章，用特快专递寄来，收件地址他随后用短信发送到我手机上。我一边答应，一边乞求老鄢，如果见到关长河，务必把我电话给他，请他回个电话。老鄢勉强地说，好吧。

为了给关长河写那纸证明，我们勘察队一行五人又聚集在一起。我转达了老鄢的话，希望大家充分发表意见，达成共识后出具证明。小许首先表态，他说，领导怎么办，我都没意见。老孟说，那晚没听见狼嗥，所以猎枪是在与狼搏斗中遭损毁这一条，写时要慎重。老薛也说，关长河显然是在撒谎，即便他遭遇了狼群，他有子弹，只要开枪，驱狼那不是轻而易举吗，何至于把枪当长矛使，与狼短兵相接呢？老薛老孟观点的不谋而合，至少冲淡了归来后，弥漫在大家之间的冷漠情绪。轮到小李，他爽快地说，当地让怎么写，就怎么写呗，毕竟关长河一路上为我们立下了汗马功劳。现在假证明满天飞，又不差这一张。小李还分析说，关长河当初嫌配给他的子弹多了，显然那时他还没有私吞子弹的想法，如果他说用掉了十二颗子弹，只有两种可能，他后来变了主意，想留下猎枪和子弹，所以提前离开我们，对当地林业局虚构了狼群的事情。还有一种可能，就是这一切都是老郐策划的，关长河是他找来的向导，老郐想私藏猎枪和子弹，于是让关长河编瞎话。小李的后一种分析，让我们这些比他年长许多的人，为之侧目，他的判断不是没有道理的。大家多方权衡，反复推敲，最终形成的证明材料中，关于猎枪和子弹的内容，用的是模棱两可的句子：我们在勘察途中几次遭遇野兽袭击，向导关长河用猎枪为我们解除险情，动用了相应数目的子弹。

我将出具的证明材料加盖公章，特快寄出。

三天后我给老郐打了个电话，想问问他是否收到证明，再打听一下关长河。可我拨了几次电话，老郐始终不接听。直到下班时刻，他才简短回复了一条短信：证明收悉，诚致谢意。

这样的回复，就是告别语。我知道通过他寻找关长河，是不可能的了。

我试图让生活回到正轨，或者说是回到平庸中，可是当空色林澡屋的故事像一道奇异的闪电，照亮了人性最暗淡的角落后，我的整个生活就被它撕裂了。我在空洞的光阴中，能感受到它强烈的光明，不禁又寻着这光明而去。我把春节的休假，放在了乌玛山区。

这次没有任务在身，我谁也没找，就是一个轻松的背包客，一站一站地行进。越向北走，旅人越少。在路上折腾了两昼一夜，除夕夜我到了乌玛山区。那里正是漫天风雪的时刻，连绵起伏的山峦披挂着白雪，看上去像无尽的白色毡房，很有烟火气的样子，而其实人烟寥落。越往乌玛山区深处走，寒流越强，景色也就越壮美。我每到一处驿站，都要打听空色林澡屋和关长河。很多人知道关长河，都说他很难找到，但没人知道空色林澡屋。我每离开有手机信号的驿站，会把自己的电话号码，留给驿站主人，求他们见到关长河后，请他给我回个电话。

我就这样搭乘各色车辆，与乌玛山区冬天特有的麻雀和乌鸦为伴，在茫茫山林中寻找了六天，经过了多个驿站，直到返程在即，也没有见到关长河，更不要说空色林澡屋了。但我收获了辽阔的天空，清冽的空气，洁白的雪，满天的繁星和每家驿站灶上的热汤，它们胜过最璀璨的城市灯火和最丰盛的年夜饭，是我此生过得最知足的一个年。

离开乌玛山区的前夜，我在一家林场酒馆怅然饮酒，手机突然响了，我迫不及待地接起来。送话器先是传来一阵风声，接着是一个人沉重的喘息，一个苍凉而熟悉的声音随之响起，我立刻听出，他就是我苦苦寻找的关长河！他劝诫我不要找皂娘和白蹄了，谁也找不着空色林澡屋的。我急切地问为什么，关长河沉吟一下，说，其实当时他应该对我们说真话的，皂娘遭人举报，指控她在深山搞色情服务，去年深秋她带着白蹄，乘着那个大澡盆，从青龙河顺流而下，不知漂荡到哪里去了。我万分愤慨，说，一个老太婆怎么可能搞色情服务？关长河深深地叹息了一声，又说也有人告诉他，皂娘是洗不动澡了，所以她带着白蹄，去没人的远山修行了，她什么时候回空色林澡屋，那得跟看流星从夜空划过一样，靠机缘了。也许很快，也许数年。我再问他为什么提前一夜离开我们，他真的遭遇了狼群吗，猎枪和子弹还在他身上吗，关长河只回了一句：咱把那个带帽檐的鹿皮小帽给弄丢了。

我以为他以"咱"自称，会以皂娘的说话方式，跟我多聊一刻，可他似乎厌倦了追问，不再言语。听筒最后传来的只是呵呵的声音，像他的笑声，更像那一刻横贯天地的风声。我的眼前闪现出戴着鹿皮小帽的关长河，他顽皮起来像个少年，而当他眯起一只眼时，他就是在打量你了。

关长河挂断电话后，我赶紧回拨过去，可是无人接听。再拨，接电话的是我途经之地的某个驿站的主人了，他告诉我关长河今日黄昏路过此地，他告诉他，有人在找他和空色林澡屋。关长河说找空色林澡屋的人，一准是喜欢和星星一起过日子的人。驿站主人掏出手机，劝他给我回个话，可他执意不肯。驿站主人为了促成通话，特意陪他喝酒。一瓶酒落肚，关长河面色和悦了，主动抓起手机，出门给我打电话。驿站主人说，关长河还回手机，我们通话的一瞬，他已经骑着鄂伦春马，离开了驿站。

我谢过这个热心的驿站主人，出了酒馆，迎着冷风，仰望银河。银河在夜空正以长剑的姿态，洒下亘古的光明，傲然插在茫茫雪原上，期待它以英雄的名义命名它。

不管空色林澡屋是否真实存在，它都像离别之夜的林中月亮，让我在纷扰的尘世，触到它凄美而苍凉的吻。我只身从乌玛山区回城后，生怕自己有一天会因这样那样的原因，淡忘了它，于是用七个夜晚，把这个故事记录下来。因为是复述，故事的情境和人物的对话，难免有语意的微妙差异；而因为一些当事人与我相熟，所以我将他们的真实姓名隐去了。其实真名和假名，如同故事中的青龙河与银河，并无本质区别。因为它们在同一个宇宙中，渡着相似的人。

鲜花岭上鲜花开

徐贵祥

一

就像许多成功人士一样，毕伽索也遇到了那个绕不过去的问题，挣那么多钱干什么？随着财富和年龄的增长，这个问题越来越是个问题。

毕伽索的事业是从打工子弟小学开始的，然后中学，后来又办了几所职业大学，再回过头来办幼儿园，形成了一个规模较大的民营教育体系。从报表上看到不断刷新的数字，毕伽索突然觉得哪里不对劲。是呀，挣那么多钱干什么？缺钱的时候这不是个问题，钱多了这就是个问题。大约从去年秋天开始，一个念头越来越清晰，他想把钱花出去一部分，为故乡干街做点儿事情。

毕伽索把这个想法对妻子说了，唐多丽以她惯有的思维方式对毕伽索说了三点看法：第一，有钱就烧包，那是诗人。作为一个企业家，理性永远是成功的前提。第二，在家乡做生意，赚了是为富不仁，赔了是搬起石头砸自己的脚。

毕伽索对妻子的观点向来嗤之以鼻，但是他又不得不和她商量。和她商量只是一个程序，并不指望她支持。回答唐多丽的反对，他最经常说的一句话就是，不要和成功者唱对台戏，成功者是不应该受到指责的。

但是唐多丽还有第三，这是在毕伽索彻底忽视她的意见之后被迫说出来的——第三，不要以为你有钱了，你就是人物了，其实在干街人的眼里，你永远是一个逃兵的儿子。

唐多丽讲这话是在她动身去美国的头天晚上，这番近乎人身攻击的话语在毕伽索的心头狠狠地插了一刀。要不是她即将背井离乡去给女儿陪读，毕伽索真想给她俩耳光。他忍住了。毕伽索说，老子就是要在干街烧一把钱，要让干街人仰起脑袋看看那个逃兵的儿子。

这个夜晚，毕伽索辗转反侧，唐多丽的话对他刺激很大。这么多年来，他毕伽索可以不在乎很多事情，但是干街他不能不在乎。在毕伽索的意识里，即使他混得再体面，如果得不到干街的认可，那种体面就要大打折扣。何况，干街还有个韦梦为呢。

诚然，干街的历史并不是从韦梦为开始的，但是，只要提起干街的历史，就不能不说起韦梦为。从毕伽索记事起，韦梦为这个名字就像星星一样悬挂在他的脑海里。韦家三少爷、中学校长、红军师长、文学翻译家、北上抗日支队司令，这些互不关联的头衔莫名其妙地集中在同一个人的身上，曾经给少年毕伽索带来了无穷的想象。小时候他听大人说，过去的韦家三少，穿西装、喝咖啡都要用外国货，韦家良田遍布三省五县，上海、北平、安庆都有韦家的商号钱庄，号称马行千里不吃别人家的草，人走万里不住别人家的店。民国十六年（1927），韦家遭遇了一场奇特的变故，刚从俄国留学回来的韦梦为被当地的农民绑架，韦家斥资千金赎票，从此之后家业逐年败落。后来才知道，策划绑架韦梦为的，正是韦梦为本人，他把他们家的钱财都倒腾出去买枪了，拉起了一支队伍开进了西边的山区，那支队伍后来成为声名显赫的红军模范师。模范师师长韦梦为，跟士兵一样穿草鞋吃住草棚，数次抵御了国民党军和军阀的"围剿"，并且在根据地建立了苏维埃政权和英特纳尔大学城。直到全面抗战爆发前夕，韦梦为的部队北上途中被国民党军伏击，韦梦为本人在激战中牺牲。

在干街，韦梦为的故事流传很广，他作词作曲的一首歌，毕伽索很早就会唱——鲜花岭上鲜花开，花开时节红军来，红军来了为平等，平等世界人是人……会唱这首歌的时候，毕伽索还不大清楚歌的含义，他的问题有两个：一个是"平等世界"是什么，为什么那么重要；第二个是，韦梦为那么大的家业，他为什么要去吃那份苦受那份罪。直到考进师范后，毕伽索读到一本俄国小说《苦难英雄》，他才好像明白了，原来韦梦为要当英雄，韦梦为和韦梦为们，要救天下。那本书的译者，正是韦梦为。这个发现让毕伽索激动得泪花闪烁，那天他甚至把自己想象成了韦梦为，他也要救天下。

当然，很快他就发现，他当不了韦梦为，因为他那时候别说穿西装喝咖啡，这两样东西他连见都没有见过。再往上讲，他的爷爷是韦氏庄园的挑水工，而他的父亲毕启发，在参加新四军之前，也是韦家的挑水工，尽管那时候的韦氏庄园已经败落了十之八九，也仍然是干街的标志性家族。

几十年过去了，毕伽索凭借独特的眼光和智慧，终于成就了一番事业，财富总量甚至超过了当时的韦氏庄园。但是，他还是没有办法跟韦梦为相比，韦梦为的事业天大地大，而他的事业再大，也不过是一个民营企业。他之所以把他的企业注册为梦为集团，感情是非常复杂的。

农历二月上旬，妻弟唐斌在电话里给他讲了一个笑话，前不久退休干部乔大桥回到干街，发了一通牢骚，说街道不能建在公路两边，电线不能架在房顶上，还说希望部分恢复干街过去的光景，在十字街搞一个唐宋村，健全空巢老人和留守儿童的教育和服务设施。副县长韦子玉还为这件事情到干街，要走了唐宋时期的干街图。

乔大桥，毕伽索认识，老县委书记乔如风的儿子，当过军分区司令，过去一直是干街人羡慕的对象，如今也解甲归田了。毕伽索突然在电话里哈哈大笑，对唐斌说，啊，那个乔大桥，站着说话不腰疼啊，你要是见到他，给我带个好，问他愿不愿意到梦为集团工作，给我当工会主席。唐斌似乎吃了一惊，什么？姐夫你说什么？让乔大桥给你打工？毕伽索说，如果他愿意来，我给他开的报酬是他工资的十倍。唐斌说，姐夫你开玩笑，乔大桥，乔司令啊，给你民营企业打工，这不可能。毕伽索说，一切皆有可能，有钱能使鬼推磨，有钱也能让磨推鬼。

当然，这话只是说说，说说就过去了，唐斌没有当真，毕伽索自己也没有当真。

就在跟妻弟通话不久，毕伽索又接到干街小老弟韦子玉的电话，说他近日要到深海市拜访自己。

韦子玉是受县政府委派，专程到深海招商引资的。县里决定在干街兴建文化街，需要钱。韦子玉首站拜访毕伽索，足见毕伽索在干街商人中的地位。老乡见老乡，两眼泪汪汪，那几天，说不完的乡情喝不完的酒，行则同车，卧则邻榻。有一回，两个人醉了之后，又带上一瓶酒到房间喝醒酒，果然越喝越清醒。毕伽索说，我总觉得，咱们的干街就是一座城市，在历史上曾经很风光的。

韦子玉醉眼蒙眬，扯过自己的皮包，找出一张复制的图纸，在毕伽索面前摇晃，老大哥你看，这就是干街的过去，宋朝年间，设州治，文峰州。

毕伽索接过图纸，仔细端详，隐隐约约可见天穹一座尖塔刺破晨曦，一条大河由远及近，河面帆影点点，岸边楼宇鳞次栉比错落有致。近处是一个阔大的庭院，花木葳蕤，绿荫深处，掩映灰楼一角。

看清楚了吧，这就是传说中的韦家大院。韦子玉斜着眼睛，在酒的氤氲中睨视毕伽索。

韦子玉是韦梦为的侄孙，韦氏庄园的传人，毕伽索感觉这个小老弟今天跟他讲干街的历史，隐隐流露出一丝优越感。毕伽索不悦地说，就是说，这就是你们家的老宅。那我们家呢，在哪里？

喏，这里。韦子玉伸出一个指头，戳在照片的一角，这里，你们毕家，在"干"字下面一横的左下边，二十世纪六七十年代，这里叫工农兵成衣店。

毕伽索怔怔地看着韦子玉，酒醒了大半。他回忆起来了，十字街东南角，是成衣店，他的残了一条腿的父亲毕启发是这个成衣店唯一的男性，夹杂在六七个中老年妇女中间，尽管有个技术员的头衔，实际上就是量尺寸剪布。小学四年级那年，有一回放学从成衣店门口过，韦子玉的二哥韦二毛喊了一声，看，毕得宝的爹——那当口，毕伽索的名字还叫毕得宝——毕得宝看见他爹肩膀上搭着一溜蓝布，弯腰哈背正在一个妇女的身上上下丈量，然后一高一低地走到案子前面，拿粉笔在布上左画一道右画一道，那副模样，简直就是一个小丑。毕得宝不知道哪里来的火气，冲上去揪住韦二毛，两个人打得不可开交。韦二毛一边挣扎一边大喊，我又没说你什么，你怎么打人哪！毕得宝一言不发，只是揪住韦二毛不松手，后来还是毕裁缝听到动静，颠着鸡步奔出来，把毕得宝拉开，照他脸上就是一顿老拳，这才把风波平息下来。

多少年打拼在外，什么都有了，但在毕伽索的骨子里，总感觉还缺什么，毕裁缝的名号，是毕家投在他身上的第二道阴影。如今韦子玉提到工农兵成衣店，让他心里很腻味。毕伽索说，你什么意思？你是提醒我，你们家书香门第，毕家血统低贱是不是？

韦子玉哈哈大笑说，大哥，你想多了，我只是回忆你们家的位置。

毕伽索冷冷地说，我们家住在西头，不住成衣店。

韦子玉说，那是我无知了，我原来以为你们家就是成衣店，成衣店就是你们家。

毕伽索不吭气。韦子玉明白了，讲干街的历史可以，讲干街人的身份地位，对毕伽索来说是个敏感话题。

韦子玉坐起来说，这些年我在县里工作，同政协文史办的人打交道，把干街的历史搞得差不多。原来我们干街，有五大家族，韦、戈、乔、毕、洪，你们毕家排在第四，退回一百五十年前，干街毕家也是方圆百里的望族。

毕伽索吃了一惊，问韦子玉，你说的是真的？

韦子玉揉着眼睛说，早点儿睡吧。

那天夜晚，他没有再问下去，在酒精的作用下，两个人"前仆后继"地进入梦乡，扯着很响的呼噜，嘴角挂着向往的傻笑，很幸福地度过了一个美好的夜晚。

第三天下午，毕伽索安排韦子玉参观他的梦为集团，然后在自己的办公室喝茶。韦子玉感到时机已经成熟了，但是他没有提乔司令回干街的事，也没有说唐宋村的事，只是把县里关于在老街兴建文化街的意向和盘托出，说完之后，就等着毕伽索拍手叫好，慷慨解囊。可是他从毕伽索的脸上没有看出惊喜，而是看到了一种奇怪的表情。毕伽索说，你们搞这些东西有什么意思？

韦子玉说，建设呀，乡村文化建设呀！

毕伽索略微思考了一下，意味深长地说，哦，乡村文化建设，名目很好，可以考虑赞助，十万八万的没问题。

韦子玉怔了一下，冲口说道，毕总，就连乔司令那样拿工资的退休干部，都拿出十八万给老街买变压器，你这么大个老板，只拿十万八万的，说得过去吗？

毕伽索说，你们那个文化街，其实就是个面子工程，没有什么实际意义，我不能把钱扔到水里，老弟你说是不是？

韦子玉说，怎么叫面子工程呢？它有文化价值，也是长远价值。再说，就从眼前看，文化街一建成，就会带动老街的综合发展，改变乡亲们的生活状态。你知道那里还有多少空巢老人和留守儿童吗？

毕伽索说，改善群众生活是你们政府的事，我要是把这个事做了，不是夺你们的饭碗吗？

韦子玉这才发现自己过于天真了，太不了解毕伽索了，他说，毕总你这样说我很难受，社会转型时期，问题太多，政府也不是万能的，有些事情，我们确实需要借助社会力量。

毕伽索一声冷笑，提高嗓门说，借助社会力量？乔大桥回去讲几句大话，你们就当真了。说好听一点儿是书呆子，说白了就是拿个鸡毛当令箭。他乔大桥算什么？他有什么资格对干街指手画脚？

韦子玉没想到毕伽索会发那么大的火，意识到这件事情很复杂。他曾听说，毕伽索因为父辈的原因，与乔司令有些芥蒂，看来不是空穴来风。韦子玉解释说，兴建文化街，不是乔司令的主意，而是县里的规划。乔司令只是说，街道不应该建在马路两边，街道要像街道的样子。

毕伽索从鼻孔里哼出一声，为什么街道不能建在马路两边？难道建在深山老林就能提高生活质量了？

韦子玉基本上绝望了，怀着最后的希望说，那，我们的文化街，毕总到底支持不支持？毕伽索说，我为什么要支持？我支持了，我能得到什么？

韦子玉盯着毕伽索，克制地问，毕总，你想得到什么？

毕伽索哈哈一笑说，如果你们能把我爹的像挂在文化街上，我可以拿出一个亿来。

韦子玉终于忍无可忍了，提高嗓门说，毕总，我尊重你，但是我也提醒你，文化街是爱国主义教育基地，是文明发展的象征。别说你拿一个亿，你就是拿出一百个亿，我也没有办法把令尊的像挂在文化街上。

毕伽索说，那不就得了嘛，我怎么会拿钱给别人捧臭脚呢？老弟，恕我直言，这件事情我不能帮忙。不过，我答应给老街赞助十万元，说话算数，明天我就让财务转账。

韦子玉没有吭气。

毕伽索顿了一下又说，这笔钱，你们得用到正处，可不能让它打水漂了……

毕伽索话还没有说完，韦子玉已经站了起来，冷冷地看着毕伽索说，毕总，你那十万元钱给叫花子吧。毕总，请你记住，你也曾经是个穷人。

毕伽索也站了起来，想拦住韦子玉，老弟，你听我说完，我有我的难处……

韦子玉淡淡一笑说，那还说什么呢？没有你的钱，干街照样能过上好日子。

韦子玉说完，扬长而去。

二

直到韦子玉的脚步声消失在楼道里，毕伽索才反应过来，赶紧派人去追。追是追上了，但是韦子玉坚决不回来，挡也挡不住，不由分说地上了出租车。到了晚上八点钟，还是没有找到韦子玉，毕伽索估计，他已经上飞机了。

毕伽索琢磨韦子玉传递的信息，那个文化街，主体工程是名人墙。也就是说，政府更关注的是对红色资源的开发和利用。干街确实是个特殊的集镇，除了韦梦为，在二十世纪抗战时期又出了一个洪文辉，当时是梦为中学的校长，就地拉起了一支队伍，带到新四军，洪文辉担任这个团的团长，二十年后他官至淮上省省长。再往下，就数到于诚志了，于诚志抗战时期是洪文辉手下的连长，是西华山战役赫赫有名的英雄。当然，有了这几个人，又带出一批人，所以说，在干街，最不缺的就是名人，大大小小十几个，就连毕伽索的爹也是，尽管是反面的。

抽了两支烟后，毕伽索给他的中学同学、在淮上做文化生意的戈德福打了电话，让戈德福打探干街文化街的进一步情况。

没过多久，戈德福的电话就回了过来，他告诉毕伽索，这次修建干街文化街，不仅县里和市里高度重视，连省里也很重视，副省长何敏亲自勘察了地形，确定文化街的位置，在韦氏庄园旧址。据说这是整个淮上地区红色旅游战略格局的一部分。

毕伽索这才真正地后悔起来，他觉得今天下午同韦子玉的争论，确实因小失大。为什么他会那么反感呢？原因有两个：一个是家乡建文化街，可能会把一些尘封的往事抖搂出来，这是他极其不愿意看到的。第二就是因为乔大桥。当年他爹毕启发和乔大桥的爹乔如风同时跟随洪文辉参加新四军，在茅坪战斗中还相互配合打死一个鬼子，两个人一道当了排长。可是后来，在西华山战役中，他爹一念之差，当了逃兵，而乔如风则在战斗中，带领最后的三名战士诱敌深入，完成了阵地阻击任务。这以后，两个人的命运有天壤之别，二十世纪六七十年代，乔如风是皋唐县的县委书记，而毕启发则终生蒙耻，在干街当个小裁缝，最后连话都不会说了。毕伽索记得，小时候乔大桥从县城回到干街爷爷奶奶家度暑假，穿着海魂衫，让他羡慕极了。那时候他不止一次想过，为什么逃跑的不是乔大桥的爹，或者说，为什么他的爹不是乔如风而是毕启发。

天色渐渐暗了下来，从三十六层楼看出去，身下波光粼粼地闪烁着霓虹灯，这让毕伽索没来由地生出一阵伤感。唐多丽到美国陪女儿去了，这段时间毕伽索享受未婚待遇。直到楼道清洁工从门外闪过，他才想起晚上还没有吃饭。按了一下电铃，那边很快出现亓元的声音，毕总，我在。

他怔了一下，我在？不知道为什么，最近一个时期，这个听了七年的声音常常让他感到陌生。这个像谜一样的女人，居然在他身边坚持了七年。七年哪，窗外的马路变窄了，树木变高了，云彩变少了，可是她还像当初进门那样，不言不语，悄无声息，除了二十五岁变成三十二岁，她简直就没有怎么变化，甚至连男朋友也没有，没有听说过她在感情方面的任何信息。她近乎吝啬地经营着她的美貌，而又近乎挥霍地使用她的才智，她用她的才智保护了她的美貌。她在干什么？难道她想把自己修炼成一个圣女？

三

毕伽索第一次见到亓元，是接受电视采访。当时她即将新闻系硕士毕业，在电视台实习。在断续的访谈中，毕伽索先后四次注意到一个身材高挑的女孩，并看清了她胸牌上的"亓元"两个字。女孩形象端庄，眼睛里始终闪烁一丝平静的微笑，略黑的脸庞泛着健康的光泽，透着自信，看着舒服。离开电视台之前，跟送行的人打过招呼后，毕伽索向跟在后面的亓元大大咧咧地打了个招呼，丫头，你过来。亓元便微笑着向前走了两步。

你这个姓怎么念？

亓，和整齐的齐同音。

几天之后，毕伽索安排副总董华民去电视台找亓元，要聘她到集团工作，暂定担任行政处副处长，年薪三十万起步。董华民当时愕然地问，什么情况都不清楚，就当副处长，还年薪三十万？毕伽索说，要那么清楚干什么？我只关心这个人能不能用。董华民便不再多嘴，到电视台一谈，没想到亓元并不领情，说，不去，我只想当一个记者。

董华民碰了壁，回来跟毕伽索说了，毕伽索比董华民还要吃惊，瞪着眼睛说，啊，这个世道，还有这么清高的女孩呀，再把工作做深入一点儿，查查她的背景。

不久董华民就向毕伽索报告说，查清楚了，上海人，父亲是考古学家，母亲是中学音乐教师。

毕伽索说，我有点儿明白了，一家书呆子。

董华民第二次约见亓元，亓元一口回绝，只是在电话里说了几句。董华民对亓元说，我们老总看中你了，你开个价，什么条件都可以。

亓元回答，只有一个条件，不去。

董华民说，你先不要挂机，听我把话说完。我知道你担心什么，可我们老总不是那样的人，我们老总真的是怜香惜玉，不，我们老总他是爱才如命……董华民有些语无伦次了，这样的女孩，他还是第一次遇见。

电话那头十分难得地传来轻微的笑声，你们老总根本不了解我，他怎么知道我有才？

董华民说，我们老总他是个天才，他有第三只眼，他的直觉是非常厉害的。你想想，他从一个普通教师，赤手空拳到深海打天下，把学校办得大中小都有，全国各地都有，他不是天才行吗？

电话那头传来含意不明的笑声，也许是讥讽吧。

然后，董华民就把毕伽索的原则、毕伽索的信条、毕伽索艰苦创业的历程等等，说了足足十分钟。最后说，小亓，你不要马上回答我，你再考虑考虑，三天之后，不，十天之后再回话也行。

电话那头说，现在就回话，不去。

董华民后来向毕伽索大诉其苦，说这回真的见到鬼了，油盐不进，刀枪不入。

毕伽索听了，半天没吭气，抽了一支烟后对董华民说，你说得对，算了。

那个夏天，正是集团大发展的时期，连续在中原两个市开辟了局面，一次性上马七个项目，毕伽索频繁奔波于深海和中原，忙得不可开交，这件事情也就不了了之了。

就在毕伽索决定忘掉亓元的时候，太阳从西边出来了，亓元突然现身，找到董华民说，可以受聘。

毕伽索在他的办公室里听董华民汇报事情的前因后果，盯着窗外的太阳看了大约半分钟，然后问，好马不吃回头草，她为什么改主意了？董华民说，原因不详。毕伽索抖着亓元的求职简历，一挥手说，拒绝，请她另谋高就。

董华民的嘴巴张了张，半天没合拢。拒绝？这是何苦，众里寻他千百度，那人却在……送上门来的，何必……这也太小家子气了吧？

毕伽索一拍桌子说，她以为她是谁？她以为我这是饭店哪？想来就来，想不来就不来。老子……毕伽索正说着，突然闭嘴，他看见亓元就站在门外。还是一身蓝紫色的连衣裙，眉目间已经少了许多冷漠，尽管低眉顺眼，却又不卑不亢。

毕伽索久久地打量着亓元，感觉这个女孩像她的名字一样生僻，周身似乎萦绕着一个神秘的气场，吸引你的目光，又把你的目光挡在咫尺之外。毕伽索不由自主地换了一副腔调说，好哇，承蒙亓小姐看得起，本集团欢迎。我的条件不变，说说你的条件。

亓元说，我只是来找工作，有饭吃就行了，没有条件。

亓元仍然没有接受行政处副处长的职务，也没有接受年薪三十万的待遇。亓元说，我一天班没上，就当副处长，拿那么高的年薪，不合适。

毕伽索说，好，那就从头做起吧。

那一年，亓元二十五岁。这个谜一样的女孩从行政处秘书干起，不动声色地张罗了很多事情，每个月都要给毕伽索提交一份集团内情报告，还要提交一份创新建议。

几年以后，在一次电视访谈中，毕伽索侃侃而谈，访谈结束后他才意识到，亓元到集团之后，实际上暗暗做了一件很大的事，就是改变了毕伽索的形象。每当遇到棘手的事情，毕伽索准备大发雷霆的时候，只要她在场，毕伽索挥舞在空中的手臂就会不自觉地换成一道弧线，骂人的话就会变成"不着急"或者"再商量"。她就像一面镜子一样让毕伽索不断地调整着自己的风度。毕伽索有一次对亓元说，跟你在一起，我发现我越来越像一个好人了。

这七年中间，亓元和毕伽索始终保持着严格意义上的雇佣关系。两千五百多天里，他们至少有一万次面对面。她陪同他出席各种会议、聚会和谈判活动，她始终是一个得体的助手，微笑经常挂在脸上，再也不像七年前那样青涩了，说话委婉了许多。有一天亓元亲自上阵，在电视台做了一个"民营教育的难度与高度"的演讲，历数中外历史民营教育的成功范例，对于当下民营教育的种种障碍和本集团的战略以及前景展望，做了条分缕析的说明。在屏幕上的亓元同平常的亓元判若两人，落落大方侃侃而谈，形象气质远在节目主持人之上。加上她本来就是新闻专业的硕士，在集团工作期间，又读了在职博士，学问滋养自信，自信滋养容颜，益发显得成熟和清高。毕伽索有时候甚至觉得，是亓元的存在，提高了梦为集团和他本人的价值。

她是怎样变化的，为什么变化，谁也说不清楚。或者可以用毕伽索的话来解释，时间可以改变一切。

四

十分钟后，亓元便出现在门口，工装已经换成蓝紫色的连衣裙，亭亭玉立，却又平静得像个蜡像。

毕伽索说，能陪我吃饭吗？

亓元迟疑了半秒钟，平静地说，可以，但我这段时间不能喝酒，我陪你吃西餐。

毕伽索不高兴地说，谁说你这段时间不能喝酒？

亓元说，医生，否则我脸上会长痘的。

毕伽索大手一挥说，嘿，听医生的话得吓死，你看我爹，吃大鱼大肉，喝了一辈子酒，活到八十多岁。

亓元还是站着不动。

毕伽索不耐烦了，怎么，长痘就这么重要，你有男朋友了吧?

亓元说,我们有言在先,不过问个人隐私。

毕伽索顿时觉得无趣,生硬地说,算了,我不要你陪了。又想了想,拉开抽屉,取出一摞资料,扔到老板台的对面,这是我老家一个招商引资项目,你帮我研究一下。

亓元迟疑了一下,接过资料,看着毕伽索说,我还是陪毕总吃饭吧,喝一杯也行。

毕伽索本想说算了,看看亓元的眼睛,很平静,便阴阳怪气地说,那好,谢谢你呀。

毕伽索下楼,亓元已经从地库里把车开上来了。

这天晚上,或许是受到韦子玉和乔大桥的刺激,毕伽索的情绪大起大落,一杯接着一杯喝酒。他还没有拿准该用什么态度对付家乡的招商引资,但是,一个现实的项目却越来越迫切地燃烧着他。

饭后叫了代驾。毕伽索坚持让亓元和他一起坐在后座上,亓元没有拒绝。毕伽索的心中壮怀激烈。

毕伽索对司机说去碧水山庄的时候,亓元只是异样地看了他一眼,但是没有反对。在驶向碧水山庄的途中,他把脑袋靠在她的肩膀上,然后手从坐垫上面向她接近。她还是没有做出激烈的反应,只是略微欠了欠身体。他把这个微小的动作理解为一种姿态,这个姿态甚至让他感觉到鼓励,他闭上眼睛,想象着即将到来的幸福时光……

就在快到高速出口的时候,亓元悄悄地把毕伽索的手向外推了推,低声说,毕总,你今天喝了不少酒,碧水山庄有人照顾你吗?

毕伽索差点儿就说出来，不是有你嘛，但是话没有出口，又咽下去了，他担心亓元会说出让他难堪的话来，毕竟还有代驾坐在前面。他控制了一下情绪说，我没喝多。

亓元说，碧水山庄没有人，要不，我叫小陈过来，也好照应一下，万一夜里要喝水。

毕伽索明白了，庆幸自己没有唐突，口气很冲地说，没事，不用你管。

车子依旧按照原来的路线，但是毕伽索的计划已不是原先的计划。进了碧水山庄门口，亓元下车把毕伽索送上台阶，才反身上车，向毕伽索挥挥手，抛出一个意味深长的微笑，车子拐了一个弯，驶出碧水山庄。

毕伽索没有马上开门，像个傻子一样站在台阶上，看着渐行渐远的小车屁股，一股悲凉油然而生。亓元再一次拒绝了他，好在不算太难堪，没有怎么扫他的面子。

五

第二天上班，亓元到毕伽索办公室送文件，毕伽索为了掩饰尴尬，故意瞪着眼睛看着她，看她的步态，看她的表情。她的脸上居然看不出一点儿痕迹，把文件夹放在他写字台上说，毕总，下周三省政协有个调研会，内容是少数民族地区发展教育意见建议，点名请您参加。

你去，这方面的情况你比我熟。毕伽索不容置疑地说。

对不起，我可能参加不成了，这是我的辞职申请。

亓元说完，从文件夹里拿出辞职报告，放在毕伽索的面前。

毕伽索嘴巴张了半天才合上，一声冷笑说，辞职？为什么？

我又没有强迫你。

亓元不说话。

毕伽索愤怒地喊了一声，我不会批准的！

亓元说，批准不批准是您的事，走不走是我的事。我并没有同集团签订卖身契约，这次我真的要走了。

毕伽索冷冷地看着亓元，亓元仍然一脸平静的微笑。毕伽索冲动地说，亓元，你到底想干什么？

我只是想按照我自己的意志生活。

亓元，你摸着良心想想，自从你到集团。亏待过你吗？

为什么要亏待我？我尽职尽责，从来没有给集团添乱。

可是，你对我呢？你把我当作一个老总吗？你表面上毕恭毕敬，关怀体贴，可是你的心呢？我明白了，在心里，你把我当作暴发户，你认为我小人得志，你认为我为富不仁，你认为我浅薄、嚣张、膨胀，你在跟我演戏，你在观察我、取笑我，你看不起我！

亓元的微笑收敛了，毕总，你真的这么认为？

毕伽索直视亓元，难道不是吗？

亓元沉默了片刻说，是有那么一点点，我们彼此都有让人看不起的地方。但是，公正地说，和众多的成功人士相比，您的人品还不算太差。

毕伽索在暗中攥紧了拳头，啊，仅仅是人品不算太差，你就这么看我？

您知道，我的原则是，能不说假话，尽量不说假话。我在您面前，尽量说真话。

那我问你，亓元，你爱我吗？

什么？毕总您说什么？

我是说，你爱我吗？或者说，你爱过我吗？

亓元突然变脸，久久地凝视毕伽索，毕总，我们之间，有谈论这个话题的理由吗？

毕伽索说，当然有！你为什么到集团来，我为什么要把你放到这么重要的岗位，你应该心知肚明。

亓元的脸由白变红，嘴唇哆嗦着，控制着语速说，毕总，您想错了，我到集团工作，集团给我很高的地位和待遇，这是我的能力和努力的报偿，这同爱情没有关系。我知道，在当今社会，一个集团老总和他的员工暧昧，甚至发生爱情，是再普遍不过的事情。可是，毕总您也要明白，即使一万个女秘书都和老板上床，但是还有万一，总会有一个人不会。请您不要轻易使用"爱情"这个字眼。

在毕伽索的记忆中，除了会议和访谈，亓元和他单独在一起，说这么多话，是第一次。他觉得他对亓元的了解实在是太浅薄了，实在是太想当然了。这时候他意识到一个危险正像一根针落进大海一样不可挽回。他表面平静，冷汗却无声无息地从发根和脖子上流了下来，衬衣的后背很快就贴在身上。

亓元，毕伽索突然哀婉地喊了一声，亓元，也许我想错了，也许一开始就错了，可是什么还没有开始，让我们重新开始好吗？如果你愿意，我们可以成为真正意义的朋友。你说呢？

亓元站着没动，肩膀轻微地晃了一下，好像有点儿动摇，最终还是笑笑说，不，毕总，请珍惜我们彼此的自尊，这对于你我都很重要。

毕伽索无语了，久久地看着亓元。亓元把脸稍微侧向一边。

宽大的落地窗外面，城市的楼群触摸着蓝天。那正是初夏，淡淡的云絮在远处缓缓行走。毕伽索突然挺直了身体，站起来抓过亓元的辞职报告，颤抖地写上了"同意"两个字和自己的名字。

亓元提醒他说，日期。

毕伽索咬紧牙关，写下了日期。在将辞职报告还给亓元的时候，他又缩回手，打开支票夹，快速地签署了一张一百万元人民币的支票，递给亓元，泪花闪烁地说，这，这是集团对你的报答。

亓元接过支票，看了看，又把支票轻轻地放在老板台上，然后转身走了。最初的几步很慢，快到门口的时候，步伐轻盈起来，蓝紫色的连衣裙摆旋动着像一面旗帜，在毕伽索的眼前弥漫成一片紫色的氤氲。

毕伽索卸下千斤重担一般颓然缩回到老板椅里，微微闭上了眼睛。就在这时候，他听见一个奇异的声音，隐隐约约却又实实在在，天哪，那是口哨声，是亓元。亓元的口哨是一段似曾相识的旋律，那声音在毕伽索的办公室里、在楼道里、在毕伽索的心里，经久不息，挥之不去。

六

这个夏天，对于毕伽索来说，是漫长的。他发现他老了，多愁善感了。亓元离开了半个月，他基本上没有做出大的决策。他经常不自觉地站在落地窗前，眺望远处鳞次栉比的高楼大厦，思想无限辽阔。他不知道亓元是否已经离开了这座城市，或许亓元并没有走远，也许就在附近的某一个地方。可是，她是为了什么？毕伽索后悔得要死，他不缺女人，为什么还要一再进攻亓元？这个女人，她是女人吗？不，她简直就是一块砸不烂啃不动的硬骨头。都什么年代了，还有这样不食人间烟火的女人，简直荒唐。

在梦为教育集团，最初同干街发生联系的，的确是亓元。去年接待老家的县委书记弓珲，调研论证马岩湖投资方案，都是亓元参与策划的。在这件事情上，亓元充当了毕伽索的私人秘书。

但是，毕伽索此刻想起亓元，还不仅仅因为这些。

前年年底，毕伽索专门腾出碧水山庄别墅，把父母接到南方过春节。别墅建在近郊，三层小楼，配有厨师两名、保姆两名，每天派专车从本市最大的超市采购新鲜食材和水果。毕伽索还买来两吨茅台酒，当着很多人的面告诉父亲，从此以后，茅台管够，爱怎么喝就怎么喝。这一次，他要补偿对父亲的所有愧疚，要让这个一辈子抬不起头的老裁缝安享晚年。

不可思议的事情发生了，毕启发和他的老伴于兰花在碧水山庄只住了一个晚上，第二天母亲就给儿子打电话，说老爷子犯病了，嚷嚷要回干街。

毕伽索吓了一跳，匆匆赶到，问了半天才明白，老爹在碧水山庄住不下去，原因很简单，用不惯抽水马桶。毕伽索说，这个好办，马上调工程队来，在院子里造一个简易旱厕，限令十二个小时完工。旱厕造好之后，老两口住了两天，母亲又打电话嚷嚷要走，毕伽索问到底是什么原因，母亲说老爷子又犯病了。这次毕伽索带来了亓元。到了碧水山庄，看见老爷子坐在别墅门外的台阶上，嘴里嘟嘟嚷嚷说，鬼子来了，鬼子来了。毕伽索跟母亲聊了一会儿，亓元就明白了，原来老人嫌这里人少，看不见人。亓元出主意说，淮上会馆人多，而且能听到家乡的口音，住在那里也许老人适应一些。

毕伽索想想，这确实是个好主意，就在淮上会馆旁边租了一套大房子，把老人接过去，情况果然有所好转。

那段时间，按照毕伽索的安排，亓元经常到淮上会馆看望二老，虽然她对毕启发犯病的时候就说"鬼子来了"有点儿好奇，但是并不打听。倒是毕伽索，有一次不高兴地问亓元，你对我父母的事情不感兴趣吗？亓元说，作为一名员工，我没有必要对老总的家事感兴趣。毕伽索说，可是我爹，他犯病的时候老是说"鬼子来了"，你不觉得奇怪？亓元说，是有点儿奇怪，我猜测老人是个抗战老兵。

毕伽索听了这话，愣了好一阵子，问亓元，你真的认为我爹是抗战老兵？

亓元说，要么就是在战争年代受过刺激，可能同抗日有关。

亓元这么一说，毕伽索又是半天没说话。

又过了一些日子，毕伽索对亓元说，你说对了，我爹是个抗战老兵。一九四四年夏天参加茅坪战斗，我爹打死过一个日本鬼子，被提升为排长。一九四五年春天西华山战役前夕，我爹奉命率领一个班征粮，因迷路同主力部队走散，途中被不明炮火袭击，我爹身负重伤，经国民党军队医院抢救，然后就返回干街了。在我爹的档案里，结论是，战前离队。也就是说，组织上认为我爹是个逃兵。

亓元说，毕总告诉我这些情况，需要我做什么吗？

毕伽索说，几十年了，我们毕家都被这件事情压得抬不起头来。我爹他毕竟打过鬼子，立过战功，可就是因为没有参加西华山战斗，就成了逃兵，他在战斗中被打断了一条腿，抚恤金却一分没有。现在，我觉得时机成熟了，我要把这件事情弄清楚。

亓元没有说话。

毕伽索说，你是不是觉得我的想法不靠谱？

亓元说，我理解毕总的心情，但是要搞清这件事情，恐怕不是我力所能及的。

毕伽索说，这件事情，最有可能帮我的就是你，你那么聪明，你都帮不了我，别人就更是不能指望了。

亓元说，毕总，您太抬举我了。不过，从您陈述的情况看，我倒是真的有一个疑点，那就是老人家在同主力失散之后，在西华山战役展开那几天，这段时间他在哪里，做了什么。如果把这些弄清楚，那么，无论是什么结果，后人也只能面对了。

毕伽索说，亓元，你确实聪明，看问题一针见血，直奔要害。你说的那段时间，确实是关键。问题是，那段时间又很复杂，我爹年轻的时候都说不清楚，现在更是胡说八道了，他的话连我都不信。

亓元还是不动声色，问道，那么毕总，我请教您一个问题，您相信您的父亲是逃兵吗？

毕伽索说，这不是我相信不相信的问题，战场上的情况是复杂的。

亓元说，既然这样，毕总，我认为这件事情暂时还是不提为好。

七

在整个童年少年时期，在毕伽索的名字还叫毕得宝的漫长岁月里，他最痛恨的就是父亲，不仅因为他给家庭带来贫穷，更因为他给自己带来屈辱。七岁那年，他亲眼看见干街的"文攻武卫"战斗队把毕启发从成衣店里抓小鸡一样抓走，毕启发挣扎着一瘸一蹦跶，又喊又叫，"鬼子来了，鬼子来了"，不时被挥舞红白棍的"战斗队员"往屁股上戳一下。红白棍戳一下，毕启发就号一声"鬼子来了"，丑态百出。

以后毕伽索回忆这段往事，心里充满了悲哀。他的悲哀不在于他的父亲被批斗，而在于他父亲不是被批斗的主角，而是陪斗。

被批斗的主角是乔如风，这个从干街走出去的老革命，跟毕启发一个年纪，那年都是四十三岁。可是乔如风什么风度哇，即便被揪到台上，也是威风凛凛，上衣兜里别着两支钢笔，脚上还穿着皮鞋，油亮的头发被造反派弄乱了，乔如风站稳后自己挥手把它捋平了。造反派头目、镇文化馆的查林踮着脚，想把乔如风的脑袋按下去。乔如风纹丝不动，猛然一甩脑袋，鼻子里狠狠地出了一口气，居高临下地瞥了查林一眼。查林居然被吓住了，再也不敢去按乔如风的脖子，灰溜溜地走向主席台一侧，路过毕启发身边的时候，顺便照他屁股上踢了一脚，毕启发又是一声号叫——鬼子来了！

这一幕成了童年毕伽索——毕得宝脑海里的彩色电影，一次又一次地播映，画面上的乔如风就像样板戏《红灯记》里的李玉和，大义凛然，而他参则好比《智取威虎山》里的小炉匠栾平，猥琐不堪。那时候他甚至想，他为什么不是乔如风的儿子，而偏偏是毕启发的儿子呢。

毕得宝读高一那年，老省长洪文辉魂归故里，干街东南方开辟了一块很大的墓地，中学师生到墓地参加安葬仪式。站在毕得宝身旁的韦二毛嘀咕了一声，看，毕得宝好像，好像洪大爷。毕得宝吓了一跳，差点儿又跟韦二毛动手了。可是那天他没动手，只是使劲地看了遗像一眼。这一看，真的感觉自己很像洪大爷。仪式结束后，学生整队带回之前，他又若无其事地溜到洪文辉遗像前面细看，这次他觉得他更像洪文辉了。

那天夜里，毕得宝做了一个很奇怪的梦，梦见他背着书包到了一座大城市，并且坐上了那种被干街人称为"乌龟壳"的小汽车，进入一个人间仙境一样的庭院。有人给他开门，毕恭毕敬地喊他少爷，同学中最漂亮的女生像喜鹊一样在他身边喳喳叫。

梦里醒来，他发现他还是躺在自家的破床上，黑乎乎的蚊帐上一动不动地蹲着几只蚊子，这些不劳而获的寄生虫，趁他做梦的工夫，穷凶极恶地饱餐他的血肉。

他是被他的老爹打醒的，老爹站在床前，瞪着眼睛，手里的棍子还在他的肚子上一轻一重地戳着。老爹的嘴里嘟囔着，滚去，上、上、学、学、上！

自从毕得宝记事，他爹说话就不利索，只会说出极短的句子，而且把句子组合得奇形怪状，还经常倒装，比如他永远说不好"喝水"这两个字，只能说出"水喝"。最好的情况是，他在费力地说出"水、喝、喝、喝"之后，再用尽最后一丝力气突出一个短促的"水"的音节。这已经成为毕启发特殊的语言风格，别人同他交流十分困难，当然，别人也没有必要同他交流，只有毕伽索的母亲于兰花，能够破译出他的唇语和肢体语言。

美梦被老爹惊醒，让青春期的毕得宝十分恼火。就是那一次，他从床上跳下来，恶狠狠地推了父亲一把，吼了一声，你干什么！有本事跟鬼子干去！

他爹愣住了，哆嗦着盯着他，上半截身体猛地往前斜了几度，两只胳膊一上一下地在胸前摆动，好像随时准备扑上来把他掐住。

毕得宝并没有被他爹的气势汹汹所吓倒，一边套裤子一边嚷嚷，你这个逃兵，把我害惨了！

他爹果然扑上来了，毕得宝一闪身躲过，他爹扑了个空。等毕启发爬起来，一高一低地撵到门外，毕得宝早就远走高飞了。

干街的人都知道毕启发是逃兵，但究竟他是怎么逃的，却又传说不一。毕得宝师范毕业那年做了两件事情，一是把自己的名字改成了毕伽索，第二件就是到县市两级档案馆去查西华山战役，终于把他爹的那段历史查清楚了。当时的新四军团长洪文辉后来在《关于毕启发西华山战役中离队经过和处理意见》上的批示是：茅坪战斗有功，西华山战斗离队，功过相抵，复员回籍。

那次调阅档案，毕伽索虽然接受了他爹的逃兵事实，却也有一个重大发现，洪文辉批示中有一句"茅坪战斗有功"，点燃了他的希望之火。

在西华山战役之前一年，日军偷袭淮上抗日根据地茅坪医院，连长于诚志率领七连二十里急行军增援茅坪。战斗打响后，刚刚入伍不久的乔如风和毕启发跟在班长后面迂回，爆破鬼子火力点。眼看就要接近了，一阵弹雨飞过来，毕启发被吓蒙了，听到乔如风在路边喊，毕启发，卧倒！毕启发不知道往哪里卧，猫着腰找地方。乔如风发现侧面有鬼子包抄过来，掉转枪口，一扣扳机，没响，瞎火了。乔如风大喊，毕启发，左侧，开枪！毕启发抱着大枪，躲在一棵树下，战战兢兢地开了一枪，再战战兢兢地开了第二枪。乔如风也从战友身边捡了一支枪，拉开枪栓就打，一边打一边大喊，好！打死一个，再开枪！毕启发一听说打死了一个鬼子，突然跳了起来，大叫，老子打死一个鬼子！老子打死一个鬼子！说完就往前冲，刚冲了十来步，被乔如风从后面扑倒。乔如风说，卧倒打，你不要命了！十多分钟后，排长带着几个人从右翼攻了上去，战斗结束了。

战后评功评奖，要记账，那个鬼子是谁打死的，于诚志让毕启发和乔如风自己说。乔如风说，是毕启发打死的，我亲眼看见的，当时我枪里的子弹瞎火了。毕启发说，我没看见打死鬼子，是听乔如风说的。于诚志哈哈大笑说，好，瞎猫碰只死老鼠，碰得好，既然是碰的，我看这样，见面一半。两个新兵一齐说，好。

为了感谢毕启发分了半个鬼子的功劳，乔如风后来送给毕启发半包洋烟，还为此作诗一首：打虎亲兄弟，上阵父子兵。见面分一半，咱们是乡亲。

之后，让毕伽索不堪回首的是，后来又发生了西华山战役。西华山战役结束，毕启发被遣送回乡，那时候偶尔还能说几句明白话，说，老子不是逃兵，老子打干街了，老子指挥三个人，打了鬼子四次进攻，守住了东头学校，救了蒋夫人。

显然这是一派胡言，没有任何人当真。好在有洪文辉给干街镇的干部捎回来一句话，说毕启发虽然在西华山战斗中溜号，但是在茅坪战斗中还是有功劳的，功过相抵，不要为难他，让他安度余生吧。这样才给他分配了三亩地、三间房。人民公社时期，又给他安排到大集体企业，当裁缝，量尺寸。

毕得宝十岁那年，毕启发说话开始出现严重障碍，到了毕得宝上中学后，他基本上只会说"鬼子来了"，有时候还加上一句

"卧倒"，其他的话语一律颠三倒四。再后来，连裁缝也当不成了，全家就靠他娘卖油条过日子。

西华山战役中乔如风是七连二排长，带人征粮的任务本来是他的。但是连长布置任务的时候，他恰好在解手，连长等了他五分钟，见他没来，就对身边的毕启发说，三排长，干脆你去，弄到多少是多少，晚上到长岗会合。在西华山战役中乔如风跟着连长坚守长岗阵地，连长牺牲后他接替指挥。抗战结束后部队整编为华东野战军，他留在地方当县长，然后是县委书记。中华人民共和国成立初期，乔如风经常回干街看望老人，偶尔还到成衣店里见见毕启发，对当地的人讲毕启发分了半个鬼子算他战果的故事。后来经过几次运动，乔如风就不太讲这个故事了，因为毕启发颠三倒四的，不承认自己是逃兵不说，还经常扯上蒋夫人。别说这事是假的，倘是真的，恐怕更麻烦，那年头跟蒋介石扯上瓜葛可不是什么好事。

二十世纪七十年代末乔如风官复原职，然后当了地区副专员。有一年带着一家老小回干街老宅过年，十六岁的毕得宝远远地看见乔如风的女儿乔乔，个子高高的，穿着黑白格子呢大衣，围着紫色围巾，从街上婷婷走过，好像是一棵移动的杨柳。当时毕得宝产生一个强烈的愿望，就是要当大官，当了大官，首先把查林捆起来打个半死，然后把乔乔娶回家当老婆。可是这两个愿望一个也没有实现。查林后来改行写剧本，剧本写得还不错，二十世纪七十年代末调到县里去了。而乔乔在毕得宝还没有来得及娶她之前，就已经考上大学走了，后来嫁给一个处长。前几年毕伽索到上海开发业务，拐弯抹角找到乔乔，本来踌躇满志地要实现一下少年时期的抱负，可是临到见面，他很快就取消了计划，这个女人已经胖得让他无从下手了。

八

这些年，随着事业蒸蒸日上，毕伽索对父亲的感情也发生了很大的变化。父亲老了，安静多了，口齿越发不清楚，常常嘟嘟囔囔不知所云。倒是身体还算健朗，饮食不仅正常，而且超常，每顿喝二两茅台是吹牛——毕启发拒绝喝茅台，他只喝老家干街的土酒杂粮烧，每次喝两杯，约二两，标准定量，直到如今还没有减量。

时光荏苒，当年干街的风光人物相继离开人间，毕伽索开始重新审视父亲当逃兵这件事情，并向亓元讲了。那是他心理素质最好的时期。

毕伽索把毕启发接到深海的那一年，亓元被任命为行政处副处长。集团抓住这个未婚未恋的劳动力，最大限度地榨取她的才华。毕伽索对副总董华民说，要一刻不停地使用她，不能让她闲着，要让她迅速成为集团的顶梁柱。

亓元担任副处长不久，向毕伽索提议，要规范工会建设，要让工会确实起到维护员工的福利、保障员工权益的作用。毕伽索半开玩笑问亓元，你是给老总打工，还是给员工打工？亓元回答，我是给集团打工。既然成立集团，那么它就关系到全体员工的利益，只有老总和员工的利益一致，集团才有长久的生命力，集团越做越大，不能搞一锤子买卖。

亓元的观点引起毕伽索的重视，后来他还是同意了亓元的建议，把形同虚设的工会重新整顿了一番，办了一个名为《梦为之声》的杂志，下发各分公司和一线学校。杂志除了报道集团重大活动，还设有《把脉问诊》《对症下药》等栏目，特别让毕伽索感到耳目一新的，是杂志的文学栏目，刊登新人新作，小说、诗歌、散文都有。毕伽索看得眼热，几次产生冲动给亓元投稿，读书人，谁没有文学梦呢？

杂志越办越好，成了毕伽索的必读。有一次他在上面读到了一篇作品，名曰《夏日之晨》，时代背景不详，地理背景不详，人文背景不详，写了一个远离喧嚣的小城镇，城堡巍峨，街衢优美，法制井然，人们淡泊名利，耕读狩猎，相亲相爱，俨然是原始共产主义阶段。小说还配有版画插图，街道建在小河两岸，情窦初开的男女乘坐小船欢声笑语，小船上摆着鲜艳的水果，桌子上是一瓶倒了一半的红酒……看了一半，毕伽索觉得奇怪，回过头来看看作者署名，吓了一跳，作者居然是韦梦为。亓元从哪个故纸堆里找出了这篇小说，他不知道。显然，亓元是欣赏韦梦为的，这个发现让毕伽索有点儿激动，他甚至把这件事情看成是他的原因，是因为他的存在而引起亓元对韦梦为的重视。

就是受那篇文章的触动，毕伽索又赋予亓元一个特殊的任务，写一篇毕启发的抗战事迹。亓元虽然迟疑，还是接受了，用了一个多月的时间，从图书馆和网上查阅了大量的资料，并同毕伽索家乡市里的政协文史办取得联系，终于写成了《茅坪战斗中的毕启发》。毕伽索看了之后大加称赞，说，这就是我爹，我爹就是茅坪战斗的英雄。

毕伽索说这话的时候，亓元没有接茬，只是平静地看着他。毕伽索非常想让毕启发给集团总部的员工做一次战斗报告，跟亓元商量，能不能让他爹坐在主席台上做个样子，然后由她来做报告。这个意见被亓元委婉地拒绝了。毕伽索也没有为难亓元，因为当时毕启发正在闹着回家，这件事情不了了之。

后来毕启发住到淮上会馆附近，稳定下来之后，有一天毕伽索把亓元叫到他的办公室，再次提出来，要让他爹做一次报告，而且不是讲茅坪战斗，要讲就讲西华山战斗。

毕伽索对亓元说，这件事情我想了很多年，梦里都在想，我爹既然能在茅坪战斗中打死一个鬼子，西华山战役中怎么会当逃兵呢？这太不符合逻辑了。还是你说的话提醒了我，我爹在同主力失散之后，在西华山战役展开那几天，他在哪里？做了什么？我想啊想啊，终于想明白了——那几天他并没有回干街。但是他在哪儿呢？他干了什么呢？

亓元说，这确实是问题的关键，毕总你查清楚老人家干什么了吗？

毕伽索神秘一笑，从抽屉里取出一张报纸复印件说，你先看看这个。

亓元拿过复印件，那上面的大标题赫然入目——《西华山大战在即，蒋夫人前线劳军》。

亓元说，这个我也查了资料，事实上宋美龄在西华山战役之前并没有去前线，这个报道没有可信度。

毕伽索说，你想啊，我爹在还能说话的时候为什么老是念叨他救了蒋夫人？不是空穴来风啊。我们现在来推理，一定是我爹在同主力失散之后，遇到了一群特殊的人，即便他没有同宋美龄本人见面，也有可能听说那是护送宋美龄的队伍，然后他们和鬼子遭遇了，交火了。在战斗中我爹被打断了一条腿，后来又被国民党的军队救下了，不然的话，为什么我爹后来出现在国民党军队的医院里呢？

亓元静静地听着，再看一遍报纸复印件，然后抬起头来说，毕总，你的想象有一定的合理性，可是，谁能证明呢？

毕伽索说，那次跟我爹去征粮的，还有三个战士，后来都死了，死无对证，只能合理想象了。

亓元的眉头稍微蹙了一下。

毕伽索说，如果没有别的解释，我的推理就是对的。亓元，这件事情只有你来做，这篇文章你帮我做。做成了，我回报一百万元，美金。

亓元愣住了，眼皮跳了跳，把那张报纸复印件往毕伽索的老板台上一放，轻轻地说，毕总，你解雇我吧，这件事我做不了。

后来呢？后来发生的事情，毕伽索想想就恨不得给自己一记耳光。后来他还是一意孤行了，他只花了十万元人民币，把查林请来，让他写了一篇八千多字的文章《西华山战役中不为人知的秘密》，文章"合理想象"出毕启发等人在出发前就听说宋美龄要到国民党军队前线劳军的消息，征粮途中巧遇国民党军队转移家眷的队伍，误认为那是宋美龄的车队。后来遇到鬼子偷袭，毕启发等人就地阻击，掩护国民党军队家眷脱身，战斗中三名战士牺牲，毕启发身负重伤，昏迷不醒。战斗结束后，国民党军队打扫战场的收容队发现毕启发，将其救起。经国民党军队医院抢救，毕启发虽然活下来了，但神经受到伤害，丧失记忆。

毕伽索虽然没有解雇亓元，但是至少冷落了她一个多月。亓元应弓珲书记之邀到淮上地区调研，就是那段时间，查林把文章写好了，毕伽索很是得意，等亓元从淮上回来，毕伽索亲自把文章送到亓元的办公室说，看看吧，只要思想不滑坡，办法总比困难多。

亓元看了之后说，我是学新闻的，不会虚构，我不再对这件事情发表意见。

毕伽索说，已经用不着你发表意见了，我让你看看，就是要让你知道，离了张屠夫，不吃带毛猪。

亓元说，毕总，你准备拿这篇文章做什么用？

毕伽索说，那就是我的事了。

亓元说，毕总，我建议您还是冷静一下，等一段时间再拿去发表。

毕伽索没有听从亓元的劝告，不仅准备花钱在报纸买下版面刊登这篇文章，还当真举行了一次抗战老兵英雄事迹报告会。但临门一脚，他想起了亓元的忠告，报告会没有在集团礼堂召开，而是在淮上会馆布置了一个小会场，从下面的学校选来一名女教师，先试讲一次。整个会场不到二十人，他爹坐在台上，下面坐着查林等老乡，充当听众。

文章写得好，女教师的口才也好，女教师声情并茂地讲述了西华山战役中的一场战斗和战斗中的毕启发。可是谁也没有想到，讲到半截，毕启发突然犯病，口齿清楚地喊了一声，鬼子来了，卧倒！

还没有等人反应过来，毕启发就地出溜到主席台下。

当时毕伽索就在台下，他计划演讲一结束，就把演讲稿和照片拿到报社，哪里想到会出这样的事情？在事情发生的第一时间，是亓元冲到台上，把老爷子架了起来。不知道亓元说了什么，老爷子才慢慢地爬起来，由亓元扶着坐上了轮椅。亓元对毕伽索说，毕总，不要折磨老人家了。

毕伽索表情复杂地看着亓元，嘴巴张了张说，我爹，我爹，他真是烂泥糊不上墙啊，你看这事闹的……

就在这时候，他看见他爹扭头瞪了他一眼，那一眼，不像一个疯子。

洋相还不止于此。尽管毕伽索采取了封锁措施，但是风声还是走漏了。试讲会搞砸的第二天，网上出现一篇文章——《为富不仁暴发户篡改往事，丑态百出逃兵爹原形毕露》，后面还有很多跟帖，都是讥讽和谴责这件事情的。毕伽索在网上浏览一圈儿，惊出一身冷汗，叫来亓元，让她尽快处理。万一带出别的什么事来，那真是烧香引出鬼来，后果不堪设想。

亓元当时说了一句什么话，毕伽索记不得了。第二天，网上不仅看不到骂声了，还出现一篇点击率很高的文章——《茅坪战斗中的毕启发》，附有作者亓元的声明：我对我写下的每一个字负责，如有疑义，我可以配合调查。后面是亓元的手机号码和座机号。

毕伽索注意看了跟帖，网友似乎对毕启发宽容了许多，甚至还有人表示了同情。

毕伽索对这个结果十分满意，到亓元的办公室赔礼道歉，动情地说，亓元，你是对的。

亓元似乎也很感动，对毕伽索说，毕总，我理解您，我只是希望您放下这件事情。

毕伽索点点头。直到如今，干街修建文化街，委实给他出了一道难题。这时候他自然想起了亓元，可是，亓元她在哪里呢？

九

亓元走了，查林的位置陡然上升，成了毕伽索的私人顾问。

毕伽索对查林讲了他同韦子玉的争吵，查林很快就揣摩出毕伽索的心思。查林说，老街建文化街，建名人墙，势在必行，老街那些人物势必要重新浮出水面。毕总作为干街最大的成功人士，无论从哪方面讲，都不能袖手旁观。

毕伽索说，我也是这么考虑的，袖手旁观就是任人摆布。

查林笑笑说，其实，以毕总的实力，只要略有表示，他们那个文化街也好，名人墙也好，就不能不考虑毕总的感受。

毕伽索说，感受，什么感受？

查林说，令尊哪，令尊的形象啊，他毕竟在茅坪战斗中打过鬼子。把亓元写的《茅坪战斗中的毕启发》贴在名人墙上，也是一种态度。

毕伽索说，可是，他们会这么做吗？

查林说，他们需要经费，招商引资，总得有回报吧。

毕伽索说，那你说说，我表示多少为宜？

查林说，太多没必要，少了不合适，我看一百万就差不多了。

毕伽索抬起头来，向远处看了看，把手一挥说，不，太少了，我出一亿三千万。

查林吓了一跳，冲口而出，啊！这么多！

毕伽索说，查大哥，你说我要钱干什么？我拿一亿三千万，就是要把这件事情的主动权牢牢地控制在手里。

查林怔怔地半天才说，毕总，这是好事呀。

毕伽索说，可是怎么把这个信息告诉韦子玉呢？我已经同他闹翻了。

查林说，这个我来做工作，那个小老弟，虽然有点儿书生气，毕竟是政府的副县长。

查林给韦子玉打了一个电话，说毕总准备为家乡捐赠一亿三千万。说完了，电话那边并没有查林想象的惊喜。韦子玉只是淡淡地说，现在捐赠文化街的人还真不少，捐赠也不是轻易就能接受的。这样吧，我直接和毕总谈。

韦子玉给毕伽索打来电话，首先对上次不辞而别表示歉意。

毕伽索说，老弟不必计较，说到底还是大哥我缺乏涵养，这段时间我也在反思，确实应该为家乡做点儿实事了。

韦子玉说，梦为集团捐赠的事，我已经向县委汇报了，家乡领导和人民对于这种慷慨解囊支持家乡建设的行为十分感谢，我们将把梦为集团的功德铭记在心上。

毕伽索没有吭气。

韦子玉说，不过有个情况我得说明，文化街第一期工程是名人墙，上墙的名单不仅县里论证，市里和省里都要过问，红色名人墙上只能是对革命有重大贡献的同志，与毕总心里想的恐怕有很大的差距。

毕伽索沉吟了一会儿说，我懂。但是我想知道，名人墙的内容确定了吗？

韦子玉说，基本上确定了，韦梦为、洪文辉、于诚志、乔如风这些人都没有太大的争议，现在又多出一个戈壁山来。

什么？毕伽索冲口喊了一声，戈壁山？那个国民党反动派？

韦子玉说，是的，文化街名人墙的方案公布之后，引起各方关注，戈壁山的问题，省政协和统战部过问了，他是原国民党军的旅长，在西华山战役中抗日有功，省里要求我们认真调查，提出明确意见。

毕伽索说，那就是说，戈璧山很有可能上名人墙？

韦子玉老老实实地回答，是的，从目前掌握的情况看，这种可能性很大。

毕伽索又问，名单里还有谁？

韦子玉说，目前主要的就这些。

同韦子玉通完电话，毕伽索的脸色十分难看。他居然问"名单里还有谁"，这话才出口他就后悔了，还有谁？你希望还有谁？你希望还有你爹？这才是真正的癞蛤蟆想吃天鹅肉，痴心妄想。别说名人墙上的名人数量有限，就是把干街的男男女女都搬到名人墙上，也轮不到他爹。就是把自己搬到名人墙上，也轮不到他爹。

现在，情况越来越明朗了，毕伽索的压抑和愤懑也越来越有了方向，连戈璧山都能上干街名人墙，而一个抗战老兵不仅无缘上墙，而且他的过去极有可能因为这个名人墙而重新成为笑柄。

十

自从亓元离开之后，毕伽索晚上的时间多数都到淮上会馆，他在会馆旁边买了一块地，让他娘种地养鸡，他爹在一旁看。只要老家有人到深海，住在会馆里，吃饭的时候，就让老人出席，啥话也不说，就是看看家乡人。

现在照顾老人的，既不是保姆，也不是司机，而是查林。

查林的爹是干街的修表匠，据说查林出生前后那些年，干街还有不少钟表，可是到了二十世纪六七十年代，钟表越来越少，修钟表的人自然更少。挨饿的事情是经常发生的，有时候为了一块锅巴，一家兄弟姐妹数人打成一锅粥，哭声骂声尖叫声直冲云霄。

那个年代，不要说读书人，干街所有人的日子都过得斯文扫地。倒是查林，始终怀着远大理想，要当作家，要像浩然那样写出《艳阳天》和《金光大道》，所以他在当"造反派"的时候也写小说、写剧本。二十世纪七十年代，干街的文艺宣传队经常在县里调演拔得头筹，然后代表县里去地区参加调演，在全地区八个县的代表队中，干街宣传队的名次基本是第一。这就给查林带来了很大的声誉，所以早在二十世纪七十年代末，他就被调到县里文化局当了股长。

毕得宝在县城读师范的时候，韦子玉的二哥韦二毛在县城做生意，贩蛤蟆镜赚了钱，有一次请家乡人到城西的小馆子里喝酒，毕得宝被叫去陪同。不知道怎么就谈到那次批斗，毕得宝说，别的都没有什么，我就是想问问，为什么你们把乔如风拉去批斗，却不敢对他怎么样，反而踢了我爹一脚？查林想了半天才想起这件事情，一拍脑门说，嘿，你说这事呀，我跟你说，别看那时候乔如风是走资派，可是瘦死的骆驼也比马大，你看看那气势、那做派，真是老革命风采呀。至于踢了你爹一脚，我记不得了，你说踢了就踢了。因为你爹他是个……嘿嘿，说了你也别在意，不说了。

于兰花的菜地和养鸡场同会馆一墙之隔，其实这个会馆就是毕启发的厅堂，于兰花的菜地就是会馆的后花园。毕启发终于安居乐业了，每天坐在门外的台阶上看老伴种地喂鸡，偶尔还到鸡圈外面看鸡打架，气色越来越好，酒量也有所增加，好几次定量之后还把杯子推到老伴面前。于兰花跟儿子说了，老爷子要求增加一杯，毕伽索坚决地说，不行，他老糊涂了，我不糊涂。

毕伽索对他爹似乎返老还童有点儿意外的惊喜，他琢磨其中的原因，固然是他事业的成功，光宗耀祖，滋养着老人，可能还有一个重要的原因，让爹娘离开干街，逃兵这座压在他爹头上几十年的大山终于被搬掉了，再过一些年，也许他会彻底忘掉。

一年前毕伽索把查林接到深海，是因为亓元的拒绝。毕伽索想到了查林，激动得眼泪都快出来了，倒不是因为查林可以完成亓元不愿意完成的任务，而是，在毕伽索的心里，这一次，他终于可以实现童年的梦想了。他要朝查林的屁股上踢一脚，不，踢两脚，不，不是踢在查林的屁股上，而是要踢在查林的心上。他要把查林对毕家的羞辱加倍还给查林。

果然，查林一接到董华民的电话，说毕总要请他到梦为集团当文化顾问，这个刚刚退休的文化官员喜出望外。这些年，家乡人都知道毕伽索在外面发了大财，光皋唐县，就有一百多名教师辞去公职，投靠到毕伽索的门下。查林现在正闲着，写了半辈子剧本、小说也没有写出大名堂，仅限于在皋唐县小有名气。能给毕伽索当文化顾问，还不仅是挣钱的问题，而是面子，面子大了去了。

查林第二天就带上简单的行李南下了，买的是卧铺票。一路上想着即将到来的荣光，那种感觉不亚于金榜题名。到了深海，接站的不是毕伽索，也不是副总董华民，而是一个自称小江的女孩子，把他接到一个小旅馆住下，晚上小江陪他吃自助餐。小江告诉他，毕总在外地开一个重要的会，等两天才能接见他。然后就把一堆资料交给他，说毕总有交代，让他先熟悉情况。

查林有点儿失落，却也没有多想。晚上打开那个厚厚的档案袋，都是抗战的资料，其中一篇是打印稿《茅坪战斗中的毕启发》，还有一张旧报纸复印件《西华山大战在即，蒋夫人前线劳军》，上面有一段批注：经查，西华山战役前后，蒋夫人未前往西华山前线，疑为以讹传讹，毕启发在西华山战役中的表现与此无关。但毕启发在战役前夕因征粮同主力部队走散，三名战士牺牲原因不详，毕启发重伤原因不详。仅国民党军队医院出具的出院证明——为战场乱炮误伤。为何误伤？时间、地点、事件均有漏洞。毕启发记忆混乱，战后尚未失去语言功能，但回忆前后矛盾，因此被组织上定性为"战前离队"，复员回乡。毕启发同主力走散的原因、走散后的表现，存疑难查。

这段文字是用毛笔写的，小楷，工工整整，能看出很深的功底。查林细细咂摸，顿时惊出一身冷汗，原来毕伽索的集团不缺文化人，而且有高手，看这一手字，没准儿还是个师爷，那么，他这个文化顾问怎么当呢？

那天夜晚，查林辗转反侧，想到即将接手的任务，看样子同毕启发有关。可是，这件事情还真的难办。"战前离队"是什么意思？是书面语言，是往好听里说，其实就是逃兵。

想到后半夜，查林突然来了灵感，又坐起来看那蝇头小楷，渐渐地把注意力集中在"记忆混乱""漏洞"和"存疑难查"三句话上。第一，既然记忆混乱，那么前言不搭后语和自相矛盾就不能作为否定毕启发回忆的依据；第二，既然国民党医院证明毕启发为乱炮误伤的结论有漏洞，那么毕启发负伤就有另外一种可能，就有可能是战斗致伤；第三，既然存疑难查，说明还有重新调查的空间，难查是因为当事人都已作古，毕启发自己说不清楚，那么换个思路，当事人都不在了……后半夜，查林被"换个思路"的思路燃烧着，他打算明天见到毕伽索，就把这个思路作为见面礼献给毕伽索。

可是第二天早晨他没有见到毕伽索，中午没见到毕伽索，晚上也没有见到毕伽索。查林这才发现小旅馆条件很差，早晨的自助餐还不如本县宾馆的好，心里就有些发凉，隐隐有一种不祥的感觉，委屈渐渐涌上心头。

到了第三天上午还没有见到毕伽索，查林沉不住气了，吃了中午饭，回到房间，悲从中来，在镜子面前看着自己的白发，突然生出一股豪气，对着镜子里的自己念念有词地骂毕伽索，你以为你是谁？一个暴发户而已。就算退休了，老子也是个国家干部，我犯得着来给一个逃兵的儿子当狗腿子吗？算了，此处不留爷，自有留爷处，老子还是回去安度晚年去。

那一阵子，查林当真下了决心，并动手整理行李了。可是整理到一半，又停手了。真的打道回府，还不是那么容易的：一则，他临走时已经把话放出去了，是到深海给毕伽索当文化顾问；二则，梦为集团丰厚的待遇到底还是有诱惑力的。查林怀着复杂的心情，把快要收拾好的行李重新打开，睡了一个忍辱负重的午觉。

一觉醒来，小江已经在外面按门铃了。小江告诉他，毕总从上海回来了，今晚在南湖大酒店设宴给他接风。

查林差点儿热泪盈眶了，他为自己及时地扼制了冲动而感到庆幸，几天来的郁闷一扫而光。他穿上来深海之前斥资两千元买的西服，拿不定主意要不要扎领带。小江微笑着告诉他，不必那么正规。

在前往南湖大酒店的路上，查林问小江，今晚参加宴会的还有什么人。小江告诉他，这个她也不太清楚，老总的事情向来是董副安排的。

到了南湖大酒店，但见大堂金碧辉煌，乘电梯上了三楼一号包间，小江引查林进门，里面已经高朋满座。查林一眼就看见沙发上的毕伽索，穿着样式新潮的衬衣，正在同几个人谈笑风生。见查林进来，毕伽索欠欠屁股，挥挥手说，来了？我给大家介绍一个老乡，老家的作家。老查，这边来，坐。

查林听毕伽索喊他老查，心里很不是滋味，等毕伽索向他介绍客人，心里就更不是滋味。原来是老家几个县的干部，其中一个查林认识，是本县的书记弓珲。一见到弓书记，查林愣了一下，尽管他已经退休了，可还是不由自主地上前两步，弯下腰，把双手伸了出去。倒是弓珲很客气，站起来招呼他说，查局长，老前辈，没想到在这里见面了。您请坐。

查林的心里这才好受了一点儿。

介绍完毕，毕伽索说，各位领导有所不知，我这个老乡老查，他原来是我们老家的大笔杆子，二十世纪七十年代想当浩然，要写出皋唐县的《艳阳天》和《金光大道》。后来写了不少小戏，从县里演到市里，名气大得很，谱也大得很。

查林脸上发烫，手足无措地说，那都是年少轻狂，毕总笑话了。

毕伽索说，老查你不要谦虚，你们文人都有傲骨，有傲骨是好事，有傲骨才能冰清玉洁。你说是不是？不过，李白也有傲骨，可是朝廷一旦召唤，马上就"仰天大笑出门去"，傲骨也是看对谁傲，你说是不是？

查林马上说，是的是的，毕总博览群书，博闻强识。

毕伽索说，老查，你要向李白学习，斗酒诗百篇，今天来的都是家乡的干部，你一次见到这么多县委书记，也是荣幸，一会儿你可得好好敬酒哇！

查林一听这话，心里一下子凉到了冰窟，天哪，说是为我接风，却原来让我敬酒，真是不拿村主任当干部哇！嘴上却说，那是应该的，应该的。再往下，就不知该说什么好了。

说话间，大门洞开，一个身材高挑的女孩子出现在门口，又稍稍侧身，做了个优雅的手势，接着便鱼贯进来五六个人。毕伽索和老家的干部们纷纷站起。毕伽索介绍说，这是深海市的邱市长、张秘书长、马主任。然后向邱市长等人介绍家乡的县委书记，再向书记们介绍集团副总董华民、财务总监赵虞山、行政处长亓元。毕伽索还特意说，这个亓元，她的姓氏很特别，一般人不认识，字形就像圆周率，π。

邱市长说，这个字我认识，我分管电视台的时候，电视台给我打报告，说这个女孩素质极高，人也漂亮，一定要留在电视台。可是她放弃那么好的工作，跑到你梦为集团来了，可见梦为集团有魅力哟，你毕总有魅力哟！

毕伽索说，市长这是挖苦我了，小亓她到梦为集团来，或许是因为私营企业更自由一些。

张秘书长说，在梦为集团的年薪，比在电视台多十倍，她当然选择在梦为集团。现在的年轻人，更实际了。我这样说，小亓你同意吗？

亓元微笑说，这确实是一种可能。

邱市长打岔说，老张你恐怕还没有说到点子上，小亓到梦为集团，可不是冲着钱去的。这个孩子我知道一些，她的心大得很呢。好，人到齐了没？

毕伽索说，到齐了，就座吧。

亓元注意到毕伽索没有介绍查林，正要提醒，毕伽索却把目光转到邱市长身上说，今天是邱市长接见我家乡的见学团，市长你坐主位吧。

邱市长已经站在一号座的背后了，把椅子往后一拖，一屁股坐了下去才说，我是首席，当仁不让，主位还是你来坐。

见邱市长已经落座，毕伽索赶紧招呼弓珲，弓书记你看，几个书记……几个书记一齐推搡弓珲说，老弓，你是毕总家乡的领导，这二把交椅你不坐谁坐呀？

弓珲看着查林说，查局长是刚刚从老家来吧，您是大哥，这个座还是您坐吧。

查林正寒冷着，听弓珲这么一说，心里一热，嘴上却赶紧推辞，弓书记，您就是处分我我也不敢，弓书记，您就坐吧。

弓珲说，那就恭敬不如从命了。然后招呼同行的几个县委书记，基本上按年龄大小排座。

毕伽索招呼董华民、赵虞山和亓元穿插陪同当地和家乡两拨官员。眼看大家都要落座了，只有查林还没有着落，站在一边看别人让座，强作笑颜，脸皮越来越木，越来越僵硬。

毕伽索安排亓元坐在张秘书长的身边，亓元迟迟不落座，走到查林面前说，查局长刚到深海，你往上坐坐吧，我在下面好招呼。

查林的心里五味杂陈，却没有挪步，僵硬的脸上动了动，说了一句，谢谢孩子，我就坐在这里，我是毕总的老大哥，我在这里不是客人。

这句话说完，查林的眼泪都快出来了。亓元说，查局长，您以后就是我的老师了，查老师您往上坐坐吧。

查林还是没动，拿眼看了毕伽索一下。毕伽索这才挥挥手说，老查，你就往上坐坐吧，你跟她一个小字辈客气什么呀！

十一

那顿晚宴，是查林终生难忘的。在宴会开始之后，他暗暗给自己定下三条原则：一是滴酒不沾，就说自己血压高。读书人是有骨气的，他打算以罢酒来表现自己的骨气。第二，绝不主动敬酒，不吃菜不喝酒不说笑不动地方，他将像一根木头杵在那里。第三，酒过三巡就借口肚子疼，开溜。

可是，宴会开始不到三分钟，他就意识到这三条原则一条也兑现不了。毕伽索代表家乡五百万人民感谢深海市对老区的支持、对外地打工劳动者的关爱、为家乡见学团提供方便，提了三杯酒，大家共同敬邱市长。

直到三杯酒喝完，查林才想起他的三条原则，刚才端杯子的时候，他完全忘了。在这种场合，不要说他的手，连他的大脑都不属于他自己了。至于说到敬酒，虽然他坚持了一会儿没有主动，可是当弓珲端着酒杯走到他面前之后，他慌忙站了起来，弯下腰说，弓书记为家乡人民连日奔波，辛苦了，你随意，我喝干。弓书记没有随意，而是一饮而尽。他一激动，接着给自己倒了两杯说，那好，弓书记你喝一杯我喝三杯。等到邱市长等人敬酒，他更是受宠若惊，连续三杯三杯地喝，一口菜没吃就晕乎了。这时候他不能溜，溜不动，也不想溜了。

不过，在最初的半个小时之内，他只是晕乎，还没有完全喝醉，他坚持没给毕伽索敬酒。毕伽索似乎注意到了他有点儿不正常，端着杯子走到他的面前说，老大哥辛苦了，老弟敬你一杯。

查林的心在滴血。你他妈的现在叫我老大哥了，你总算知道给我敬酒了，可是你知道吗？老子不领这个情，老子受够了！

他听见自己的嗓子眼里拼命地往外冒这几句话，可是这些话并没有从嘴巴里冲出来，冲出来的话是，毕总，谢谢你，请毕总多多关照。毕总有事，尽管吩咐。愿为毕总效犬马之劳。

说完这几句话，他抓过酒瓶，干脆把茶杯里的剩茶倒在地上，咕咕咚咚倒了一满茶杯，摇摇晃晃地举到毕伽索的面前，像牛一样往下灌。

毕伽索预感到要出事，赶紧示意亓元把杯子从查林的手里夺下，查林挣扎着又把杯子抓到自己的手里，然后——他威武不屈地向四周看了看，这时候四周在他面前一片波浪，翻滚着升腾着——他费力地睁开双眼，迈动发软的双腿，走一步突然腿一软，差点儿单腿跪在地上。他昂起头来，瞪着一双茫然的眼睛，再向四周看去，突然笑了一下。然后他端着茶杯，向邱市长走去，向弓书记走去，向张秘书长走去……所有的人都看清楚了，他走一步就要瘸一下，好像一条腿长一条腿短，走起来一高一低，走一步喝一口。

毕伽索的脸顿时白了，厉声吼道，老查，你要干什么？别喝了！

亓元等人赶紧围上去想夺下查林的茶杯，他用胳膊肘挡住了，哈哈大笑说，别夺我的杯子，毕总让我敬酒，我要喝个够，轻伤不下火线，老子绝不当逃兵！

后来的事情一发不可收拾。

查林是在第二天上午醒过来的，当时还在输液。毕伽索就坐在他的床边，等着他醒来。查林感觉哪里不对劲，睁开眼睛，看见毕伽索，癔症了半天，突然从床上翻下来说，毕总，毕总，你怎么在这里？

毕伽索面无表情地说，我倒是要问问你，你说你为什么在这里？

查林说，不知道哇，奇怪呀，我记得昨天晚上咱们在一块儿喝酒，我怎么会到这里？这是哪里？

毕伽索冷冷地说，这是医院。然后又指着输液瓶问查林，知道这是什么吗？

查林怔怔地看着输液瓶说，离得太远，你把它拿下来我看看。

毕伽索还是毫无表情地说，不用了，这是稀释酒精的药，溶剂是生理盐水。可是医院里给醉汉解酒，通常都用葡萄糖。

查林看着毕伽索，一脸无知，突然瞪大了眼睛说，啊，不是给我输葡萄糖吧，我有糖尿病啊。

毕伽索说，这个你放心，你昨天住进来的时候，我就交代过他们，不能给你输葡萄糖。你知道吗？如果一个人想弄死一个人，他有一千种办法，所以他不会采用最愚蠢的办法。

查林倏然睁大了眼睛，惊恐地问，毕总，你这话是什么意思？

毕伽索并不理会查林，两眼望着输液瓶，继续沿着自己的思路说，一个人不想弄死一个人，他也有一千种办法，而且每种办法都是好办法。

查林半天没吭气，好像想起了什么，不安地看着毕伽索说，毕总，我是不是做错了什么，让你不高兴了？

毕伽索说，无所谓，我毕伽索，大丈夫能屈能伸，逃兵的儿子我当了五十年，我还在乎什么？

查林彻底醒了，突然号啕大哭，继而掩面而泣，毕总，我昨天喝多了，出丑了，我对不起毕总的厚爱，刚到深海就给毕总丢脸。毕总，我对不起你呀……

毕伽索面无表情地看着查林，似乎在判断什么。等查林的哭声稍微拉长了节奏，毕伽索说，当然，我也有粗心的地方。老查，我请你来，可不是让你喝醉的，只要你把事情做好，怎么都好商量，钱不是问题。但是，如果你想在我毕伽索面前做点儿什么文章，那后果你是清楚的。

毕伽索说这话的时候，亓元陪同弓珲来看望查林，刚刚走到病房门外，两人不约而同地放慢了脚步。弓珲做了个手势，把亓元引到病房外面说，小亓，昨天晚上喝酒，查林同志好像有点儿不太正常，他和毕总之间到底是什么关系？

亓元想了想说，查老师是毕总请来的。

弓珲见亓元回避，就把话题扯开，关切地问集团的一些情况，还问了一些个人的事情。末了问了一句，去过毕总的家乡吗？

亓元回答，没有，但是很想去，我就是因为毕总的家乡才到毕总的集团上班的。

弓珲惊讶地说，啊，还有这么回事？

亓元说，我在网上百度"梦为集团"，没想到百度出一个"韦梦为"，我把梦为集团和韦梦为联系在一起，所以，就选择了梦为集团。

弓珲意味深长地问，你现在还这么认为吗？

亓元沉默了一阵，避开话头说，那个韦梦为，太让我敬佩了。

弓珲若有所思地说，哦，原来是这样。我代表韦梦为的后人，欢迎你到韦梦为的故乡，也希望你能领略韦梦为的时代。

亓元说，我会去的，事实上我已经去了很多次，梦里。我还会唱他写的歌，鲜花岭上鲜花开，平等世界人是人。

弓珲不说话了，看着亓元。亓元看着远处。远处是上午的蓝天，水洗一般纯净。蓝天下面堆积着初夏的白云，宛如簇拥的城堡。

作为皋唐县的县委书记，弓珲对韦梦为自然不陌生，但他没有想到亓元是因为韦梦为才误打误撞到了梦为集团，毕伽索的事业，沾了"梦为"这个品牌不少光。弓珲说，是呀，这个人，确实不同寻常，一个连咖啡和牙粉都要进口的阔少，把全部家产都交给革命了，天下为公，追求平等，这种境界，非凡夫俗子能够理解的。

亓元说，我很小的时候，奶奶给我讲过一个童话，小动物联合起来战胜老虎的故事，让我非常着迷。后来我研究生毕业，找工作的时候，查询梦为集团资料，引出一个链接，这才知道，那个童话的作者是韦梦为，童话的名字叫《鲜花岭上鲜花开》。我觉得这太神奇了，好像冥冥之中我和这个人有一种联系，必然让我找到他。

弓珲说，是很神奇呀，我没有读过那个童话，但是我知道他写的歌：鲜花岭上鲜花开，花开时节红军来，红军来了为平等，平等世界人是人。还有他那句名言：一个人幸福是不道德的幸福。

亓元说，我很喜欢他翻译的作品《苦难英雄》，对照了几个版本，包括修订本，还是韦梦为翻译得最好，我感觉其中有他自己的体验。据说，他是最早提倡红军干部读文学作品的。

弓珲说，惭愧，这个情况我还真的不太了解，没想到韦梦为还是个文学家。

亓元说，很多革命家都是文学家，比如陈独秀、毛泽东、瞿秋白、方志敏、沈泽民，这些人让我对中国革命有了新的认识。

弓珲叹道，如今这个世界，还有你这样的年轻人，真是难能可贵。

亓元笑笑说，我喜欢，喜欢就是理由。

弓珲说，听说毕总对他父亲的事情一直没有放下？

亓元说，是的，已有的结论确实有疑点，可是证据不足。

弓珲说，哦，是这样啊，我倒是希望能够弄个水落石出。我们党讲究实事求是。如果亓处长有兴趣，到实地考察一下，也许会有新的发现。

亓元说，等时机吧，我暂时还脱不开身。他们走进查林的病房。

弓珲对查林说，我们在深海的见学任务已经完成，下午就要回皋唐了，特意来向查老师告辞。弓珲交代查林，毕总在为家乡人争光，家乡人要给毕总提供正能量。老家那边请放心，有什么事，组织上会关照的。

那一年的春天，毕伽索的事业进入良性循环状态。毕伽索的办公室里有一幅巨大的中国地图，上面密密麻麻地插着小红旗，标注着集团麾下学校的分布情况。毕伽索在集团中层以上管理人员大会上说，知道我们为什么叫梦为集团吗？因为我的家乡有个韦梦为，田地横跨三省五县，商号遍布大江南北。今天，我毕伽索的梦想，至少在中国，凡是有人的地方，就有梦为集团属下的分公司和学校。

毕伽索的讲话很有煽动性。在这次讲话之后，梦为集团的新人们才知道，梦为集团之所以叫梦为集团，原来有这样一个背景。但是有一点毕伽索没有告诉大家，韦家这庞大的产业，都被韦梦为送给革命了。

那一年亓元认识了弓珲，恰好不久之后因为毕启发的宣传问题同毕伽索闹了点儿意气，弓珲邀请她去皋唐县看看毕伽索的家乡，她就向毕伽索递了请假条。一个意外的收获是，在干街，她遇到了一个人，乔司令的儿子乔梁，小伙子是理科留学生，假期回国，被乔大桥强行派到干街调研西华山战役的历史。更让她意外的是，乔大桥给儿子的任务是，调查毕启发离开队伍那几天的去向。虽然她不知道乔大桥此举的目的，但是这个课题还是吸引了她，两个年轻人很快就达成共识，并且一道考察了西华山战役旧址，果然有了新的发现和线索。不尽如人意的是，后来因为乔梁假期已满，这项调研半途而废了。

亓元在淮上采风的日子，正是查林峰回路转的日子。等他彻底酒醒之后，毕伽索派人把他接到一个去处，这回是个总统套间。

安顿下来之后，小江拿出一份协议书，让查林过目。他一条一条看了，最关心的当然是年薪那一款，还没看完心脏就突突地跳了起来，二十万，天哪，二十万元人民币，这在皋唐县，差不多可以买一套房子了。

且慢，小江告诉他，这只是底薪，毕总有话，如果工作出色，还有额外奖励。

查林睁着一双受惊的眼睛，抠抠眼窝问，可是，到底让我干什么工作？

小江说，毕总说了，他的心思你最懂。

查林不说话了，发了一阵呆，突然站起来对小江说，孩子，你转告毕总，我老查，老骥伏枥，一定不负重望，坚决完成组织上交给我的任务……

查林的声音越来越小，说到最后，小江感觉就像有一只蚊子在她的耳边嗡嗡。

查林果然进入了他一生中创作的泉涌阶段，前十天里，他每天都要把《茅坪战斗中的毕启发》和旧报纸复印件上的批注看上一遍。那时候他知道了，那些漂亮的小楷字不是出自老学究之手，而是亓元写的。他简直不敢相信，觉得那个脸上始终挂着平静的微笑的女孩不是人，简直就是一个狐仙。批注的每一个字都熠熠闪光，每一个字都能幻化成灵感，灵感就像夏天原野上空噼里啪啦的闪电，照亮了他思维世界的天空。终于，在亓元从皋唐县回来之前，他完成了《西华山战役中不为人知的秘密——"逃兵"毕启发九死一生的奇迹》。把稿子发到毕伽索的信箱之后，他决定狠狠地奖励一下自己，独自到街上的小酒馆喝了两瓶啤酒，回到豪华包间，坐在马桶上，眼泪无声无息地流了十几分钟。

第二天下午，毕伽索把他叫到集团的办公室，客气地让他坐下，然后拿出稿子问他。老查，你觉得你写得怎么样？

他忐忑地观察毕伽索的表情，毕伽索没有表情。他的心顿时又慌乱起来，结结巴巴地说，毕总，我水平有限，可是，我是尽心尽力的，我可以改，只要您不满意，我就继续修改，直到您满意为止。

毕伽索站了起来，还是一副公事公办的面孔，是需要改，必须改！

他的心呼啦一下提到了嗓子眼，惶惶地站了起来，毕总，您吩咐，我一定实现您的愿望……

毕伽索看着查林，像看一只奇怪的动物，看了好久才把稿子往桌子上一拍，大喊一声，老查！

查林吓得腿都打战了，冷汗直冒，毕总，我在。

毕伽索走到他面前，拍拍他的肩膀，左一下右一下，拍得查林神情恍惚。毕伽索拍够了，把查林的脸扳起来，看着他的眼睛说，老查，查大哥，你终于开窍了，你终于干了一件正经事情。记住这个日子吧，这是你创作生涯中最值得纪念的一天。

转眼之间恍若隔世，查林的嘴巴张了几下，什么也没有说出来，只是嘟哝了一句，毕总……

毕伽索说，哈哈，我也不跟你卖关子了，这是一篇非常科学、非常客观、非常艺术的文章。

查林还是不放心，试探着问，毕总，您不是说需要改吗？

毕伽索说，是需要改，只要改一下标题，把"逃兵"两个字去掉就行了。

查林如梦初醒，长长地呼出一口气来。这时候他才明白，毕伽索实在太在意"逃兵"这个字眼了，加上引号也不行。

离开毕伽索的办公室之前，毕伽索扔给他一张支票，三十万元。查林拿着支票的手不禁剧烈地抖动起来，三十万元是个什么概念？这是他几十年笔耕全部稿费的若干倍，如果让他重新回到文化局，恐怕他写到死也挣不来这么多稿费。他眼泪汪汪地说，毕总，您待我真是天高地厚，您指向哪里，我就打向哪里。

不料才过去一个星期，风向大变，先是毕伽索精心组织的试讲会被老爷子搞砸了，幸亏是试讲，洋相仅限于小范围。接着网上出现质疑，毕伽索也很紧张。毕伽索挨骂的第二天早晨，查林就神秘地到银行，把钱转到老伴的账户上，他寻思，万一毕伽索反悔，要收回那三十万，那他就横下心来，要命一条，要钱没有。

好在毕伽索并没有反悔，似乎早就把那三十万忘了。

这件事情发生在一年前，这一年里，毕伽索很少再提"不为人知的秘密"了，而是让他协助亓元办报纸，经常去陪老爷子和老太太吃饭，年薪仍然是二十万元。

十二

这段时间，亓元第二次出走，而且一去不返，《梦为之声》再次由查林负责。集团麾下几千名教师，政治、历史、地理各个专业的人才都有，但是文章写得一般。查林盘算，毕伽索给他年薪二十万，还是合适的，他当这个主编是称职的。自从得到干街要建名人墙的信息，隐藏在他心里的那颗种子又蠢蠢欲动了。毕总待他不薄，毕总的心思他最懂，他要为毕总分忧，要主动作为。所以这一个多月，只要有时间，他就到老爷子家里吃饭。

毕伽索难得回来吃饭，照例要喝一杯。吃过饭，于兰花推着老伴在院子里溜达，毕伽索和查林跟在后面散步。毕伽索说，老查，干街要建文化街的事情你知道了吧？查林说，知道了。毕伽索说，你对这件事情怎么看？查林说，经济发展了，有钱了，各

217

个地方都在搞文化建设，这也是趋势。

毕伽索说，是呀，是好事，可是……毕伽索不说了。

查林说，毕总是考虑名人墙的事吧？

毕伽索看看查林，又抬头看着远处。

查林说，这些天我也在想这件事情，修名人墙，有些往事就会被重新提起，可能会有一些负面的东西。不过，老爷子在茅坪战斗中的表现，组织上是有结论的。可以扬长避短，不提西华山战役，我想当地政府不会不顾及毕总的感受。

毕伽索说，这个我想过，确实存在这种可能，但我心里还是不舒服。茅坪战斗不能说明问题。

查林不语，他知道，毕伽索的心结还是在西华山战役上。

毕伽索说，我就一直不明白，我爹参加新四军之后，很快就在茅坪战斗中立了一功，为什么会在西华山战役之前开小差？不符合逻辑呀。

查林心想，这有什么不符合逻辑的，战场是复杂的，人的心理也是复杂的，什么情况都有可能发生。但是，他只能想一想。查林说，还是亓处长那句话，关键要搞清楚，老爷子在同主力失散之后，在西华山战役展开那几天，他在哪里，做了什么。

毕伽索说，查大哥，你陪我爹吃了那么多次饭，有没有什么新线索呀？

查林说，毕总，你看老爷子，能吃能喝，就是不能说，他要是能说，不早就说清楚了吗？

毕伽索怔怔地看着查林说，那你说，这件事情就这样了？

查林听出了毕伽索的不快，沉吟片刻才说，毕总，我不是这个意思，我觉得，老爷子在西华山战役中的表现一定另有隐情。

那年你把我调到深海来，我连夜看了那篇报道《西华山大战在即，蒋夫人前线劳军》，还有亓处长写的《茅坪战斗中的毕启发》。那一夜我都没有睡好，一直琢磨亓处长写在文章外面的"记忆混乱""漏洞"和"存疑难查"这三点。

毕伽索来了精神，嗯，你是这么看的?

查林说，关键还是亓处长说的，那几天老爷子在哪里，他既没有回部队，也没有回干街，他总不能到天上转一圈儿等战斗结束后再下来吧?

毕伽索回忆了一下说，国民党的医院不是有证明嘛，被乱炮误伤。

查林说，亓处长的批注写得明白，国民党医院的证明不足为信哪!

毕伽索皱着眉头说，不要老是被亓元牵着鼻子走，再说，她已经背叛集团了。你就不能换个思路?

查林这次没有退却，以肯定的口气说，不，亓处长说得对，必须把那几天老爷子的行踪搞清楚。

毕伽索说，你是不是有线索了?

查林说，是的，这段时间我一直在做功课，终于发现，我们过去都是被那张旧报纸带到迷雾中了，被老爷子说的"救了蒋夫人"这句话给害了。

毕伽索异样地看了查林一眼。

查林马上改口说，老爷子那个说法，把我们的思路引偏了。毕总我向你报告，昨天，我的研究有重大突破。

毕伽索吃了一惊，停住步子，侧过脸来，看看查林问，重大突破?

查林说，昨天，我在网上看见一篇文章，西华山战役前期，还发生过一次规模虽小却很激烈的战斗。那是国民党军队家眷转移的途中，被日军一个班和汉奸一个中队追击，在长岗北侧黄庄发生激战。眼看日军快要追上家眷队伍，从敌后传来枪声，打乱鬼子阵脚，国民党军队一个排掩护家眷突围，由国民党军队蜀涧埠阵地派出主力，将家眷接走。

毕伽索问，这同老爷子有什么关系？

查林说，关系重大。敌后，敌人的背后，传来的枪声，是谁打的？完全有可能是老爷子和他的三个战士，因为征粮来到黄庄，遇到鬼子尾随国民党军队家眷。出其不意从背后包抄，从而掩护了国民党军队家眷转移。

毕伽索眯起眼睛想了一会儿说，我爹他说救了蒋夫人，这个怎么解释？

查林说，至于宋美龄到前线劳军，是个谣传，可能是国民党军队旅长戈璧山他们为了鼓舞士气放出的烟幕弹。参战的新四军应该也听到了这个谣传，遇到有女人的队伍，想当然认为这就是宋美龄和她的卫队，所以他们认为救了蒋夫人。

毕伽索说，有点儿道理，可是我爹还说是在干街打的呀！

查林说，这个确实是个疑点，只能解释老爷子在那次战斗之后精神错乱，张冠李戴了。

毕伽索不说话了，看他娘推着他爹从远处缓缓地走过来，然后对查林意味深长地笑笑说，老查，你别急，还是把事情搞清楚。说完，到爹娘面前打个招呼，进门夹起皮包，走了。

查林碰了个软钉子，很是郁闷，回到住处，打开电脑，再去看那篇新出现的文章。这篇文章虽然发在网站上，公开征询信息，可在查林的心里，隐隐感到这篇文章就是为他而发的。

自然，长岗战斗不是西华山战役的全部。查林殚精竭虑，在三十多场大大小小的战斗中，试图找到毕启发的踪迹，但是没有。

恰巧就在这天夜里，查林发现信箱里面出现了一封电子邮件，提示他注意发生在流波的战斗。

流波战斗发生在西华山战役前期，一架美军战斗机被日军击落，飞行员跳伞后被流波民众藏匿，国民党军队派出马彪少校率领一个特务排和翻译黎露女士前往流波寻找，遭遇日军搜查部队。双方在流波基督教堂南侧的林家大院僵持，持续巷战，战斗一昼夜，马彪少校率部救出美军飞行员，获青天白日勋章一枚。

这件事情跟毕启发有什么关系，查林想破脑袋，还是没有想明白。

十三

韦子玉给毕伽索打电话，问他那一亿三千万考虑好了没有。

毕伽索想了想说，再考虑考虑。

韦子玉在电话里说，毕总，前几天选址，我回老街了，老街现在只有一些老人和孩子，稀稀拉拉十几幢破房子，有的还是草顶土墙。西头你家那块，一间房子都没有了，杂草齐腰深，看着凄凉。

毕伽索说，是呀，年轻人都到新街去了，老街很快就彻底消失了。以后，只能回忆了。

韦子玉说，我有个想法，还不成熟……

毕伽索说，咱们兄弟谁跟谁呀，有话尽管说。

电话里传来刺刺啦啦的声音，感觉韦子玉下了很大的决心，才把话说出来。韦子玉说，你在深海老乡中一呼百应，能不能考虑为干街做点儿实事？

毕伽索警觉地说，做什么实事？我们要在马岩湖建度假村，不就是为干街做实事吗？可是你们不支持。我打算拿一亿三千万赞助你们的文化街，可是你们连我最起码的要求都不能满足。我还要做什么事？

韦子玉说，实话说，我不是太希望你拿钱赞助文化街，况且文化街也用不了多少钱。我的真实想法……话到此处，韦子玉打住了。

毕伽索静静地等待。

韦子玉说，我有一个梦想，可是我没有能力实现。我的梦想其实也是你的梦想，而且你有能力实现。

毕伽索说，县长老弟，又跟我绕什么弯子？

韦子玉说，在跟你通这个电话的时候，我不是县长，我是你的干街乡亲，是你的街坊老弟。

毕伽索说，你这么一绕我明白了，你还是想搞你的那个唐宋村，解决空巢老人和留守儿童的问题。这不是我力所能及的事情。

韦子玉说，你带个头，就会有更多的企业家开辟这个事业。

毕伽索说，我就算带这个头，也没有人会响应，企业家是要赚钱的。

韦子玉说，金钱本来就是泥土，一切都是泥土，也包括你和我，都将成为一抔黄土。要钱何用？

毕伽索说，要钱没用你还跟我谈什么？

韦子玉说，要钱有用，做有用的事，做有价值的事。

毕伽索说，企业不是慈善机构，你跟一个企业家谈这个问题，合适吗？

韦子玉说，我认为是合适的，因为你是个有长远眼光的人，是个大企业家。

毕伽索说，你是家乡政府的副县长，我认为你应该做的事情，首先是集中精力把文化街建好。

韦子玉的声音突然变了，好像注入了一种叫作情感的东西，毕伽索似乎从韦子玉的声音里看到了他神往的目光。韦子玉说，憩园，憩园，你知道憩园是什么吗？

毕伽索心里一震，猛地喊了一声，你说什么？亓元，亓元在哪里？

韦子玉说，憩园就在你的家乡，唐宋村就是你的憩园。

毕伽索愣了半天才说，老弟，我看你是走火入魔了。我真的要提醒你，你有今天不容易，你不能跟着乔大桥不着边际了，他已经退休了，你的路还很长。

韦子玉没有理会毕伽索的劝告，仍然沉浸在一种忘我的情绪中，喃喃地说，憩园，不仅是你的憩园，它也是我的憩园。在这个世界里，我们最需要的就是心灵的一块净土。毕大哥，毕总，今天我是鼓足勇气来跟你交流感情的，事实上，我是在帮你。帮你找回一颗爱心，有爱心的企业家才是真正的企业家，而不是商贩。

说完这话，韦子玉把电话挂了。

毕伽索不由自主地把手机举到了眼前，似乎想从屏幕上再把韦子玉拉回来，抓住他的衣领问问他，亓元她到底在哪里。一分钟后再拨韦子玉的号码,韦子玉已经关机了。

这一切来得那么突然,消失得那么彻底,让毕伽索恍若隔世。

愣了半晌,毕伽索把妻弟唐斌的电话拨通了,怎么回事?韦子玉的脾气突然大起来了,是不是受到什么刺激了?

唐斌想了一下说,脾气大了吗?我没怎么觉得,倒是感觉他有点儿消沉了。这兄弟别看当个副县长,还是个书呆子。

毕伽索说,书呆子不错,可是也不至于胡言乱语呀。

唐斌惊讶地问,怎么胡言乱语了?

毕伽索说,我问你,梦为集团的亓元最近有没有出现在干街?

唐斌一头雾水,没有哇,你那个能干的助手我是见过的。

毕伽索说,她已经辞职了。可是,就在刚才,我跟韦子玉通电话,他居然说,我的亓元在干街,干街就是我的亓元,我们大家都需要亓元。这不是胡说八道吗?

唐斌愣了半晌,在电话那边叫起来了,姐夫,我明白了!他说的那个憩园,不是你说的那个亓元,他那个憩园就是他的唐宋村,它不是人,是一个……唉,我也说不清楚它是个啥,反正不是你说的那个亓元。

毕伽索怒吼道,到底怎么回事?一个个都不会说话了,简直中邪了!

唐斌说,前几天韦子玉又去了干街一趟,他听镇长郑弋阳说,省里电视台有人到干街考察,要在老街搞个项目——憩园,主要目的是帮助空巢老人和留守儿童。据说这个项目同当初乔大桥提出的唐宋村有很多相似的地方。自从那次之后,韦子玉就经常跟我们念叨,说这个创意好,名字好,政府给土地和税收方面的优惠政策,吸引成功人士归根,就可以带动老街建立另一种生活方式。

毕伽索这才明白，他说的亓元同韦子玉说的憩园确实是两码事，但是他还是被韦子玉的憩园拨动了一下心弦。他问唐斌，韦子玉到老街干什么？他以为他是乔司令，衣锦还乡啊！

唐斌说，主要是找洪雨声了解老街的历史。那个洪雨声你记得吧？

毕伽索说，有点儿印象，供销社的老职工，一辈子没娶老婆，疯疯癫癫的。

唐斌说，就是他，棺材里放个电话机，说他经常跟韦梦为通电话，韦梦为告诉他，革命就是要让所有的人过上好日子。你听听，韦梦为死了都七十多年了，通个鬼电话呀！上次乔大桥去干街，他又这么说，把乔大桥都吓了一跳。不过老街现在确实像个鬼街，一群黄土埋到脖子的人住在里面，也没有电，夜晚阴森森的，万户萧疏鬼唱歌呀！

毕伽索问，韦子玉就是为这事消沉吗？不至于吧，当今像老街这样的空心街多的是，他一个副县长能管得过来吗？

唐斌说，所以我说他是书呆子呢。那个唐宋村，虽然在招商引资洽谈会上立项了，但是各级政府都把注意力放在文化街上。韦子玉可能是受乔司令的影响，对所谓的唐宋村偏偏格外上心。

毕伽索说，什么唐宋村，异想天开。

唐斌说，是呀，完全痴人说梦，眼下，各级关注的都是文化街。只有乔大桥和韦子玉，好像得了复古病，偏偏这时候，有人提出要在干街建憩园，同乔大桥和韦子玉不谋而合。

毕伽索怔了半天，说了一句，见鬼了。

放下电话，抽了一支烟，毕伽索习惯地按了一下按钮，说了声，到我办公室来一下。

进来的女孩让毕伽索吃了一惊，是小江。

这时候他才想起来，亓元已经辞职两个多月了。

毕伽索挥挥手，让小江离开了。

直到亓元离开十多天后，毕伽索才从董华民的嘴里知道了亓元当初来到集团的原因。原来在她硕士毕业前夕，市电视台已经非常看好她了，但是程序很复杂，宣传部一位领导暗示她可以帮忙。亓元说，像我这样一直读书的女孩子，钱是没有的，色嘛有一点儿，可是，我有我的原则。

领导说，我不是那个意思，我的意思是，以后你就是我的人了，你得听我的话。

亓元说，那就更不可能了，我不是任何人的人，包括我未来的丈夫。我是我自己的人。

领导还从来没见过这么油盐不进的女孩，有些恼羞成怒，但是最后还是给自己找了一个台阶，说他就喜欢这样有个性的女孩，他会帮助她进电视台的，如果电视台进不了，他分管的所有和文化有关的单位都可以考虑。

亓元说了声谢谢，转身离开，不久就到了梦为集团。

董华民介绍的这个情况，同此前毕伽索分析的可能性八九不离十，但是董华民又讲了另外一件事情，则是毕伽索始料不及的。董华民说，我听小江说，亓元爱上了一个人。

毕伽索问，谁？

董华民说，韦梦为。

毕伽索怔住了，目光空洞地说，爱上了一个死了七十多年的人，这可能吗？

董华民说，当初她之所以选择梦为集团，是因为她在网上查询梦为集团的时候，网页上弹出了"韦梦为"。小江说，她的资料夹里，关于韦梦为的资料，有上千万字。

毕伽索倒吸一口冷气，叹道，这个人，这个人哪，她想干什么？她要考古吗？

一个火花从记忆深处炸开，毕伽索终于想起了一件事情。那是在亓元进入梦为集团不久，有一次他到行政处的办公室，发现亓元的写字台上有一张黑白照片，一个戴着金边眼镜、西服革履的年轻人，从领带样式看，应该是二十世纪初的人物。他当时好像还问了亓元一句，亓元是怎么回答的，他记不清了，应该没有正面回答。以后，他再也没有看见过那张照片。难道，那是韦梦为？联想到他在《梦为之声》杂志上看到的小说《夏日之晨》，毕伽索的心脏突然一阵悸动，那时候他认为，是因为他的存在而引起亓元对韦梦为的重视，而真相极有可能是，因为她发现了韦梦为，才选择了梦为集团。她到梦为集团是来寻找那个幽灵的。

终于，毕伽索想起来了，亓元辞职离开他办公室的时候，楼道里响起的口哨的旋律——鲜花岭上鲜花开。

十四

这天毕伽索没有回父母那里，而是把查林叫到集团的餐厅，两个人喝酒聊天。毕伽索说，老查，我现在越来越反感名人墙，你知道为什么吗？

查林当然知道毕伽索为什么反感，可那是说不出口的理由哇。

毕伽索说，我知道你想的是什么，但不是这个原因。他们拉的那个名单，都是硬邦邦的。可是，在干街的历史上，名人多了去了。中华文明五千年，**谁家没有几个七品官呢？**你知道这话是谁说的吗？

查林笑笑说，韦梦为呀，这句话在淮上地区家喻户晓，当年还拿出来作为批判韦梦为的依据。

毕伽索说，对了，这些天我在想，韦梦为他们闹革命的时候，想过要上名人墙吗？扯淡。韦梦为他们闹革命，就是要与所有人有福同享，有难同当。可是现在为什么还要分高低贵贱呢？

查林的眼睛瞪得老大，他发现毕伽索好像突然换了一个人，思想境界超凡脱俗，不得了哇！他只是不明白，毕伽索的境界为什么突然间升华了。

但是关于那一亿三千万到底要不要投进去，查林自然不能替毕伽索拿主意。两个人聊了一会儿就散了。

这天夜里，查林辗转反侧，后半夜披衣下床，打开电脑的同时也打开一瓶啤酒，他突然发现，信箱里又出现一封信，就是简单的几句话：时间，时间，空间，空间。

查林稳稳神，开始按照电子邮件提供的链接，打开一篇文章《西华山战役之流波战斗》，上面详细地介绍了马彪少校率领小分队寻找美军飞行员的过程。在这篇文章的下面，还有马彪等人在流波镇基督教堂南侧同日军激战的照片，那是美军飞行员拍摄的。查林对照了一下时间，发现那个时间正是毕启发等人不知去向的时间，也就是说，那几天，毕启发完全有可能出现在流波镇，参加了一场遭遇战，同马彪一起营救美军飞行员。至于国民党的报纸为什么只字不提，只能理解为，马彪贪天之功据为己有。

查林一个激灵，找出放大镜，开亮了房间所有的灯，撅起屁股去看那张照片，依稀看到一个角落，几个士兵正伏在断墙上射击。他翻来覆去地研究，试图认出其中的一个，果然他成功了，或者说他感觉他成功了，那里面有一个人，他越看越像毕启发，后来他简直认为，那就是毕启发。

那一瞬间，查林差点儿晕了过去，把半瓶啤酒喝完，拿起手机就要给毕伽索打电话，按了两个按键之后，他又把手机挂了。

查林冷静下来，考虑的第一个问题是，谁给他发了这篇文章。他坚信不疑，是亓元，那个来无影去无踪的神秘女子，只有她会这样做。至于她为什么要这样做，他不清楚，也不想清楚，总之，是有原因的。

查林考虑的第二个问题是，最好能找到马彪，但他很快就打消了这个念头，因为从网上查了无数次，里面既有记者的报道，也有马彪等人的回忆文章，但绝口不提关键时刻有人相助，那时候讳莫如深，现在更是死无对证了。第三个问题是，如果说毕启发参加了流波营救美军飞行员的战斗，那为什么毕启发口齿尚清的时候老是说"老子不是逃兵，老子打干街了，老子指挥三个人，打了一天一夜，守住了东头学校，救了蒋夫人"。这是白纸黑字留在档案上的毕启发的自供状，就是因为这句话，所有的人都认为毕启发胡扯。

关于"救了蒋夫人"，查林一直坚持认为，当时确实有宋美龄到西华山国民党部队劳军的传说，这个传说新四军的部队应该也有耳闻。甚至，像毕启发这样没有见过世面的人，在前线遇见家眷，把女翻译当成宋美龄，都是有可能的。

现在剩下最后一个问题，那就是毕启发为什么一直强调"老子打干街了"，整个西华山战役，干街并没有发生战斗，毕启发此言从何而来？

直到天亮，查林也没有想明白，他感到自己确实无能为力了。他庆幸自己没有贸然向毕伽索报喜，否则又会遭到鄙视。

一个星期后，毕伽索打电话告诉查林，皋唐县近日要召开"干街镇文化街研讨会"，邀请他参加，他现在有点儿犹豫，请查林也帮他权衡一下。

毕伽索又问查林，最近有没有新的发现？查林老老实实地说，有一线火光，可是很快就熄灭了。然后就一五一十地讲了这段时间得到的信息。尽管他一再强调，还是没有解决老爷子为什么说"老子打干街了"的疑问，但是他能感觉到，毕伽索对这个情况非常重视。

果然，放下电话不到半个小时，毕伽索的汽车就到楼下了。毕伽索到了查林的房间，二话不说，盯着网上的文章和照片，看着看着眼睛就直了，出气就粗了。

毕伽索惊愕地看到，在一个网页上，干街的老照片和流波的老照片放在了一起，在照片的下面，一个署名"秋水"的人在《迷雾》一文中这样写道：这就是所有的迷雾的根源，也是所有迷雾的答案。

毕伽索怔了一会儿，突然一拍桌子，激动地说，查大哥，你看见了吗？所有的答案都清楚了，都清楚了！

查林却傻傻地看着毕伽索，不知所措。他没有从照片里看出他想看出来的东西。

毕伽索说，我爹他不是逃兵，我爹他确实参加了流波战斗，他同鬼子打了一场遭遇战，他在流波抗击鬼子，协助国民党军队马彪少校营救了美军飞行员。

查林怀疑毕伽索走火入魔了，小心翼翼地说，毕总，你怎么啦？就这两张照片，就能说明问题吗？

毕伽索说，太能说明问题了。你不懂吧？我告诉你，你看这教堂，看看教堂旁边他们战斗的这个建筑，这是学校，这个教堂和学校，跟干街的教堂和学校是一个人设计的。时间，是同一个时间；空间，被误认为同一个空间。我明白了，我明白了，我总算明白了……我明白得太晚了……不，现在明白正是时候……我爹他没有出过远门，他在征粮的途中，在山上，看到了山坳里的教堂和学校，他以为那就是干街，他要回到干街去征粮。可是，就在他前往的途中，遇到鬼子搜寻美军飞行员，在那里展开战斗。营救美军飞行员的，不仅是国民党军马彪少校的部队，还有我爹指挥的小分队呀！

毕伽索语无伦次了，上气不接下气，两眼迷离，泪花闪烁。

查林怔怔地看着满脸通红的毕伽索，不知所措，喃喃地说，毕总，你这样说牵强附会呀！

咚的一声，毕伽索把鼠标扔在桌子上。

查林说，可是，所有的资料、所有的报纸，没有说老爷子参加这场战斗哇！

毕伽索咬牙切齿地说，查林，老查，你查的资料，你查的报纸，都是国民党的。那时候，国民党表面统一抗战，背地里摩擦反共，他能把真相告诉世人吗？他能像我爹那样把打死一个鬼子的功绩分一半给乔如风吗？不可能！

查林怔怔地看着毕伽索，诚惶诚恐地说，毕总，你这么说，我太高兴了，我太……也许，这件事情真的要水落石出了。

毕伽索斗志昂扬地说，你等着，我必须回去参加他们的研讨会，不仅我回去，我还要让我爹回去，让我爹站起来告诉他们，他不是逃兵，他是西华山战役流波战斗的英雄。

第二天，查林怀着一颗五味杂陈的心，跟着毕伽索把老爷子推到机场，推上飞机。坐在头等舱里，他才没话找话地问，毕总，你说，是谁帮咱们把事情搞清楚了？

毕伽索说，除了她还有谁？

查林说，可是她，她为什么帮我们？她已经离开了呀。

毕伽索说，你问我，我问谁？

查林说，这太奇怪了。

毕伽索没有马上回答，突然仰起脑袋，望着远处说，一个幽灵，在干街，在西华山，在梦为集团，在我们的头顶上游荡……

查林愣住了，他感觉这话有点儿耳熟，可是眼前的毕伽索却让他感到陌生了。

十五

这年的七月七日，皋唐县召开"干街镇文化街研讨会"，参加会议的省市县各级领导和专家共有二百多人。住进宾馆后，毕伽索翻阅会议资料，发现乔大桥也来了，就住在同一楼层。放下会议秩序册，毕伽索的心里五味杂陈，他突然产生一个冲动，按图索骥找到了乔大桥的房间。开门的是一个理着寸头的年轻人，自我介绍是乔大桥的儿子乔梁。问明来意，乔梁高兴地说，你就是毕伽索叔叔哇，我爸爸去干街了，明天才回来。毕伽索心里一动，问，你爸爸去干街干什么？乔梁说，去找洪雨声爷爷，还是为唐宋村的事。说到这里，乔梁神秘一笑说，毕叔叔是大老板，当心哟，你们见了面，我爸爸恐怕要敲诈你。

毕伽索拍了拍乔梁的肩膀说,这小子,你以为你爸是军阀呀?你爸就算是军阀,你毕叔叔也不是财阀,他敲不出多少油水。

乔梁说,那可不一定。我爸爸退休了,他要把你的钱敲出一部分给干街的空巢老人和留守儿童。

毕伽索"哦"了一声,半天才回过神来说,啊,你爸爸还这么看得起我?

乔梁说,我爸爸说,毕叔叔是他的发小,是干大事的人。

毕伽索笑笑说,这小子,你是帮你爸爸忽悠我吧。

乔梁说,哪能呢,我说的是真话。

回到自己的房间,回味乔梁说的几句话,毕伽索觉得心里怪怪的。

第二天早餐过后,毕伽索在宾馆院子里散步,一辆车子缓缓进了大门,在毕伽索的身边停下来。一个头顶闪亮的半大老头儿冲出车门,大呼小叫地扑过来,毕得宝,毕得宝,你这家伙,三十年没见了,发大财了!毕伽索顿时明白了,这是乔大桥,这家伙,已经老得让他认不出来了。

毕伽索说,乔大桥,乔司令啊,没想到在这里见到你了。

乔大桥说,什么乔司令,我现在是光杆司令了,叫我乔大哥呀,你是我失散三十年的兄弟呀!

毕伽索怔怔地说,失散三十年的兄弟?哈哈,乔司令,乔大哥,你还是那个率领我们在干街走南闯北的胡传魁呀!

乔大桥哈哈大笑。韦子玉凑上来说,乔司令,毕总早就不叫毕得宝了,他现在叫毕伽索。

乔大桥眼睛一瞪说,什么毕伽索,不伦不类的,我就叫他毕得宝。

韦子玉看看毕伽索，不怀好意地说，毕总，你看，你们兄弟之间……

毕伽索说，毕得宝就毕得宝吧，乔司令他是不忘旧情，我听着舒服。

上午无事，毕伽索请乔大桥喝茶，两个人讲了这三十多年各自的经历，然后就进入主题，讲到了"西华山战役中的毕启发"。毕伽索讲得很细，讲得很动感情，讲到了毕启发多年的屈辱，讲到了他调查掌握的证据。最后毕伽索说，说到底，我父亲和你父亲是一起参加革命的，冒昧地说，我们两个的父亲是战友，乔大哥你说是不是？

乔大桥说，这话还用讲吗？我父亲活着的时候，经常给我们讲他和你家老爷子一起打鬼子的事。

毕伽索受到鼓励，神色庄重地说，那我就把话挑明了，你要帮帮我。

乔大桥没有马上搭腔，沉思一会儿才说，老弟，你做这个事情，想达到什么目的呢？

毕伽索说，不同的阶段有不同的目的，我的初衷是改变我父亲的逃兵身份，但是现在，我想的不仅仅是这些了。

乔大桥说，你觉得有把握吗？如果没有把握，我建议你此事还是不提为好。

毕伽索说，原先是没有把握，牵强附会，但是现在，我看到希望了，我掌握了足够的材料。

乔大桥说，那我再问你一句，这件事情如果澄清了，你是不是要把老爷子的像挂到干街的名人墙上？

毕伽索迟疑了一下说，这个，我还没有想好。

乔大桥说，此前我听说，你不遗余力地做这件事情，就是为了这个目的。

毕伽索老老实实地说，是的。可是，就在这两天，我突然有了更多的想法。

乔大桥深沉地看了毕伽索一眼，点点头说，哦，原来是这样，那就再想想，我们都静下心来想一想，我们做这件事情的目的是什么。

乔大桥和毕伽索喝茶的时候，预备会也在紧锣密鼓地进行。其他的议程都很顺利，但是在名人墙名单上出现了意外。韦子玉宣读了毕伽索来之前提交的意见，他坚持要把毕启发的像挂在名人墙上，这个意见成为预备会的一个笑话。县政协一名常委义愤填膺地宣布，如果皋唐县敢把毕启发的照片挂在名人墙上，他将退出筹备组。

中午饭后，县委书记弓珲安排了一个小小的会谈，专题研究这个情况，请副省长何敏一起听取了毕伽索的理由。最后何敏决定，给毕伽索一个机会，让他讲述"西华山战役中不为人知的秘密——毕启发九死一生的奇迹"。

决定性的时刻到来了。

七月八日下午，在皋唐县小礼堂里，一百多人济济一堂，各自怀着复杂的心情，等着看毕伽索的表演。毕伽索深深地吸了一口气，登上讲台，打开电脑，先放了一段西华山战役的资料片，然后播放流波战斗的推理片。毕伽索娓娓道来，从毕启发奉命征粮离开主力部队讲起，讲到误入流波镇，阴错阳差同国军马彪少校相遇，共同阻击日军，并掩护马彪少校和美军飞行员撤离的全过程。

毕伽索最后说，我爹的悲剧在于他不能准确地表述他的战斗经历，他的关于"在干街打鬼子，救了蒋夫人"等胡言乱语，把我们带到一团迷雾之中。而今天，这个迷雾被太阳驱散了。我爹失踪的那天，他没有逃跑，而是执行征粮任务到了流波，到了那个被他误认为是干街的地方，在那里同日军相遇，阻击了鬼子，掩护马彪少校护送美军飞行员离开了战场。我爹他是个抗日英雄。

毕伽索讲完了，会场一片安静，过了很长时间，才有人小声嘀咕，这是真的吗？这太传奇了。

韦子玉站起来说，毕总，你的推理确实很精彩，可是，推理不等于事实，我们不能把你的推理作为证据。

毕伽索面无表情地说，我不是推理，这就是事实。

韦子玉说，我们尊重事实。你的证据呢？

毕伽索指着屏幕说，证据都在那上面，你们为什么就不能相信我？

韦子玉说，我们只相信证据。

就在这时候，从后排传来一个声音，我这里有证据。

大家愣住了，举目望去，后排站起来一个亭亭玉立的年轻女子。

弓珲站起来介绍说，各位领导，我现在介绍一位专家，亓元同志，她已经受聘为我们干街文化街的文史顾问。请亓元同志为我们介绍她的最新研究成果。

毕伽索愣住了，亓元走过他身边的时候，他控制了自己的情绪，湿润地问了一声，亓元，我读不懂你呀！

亓元笑了笑说，你用不着读懂我，你能读懂这段往事就行了。

亓元走到坐在轮椅上惴惴不安的毕启发的面前问，老人家，您还认识我吗？

毕启发的眼睛突然睁大了，看着亓元，嘴里嘟嘟囔囔不知说些什么。

亓元笑笑，拍拍毕启发的肩膀说，老人家，请您看一样东西。

说完，亓元转身，走上讲台，走到电脑旁边，插入U盘，播放了一段视频。画面上出现一个满脸紫斑的外国老人，吃力地向亓元比画着，佝偻着腰蹒跚走向书柜，从里面找出一个相册，取出一摞照片，一张一张地翻检。突然，画面上的亓元将其中的一张照片重新找回来，久久地凝视。亓元又找了几张照片，向美国老人征询意见。

外国老人书写了一段话，交给画面上的亓元。

屏幕下面，现实中的亓元移动鼠标，出现了另一幅画面，在一条"抗战老兵英雄事迹报告试讲会"的横幅下面，毕启发趴在地上，做射击状。

亓元说，这一切要从两年前毕总组织的那次抗战老兵英雄事迹报告试讲会讲起。在讲到流波战斗的时候，老人家突然反常，当时就是这个姿势，这个姿势让我十分震惊。他喊"鬼子来了"，并不是怕鬼子，因为他在喊这一声之后，还有一句"卧倒"，并且是射击的姿势，而没有抱住脑袋。于是我想，在抗日战争时期，在西华山战役中，他作为一名排长，下达的是战斗的命令，卧倒之后是射击。正是因为这个发现，我对毕启发的逃兵身份产生了怀疑。

毕伽索看着侃侃而谈的亓元，百感交集。

电脑旁边的亓元说，此后，我从政协文史资料委员会调出一篇关于流波战斗的回忆文章，顺藤摸瓜找到了原美军飞行员威廉的消息，在弓珲书记的帮助下，我于一周前到美国找到了这位老人。终于，一切迷雾都澄清了，就像毕总推理的那样。

毕伽索望着神情自若的亓元，恍若隔世。

亓元没有顾及毕伽索，又点击了几下鼠标。

屏幕上，照片被不断放大。前面远处，隐隐约约看见钢盔，那是树林里的日本兵。照片上近处的军人，正伏在一截断墙后面射击，枪口处飘着一缕硝烟。他的臂膀被放大了，臂章上面的字迹模糊不清。镜头移动，放大，再放大，虽然那是一张面孔的大半个侧面，但是没有人认识这张面孔。

随着画面移动，出现几行英文笔迹，下面配有中文翻译：就在日军快要追上我们的时候，从右边的树林里冲出来几个士兵，向日军猛烈射击。我亲眼看见领头的士兵，在变换位置的时候腿上中了一枪，他仍然向其他的士兵呼喊什么，同时向日军连续扔了两颗手雷，他的战斗姿势给我留下了极其深刻的印象。当时我问马彪少校，这几个士兵是不是他的下属，马彪少校只是含糊地告诉我，那是友军的士兵。我判断这个"友军"应该是新四军的部队。我不顾马彪少校的催促和阻挠，匍匐到侧面拍下了这一组照片，我希望以后找到这些英勇的士兵。后来在中国军队的一个指挥部里，翻译黎露女士告诉我，那确实是新四军的士兵，带队的是一个排长。此后中国军队打扫战场，发现他们中间已有三人阵亡，排长再次负伤。我委托黎露女士到医院调查，但是迟迟没有消息，后来我就回国了。直到二十年后，黎露女士才从台湾给我寄了一个包裹。

偌大的播映厅里，静悄悄的。亓元移动鼠标，屏幕上的美国老人，用锈迹斑斑的手颤颤巍巍地打开一个箱子，一层一层地打开绸布，里面出现了一个破旧的臂章，正面"新四军"字样清晰可见。镜头旋转，呈现臂章背后的表格，向人们的眼前推出三个字：毕启发。

亓元说，我所了解到的，就是这些了。

大厅里传来轻微的骚动，轮椅上的毕启发嘴里发出含混不清的声音，用手拍打着轮椅。主持会议的韦子玉站了起来，走到毕启发的面前，毕启发不再作声了，瞪着韦子玉，显然他已经认不出韦子玉了。

韦子玉转过身去，对亓元点点头说，亓元同志，我相信你说的一切。只是，我还有一个小小的问题，你和毕总都坚持说，老爷子误把流波当成干街，所以造成了迷雾，我也接受这个观点，因为这两个地方确实很像，老人家过去没有到过干街以外的集镇，他把二者混为一谈是完全有可能的。我的问题是，你们是如何判断出老人家这个误会的，这是揭开谜底最重要的一个环节。

毕伽索说，这个我来说。我最初的困惑就是，我父亲脱离部队那三天他在哪里，亓元和查林也被这个问题难住了。直到前不久，有一个神秘的人连续给查林发来了几封邮件，附了两张老集镇的照片，下面的说明文字只有八个字：时间，时间，空间，空间。就是这两张照片和这八个字，让我醍醐灌顶，茅塞顿开——时间，是同一个时间；空间，被误认为同一个空间。这就是问题的症结所在。所以我们得出结论，老爷子嘴里的干街，其实就是流波。

韦子玉说，我完全相信这个判断，可是，到底是谁发来这八个字和两张照片呢？亓元同志，是你最早发现的吗？

亓元说，这是一道十分复杂的方程，不是我能够解开的。也许，乔梁博士能帮我们解开最后的谜底。

亓元说完这句话，大家便都转过头去，只见小礼堂中间靠后的位置，站出来一个理着寸头的年轻人，微笑着走上讲坛。年轻人站定，笑容可掬地说，干街乡亲，我是乔如风的孙子，乔大桥的儿子乔梁，奉我父亲之命，今天来向家乡父老乡亲汇报。关于毕启发爷爷的事情，我爷爷在世的时候一直惦记着，他多次对我父亲说，他不相信毕启发会当逃兵，因为在茅坪战斗之后，两位爷爷又参加过几次战斗，他们互相见证了对方的成长和勇敢。刚才大家看到的毕爷爷臂章上的"毕启发"三个字，就是茅坪战斗之后我爷爷帮毕爷爷写上去的。可是，由于毕爷爷记忆混乱，使得问题越来越复杂，越来越说不清楚，我爷爷也无能为力。爷爷去世前仍然交代我父亲，要关心这件事情。直到有一年假期，父亲让我回到干街，研究这段往事，恰好遇到亓元姐姐。她告诉我，最后的难题就是毕爷爷说的那句"在干街打仗"，无法解释。我后来向我父亲禀报了这个情况，我父亲调来西华山战役资料，在家研究了很长时间，有一天他告诉我，他终于明白了，毕爷爷把流波误认为干街了。我问父亲，他是怎么发现这个奥秘的，父亲告诉我，他是军人，军人对时间和空间比常人更加敏感，正确的时间到达正确的位置，就是胜利。在那场战斗中，毕爷爷没有在指定的时间到达指定的位置，却意外地到达了更需要他的位置。

　　乔梁说完，会场的空气出现了凝固。在人们期待的目光中，乔大桥站了起来，走到前排，向毕启发走去。在毕启发的面前，乔大桥缓缓地举起右臂，敬了一个礼，庄重地说，毕叔叔，我代表我父亲向你道歉，直到今天才为你恢复名誉。老人家，请看，这是我父亲留给你的最后的礼物。